DUVALL

DUVALL

ROBIN THEROUX

Ce livre est une œuvre de fiction. Les noms, les personnages, les lieux et les événements sont soit le fruit de l'imagination de l'auteur, soit utilisés de manière fictive, et toute ressemblance avec des événements ou des personnes réelles, vivantes ou décédées, est purement fortuite.

ISBN : 979-8-863-38204-3

Première Partie

Manhattan

1

Mardi 28 février 2023

L'alarme de Steve retentit, il chercha son portable à tâtons sur la table de nuit et mit fin à la mélodie de guitare en faisant glisser, à plusieurs reprises, le bout de son index sur l'écran. Il se leva machinalement et se laissa guider par les effluves de café jusqu'à la cuisine.

Steve habitait un appartement dans le quartier de Yorkville situé sur l'East End Avenue d'Upper East Side juste en face du Carl Schurz Park. Celui-ci était propre et bien ordonné, une personne passait faire le ménage et le repassage deux fois par semaine depuis son divorce, un an auparavant. Il avait bien essayé au départ de gérer ces deux taches seul, mais s'était rendu compte qu'il n'avait pas vraiment le temps pour ça et qu'il était incapable de repasser ses chemises correctement sans qu'elles aient l'air froissées.

Lorsqu'il était encore marié, il travaillait en tant que détective au *Bureau of Criminal Investigation* de New York. Son métier le passionnait. Cependant, les affaires sur lesquelles il travaillait avec ses collègues étaient des plus sordides. Quand il quittait son bureau, il lui était difficile de décrocher et c'est chez lui qu'il poursuivait ses enquêtes. Un besoin obsessionnel, une envie de vouloir les résoudre au plus vite. Avec le temps, ceci avait eu pour conséquence de puiser toute son énergie physique et émotionnelle, au détriment de sa famille.

Six mois avant son divorce, son sommeil était de plus en plus agité. Les criminels les plus tordus venaient hanter ses nuits, la fréquence de ses cauchemars s'intensifiait et l'insomnie finit par s'installer. Ce dévouement, pour son travail et ses effets négatifs, avait petit à petit rongé l'harmonie du couple.

Son épouse, Anna, avait tenté maintes fois de lui changer les idées, de l'extraire de ce qui était devenu une obsession professionnelle. Des semaines, voire des mois pouvaient s'écouler sans qu'il accepte une sortie au restaurant, un cinéma, un rencard avec leurs amis ou bien même une simple sortie au parc avec les enfants. Les visites chez ses parents, qui ne vivaient pas loin dans le New Jersey, étaient devenues rares.

Anna faisait toujours en sorte d'aller rendre visite aux parents de Steve, deux à trois fois par mois avec leurs enfants. Elle voyait aussi ses parents une fois par semaine, ils habitaient à Hell's Kitchen, là où elle avait grandi.

Se sentant impuissante face à cette addiction que Steve vouait à son travail, elle décida de mettre un terme à leur mariage. Elle obtint la garde des enfants et Steve l'autorisation de les accueillir un week-end sur deux.

Le divorce entraîna Steve dans une profonde dépression, son docteur lui diagnostiqua un syndrome d'épuisement professionnel lié à son travail. S'en suivit une prise de conscience, il venait de perdre sa famille et sa santé mentale était au plus bas ! Il décida de prendre du recul avec le BCI et de quitter le poste qu'il occupait depuis plus de quinze ans. Il ne pouvait plus continuer ainsi et se devait de trouver une activité moins envahissante. Mais une reconversion ne s'improvisait pas du jour au lendemain lorsque l'on occupait un poste tel que celui de Steve. Cependant, le BCI mettait un point d'honneur pour que ses employés soient traités de la meilleure façon possible.

Steve était suivi par la cellule psychologique de son département depuis deux mois. La direction du BCI avait pris en compte sa demande de démission. Elle avait connaissance de la situation dans laquelle il se trouvait, impliquant son divorce ainsi que la surcharge de travail qu'il s'était infligée par conviction et qui affectait sa santé. Steve était un bon élément ayant rendu bien des services à la ville de New York, sans compter les vies sauvées durant toutes ces années. De plus, ses collègues l'appréciaient.

Le BCI lui proposa de prendre une année sabbatique. Son salaire continuerait de lui être versé pendant cette période. Cela lui donnerait la possibilité de se refaire une santé physique et morale. De réfléchir aussi à un éventuel retour parmi eux, s'il décidait de ne pas opter pour une reconversion.

Accoudé au comptoir de sa cuisine, Steve but une gorgée de café, les yeux rivés sur l'édition du jour du *New York Times*. Une publicité attira son attention, elle concernait une paire de sneakers Duvall. La qualité de la photo du modèle présenté et le choix des couleurs donnaient presque un aspect de relief à la paire de baskets, le tout posé sur un fond vert pâle. Steve remarqua un rond minuscule dans le coin situé en haut à gauche de la publicité qui occupait le quart d'une pleine page du *New York Times*. À première vue, cela ressemblait à une marque laissée par la rotative offset de presse lors de l'impression du journal.

Lorsqu'il était encore actif au BCI, il lui arrivait de travailler avec le service chargé de traiter les documents contrefaits pour des affaires de fraude ou d'escroquerie. Steve avait appris à repérer les faux chèques et les faux billets durant ce type d'enquête. Il était devenu un expert en la matière et pouvait détecter les anomalies les plus insidieuses sur les documents qu'on lui présentait, cela était devenu une seconde nature chez lui.

Ce jour-là, ça ne lui avait pas échappé ! À cause de cette déformation professionnelle, il remarqua que ce petit rond n'avait pas lieu d'être sur cette page de publicité. Il s'empressa d'aller chercher une loupe rangée dans le tiroir de son bureau pour en savoir plus à propos de cette marque qui pour l'instant avait l'aspect d'un symbole, difficile de savoir lequel à l'œil nu. Il plaça la loupe au-dessus, l'écarta de la page afin d'en améliorer la netteté. Il s'agissait du pictogramme d'une imprimante.

Steve plia la page du journal de façon à isoler l'encart publicitaire. Il retourna à son bureau sur lequel se trouvait son imprimante. Une fois la publicité placée contre la vitre du scanner, il rabattit le couvercle et pressa le bouton de copie.

Quand l'impression du document fût complète, Steve s'empara de la reproduction de l'encart publicitaire. Il remarqua des traits jusqu'à présent invisibles sur la page d'origine du journal. Des lignes horizontales, verticales et obliques recouvraient désormais la totalité de la publicité de la paire de sneakers Duvall. Il y avait des traits fins, mais aussi des lignes épaisses qui s'entrecroisaient. Des mots, des numéros, des lettres majuscules se bousculaient à présent entre les lignes parallèles. Ce procédé d'impression lui rappelait celui utilisé par la plupart des banques pour les chèques manuels. Un filigrane avec le mot *COPIE* apparaissait lorsqu'ils étaient photocopiés, rendant l'encaissement d'une reproduction impossible.

Dans le cas présent, le tout semblait former un plan qui de toute évidence représentait un quartier de New York. La forme du quartier lui était familière, il avait déjà sa petite idée concernant le lieu. Les mots et les numéros donnaient une indication des rues et axes principaux.

Il reprit la page de journal pliée sous le couvercle de l'imprimante ainsi que la copie de la publicité recouverte par le plan d'un quartier de Manhattan. Il s'éloigna de son bureau et prit au passage son café posé sur le comptoir de la cuisine avant de s'installer sur le canapé de son salon. Son ordinateur portable était ouvert sur la table de salon. L'économiseur d'écran indiquait l'heure, une pression sur la barre d'espace suffit à le faire disparaître. Une photo de Steve au côté de ses deux fils, chacun vêtu d'un t-shirt et d'une casquette des Yankees apparus en fond d'écran. Steve cliqua sur l'icône de son navigateur internet qui s'ouvrit sur la page Google. Il tapa le mot, *Manhattan* pressa la touche *Entrée* de son clavier, puis il cliqua sur l'encart de la carte de Manhattan située en haut à droite de la page des résultats. Une page *Google Maps* s'ouvrit dans un nouvel onglet du navigateur. Steve à l'aide de ses doigts déplaça la carte de Manhattan sur l'écran tactile de son ordinateur portable. Puis, il l'agrandit de façon à ce que l'échelle du plan corresponde à celle de la carte de la copie de la publicité. Ensuite, il fit à nouveau glisser la carte sur son écran, il avait une idée approximative de l'endroit où se situait le quartier de l'encart publicitaire. En survolant Midtown, il s'arrêta au-dessus du Rockefeller Center qui à lui seul occupait six blocs. Il plaça à nouveau la copie du plan à côté de l'écran de son ordinateur portable pour les comparer.

— C'est bien ça, c'est le Rockefeller Center ! s'exclama-t-il.

Satisfait de sa découverte, l'excitation était à son comble.

Bon, j'ai un plan de Manhattan. Mais cela ne peut pas juste être une fantaisie esthétique publicitaire de l'entreprise Duvall !

Il posa la copie, puis reprit la page de journal pliée avec la publicité. Il relut le texte vantant les qualités de la paire de sneakers, aucunes informations particulières, pas d'adresse à Midtown, pas de numéro de téléphone. Il vérifia alors les bordures qui délimitaient l'encart d'une ligne verte épaisse, mais rien de particulier n'était visible même avec l'aide de sa loupe. Il sortit du tiroir de sa table de salon un bloc-notes et un crayon et se lança frénétiquement en quête de déchiffrer le texte publicitaire. *Déchiffrer quoi ?* Il n'en avait aucune idée ! Cruciverbiste invétéré, il était prêt à relever le défi. *Mais s'il n'y en avait pas ?* Trop tard, sa curiosité intellectuelle l'avait lancé à corps perdu dans cette provocation cérébrale !

La carte ne pouvait pas être le seul élément que l'entreprise Duvall aurait placé dans cet espace publicitaire, il n'y avait même pas l'adresse d'une boutique ou d'un siège social, aucune icône de réseaux sociaux. De plus, après une recherche rapide sur Google, aucune de leurs boutiques n'était présente sur Midtown. La plus proche se trouvait à Times Square. Steve en était certain ! La réponse, qui donnerait un sens à cette carte, se trouvait dans le texte accompagnant cette paire de sneakers en photo.

Cela faisait deux heures qu'il s'acharnait sur le sujet, le sol de son parquet était à présent jonché de feuilles de bloc-notes froissées en boule, mais sa persévérance avait peut-être enfin fini par payer. Il arriva à coucher sur le papier ce qui ressemblait au début d'un mot « *J...o...i...* », mais il douta juste après le « *i* », car peu de mots commençaient par « *Joi* ». Allait-il dans la bonne direction ? Il décida de continuer quoi qu'il en soit ! Un « *n* » suivi d'un espace, puis de trois lettres qui donnaient un autre mot « *our* ». Cette fois, il en était certain, il était sur la bonne voie ! Les deux premiers mots de l'énigme « *Join our* » sonnaient comme un appel. Steve n'avait plus aucun doute quant à sa méthode de décryptage qu'il appliqua à la totalité du texte.

La phrase ainsi obtenue était pleine de sens concernant l'intention de l'entreprise Duvall : « *Join our company, your future may lie at the end of the shoelace !* ». Steve en déduit qu'il s'agissait d'une campagne de recrutement.

Avec une telle annonce à mon avis, il ne devrait pas y avoir trop de candidats. Un choix voulu par l'entreprise Duvall, j'imagine ! Pourquoi ne pas avoir eu recours à une agence de recrutement ? Trop long, peut-être ? Ça doit concerner un poste spécifique. Ils recherchent une personne capable de déchiffrer cette énigme, un candidat perspicace.

Intrigué, il se replongea sur la photo des sneakers. Il se répéta mentalement la fin de la phrase qu'il avait réussi à déchiffrer « ... *may lie at the end of the shoelace !* »

Sur la publicité, seule l'extrémité d'un lacet était visible, les autres étaient cachées par la paire de baskets et le logo de l'entreprise Duvall. Le seul bout de lacet apparent pointait un angle de rue voisin au Rockefeller Center, sur la copie. Il reprit l'encart original et avec sa loupe examina de plus près cette extrémité du lacet, le ferret pour être précis. Il y distingua une forme mouchetée, sombre qui aurait pu s'apparenter à un texte minuscule en braille au premier abord. Il passa son doigt sur le ferret, mais la surface était bien lisse, il replaça la loupe dessus et réalisa qu'elle n'était pas suffisante. Steve la posa sur la table de salon et jeta un œil à la pendule murale indiquant déjà onze heures, son café était désormais froid et il était toujours vêtu de son pantalon de pyjama, d'un t-shirt et d'une paire de chaussettes. Il quitta son canapé et se dirigea vers la chambre de ses enfants en glissant sur le parquet. Il s'approcha de la bibliothèque pleine de livres d'adolescents. Leva la tête et s'exclama :

— Tout à fait ce que je cherchais !

Au-dessus de la bibliothèque se trouvait un globe terrestre et un microscope, une copie conforme de ceux des laboratoires de recherche. Il l'empoigna et retourna vers son canapé, repoussant au passage les boules de papier qui se trouvaient sur le sol de son salon à l'aide de ses pieds.

Une fois assis, il vérifia que la lumière sous l'objectif du microscope fonctionnait toujours, en appuyant sur le bouton se trouvant sur le côté de celui-ci. Mais aucune lumière ne se diffusa de la platine. Il ouvrit la trappe située en dessous du microscope pour accéder au compartiment contenant les piles, puis du bout des doigts il leur infligea un mouvement de rotation en les laissant dans leur emplacement. Le microscope s'éclaira ! Il referma le couvercle du compartiment soulagé de ne pas devoir se mettre en quête de piles neuves. Ensuite, il écarta son ordinateur portable de la main gauche pour pouvoir y poser le microscope devant lui sur la table de salon.

Il reprit la page de journal pliée, la plia à nouveau de façon à isoler le ferret situé à l'extrémité du lacet en insistant sur le pli le plus proche de celui-ci avec son pouce et de son index. Ce qui lui permit de caler plus facilement cette partie de la page de journal, entre les deux lames de verre épaisses, trouvées dans un compartiment sur le côté du microscope. Puis il glissa le tout sous les valets du microscope. Il ajusta la mise au point de l'objectif, tout ce qu'il voyait c'était un amas de fibres de papier. De sa main droite, il fit pivoter le bloc optique du microscope qui était muni de trois objectifs et sélectionna celui grossissant le moins avant d'effectuer la mise au point.

Ce qu'il avait pris pour du braille lorsqu'il avait utilisé la loupe, était en fait des chiffres et des lettres qui semblaient former une adresse :

47-50 Streets Rockefeller Center Station
Lift@8am : 6th Ave W 49th St - Saint David's Day

Steve s'interrogea cette fois-ci sur la méthode d'impression utilisée pour obtenir un tel résultat sur un journal tiré à tant d'exemplaires. Tant de précision et une telle qualité pour un texte aussi minuscule, si lisible sous l'objectif d'un microscope.

Il doit s'agir d'une surimpression tapée avec un bon vieux poinçon typographique ! Cela a dû demander une modification de la presse offset, pour que le poinçon tape à l'endroit précis de cette page de journal. Bon, voyons de quoi il s'agit ! Alors, 8 am. Certainement l'heure de rendez-vous. Lift, j'imagine l'ascenseur d'un immeuble. Les informations sont un peu désordonnées, mais qu'importe ! Rockefeller Center Station, l'arrêt de *métro… 6th Ave W 49th, le croisement de rues… St David's Day ?*

Il entra l'adresse de l'intersection de la rue : *6th Ave W 49th St* sur le moteur de recherche. La carte Google, en haut de la page des résultats, s'étendait de Hell's Kitchen jusqu'à Turtle Bay. Il cliqua sur la photo intitulée *Street View* qui se trouvait dans le coin en bas à gauche du plan et se retrouva devant deux voitures à un croisement. Il reconnut l'architecture des gratte-ciels de chaque côté et devina la position du Rockefeller Center qui se situait à sa gauche. Ensuite, il ouvrit un nouvel onglet et y entra : *47-50 Streets Rockefeller Center Station*. Cette fois-ci, il eut droit en guise de résultat à un descriptif complet de la station de métro du Rockefeller Center, celui-ci était accompagné des avis des utilisateurs, des horaires d'affluence, des photos de l'intérieur et de l'extérieur de la station ainsi qu'un accès au plan de *Google Maps*. Il cliqua la photo *Street View et* se retrouva à la même intersection, cependant il se tenait désormais à l'emplacement des deux véhicules qui lui faisaient face sur l'onglet précédent de son navigateur. Le Rockefeller Center, quant à lui, se trouvait à présent à sa droite. Il fit glisser le pointeur de la souris afin de faire pivoter de manière virtuelle la vue autour de l'intersection. Il ne trouva pas l'entrée de la station de métro, cependant il y avait un ascenseur sur un trottoir qui y menait. Il était situé dans le prolongement d'une allée de frênes rouges de Pennsylvanie.

Steve réalisa qu'il pouvait bien s'agir du lieu de rendez-vous mentionné sur l'annonce. L'ascenseur était en fait à l'extérieur au beau milieu d'un trottoir de Midtown et non pas à l'intérieur du Rockefeller Center comme il l'avait pensé au départ en lisant le texte microscopique. Qu'en était-il de Saint David's Day ? Il entra le nom dans le moteur de recherche, il s'agissait d'après les résultats de la fête de Saint-David. Le saint patron du pays de Galles qui était célébré chaque année, le 1er mars.

— C'est-à-dire demain ! dit Steve à haute voix.

Il avait désormais toutes les informations nécessaires concernant le rendez-vous : l'heure, la date et le lieu.

Pas de temps à perdre !

Il ramassa les boules de papier sur le sol et les jeta dans la corbeille sous son bureau. Il vida le reste du café froid de son mug dans l'évier de la cuisine. La pendule indiquait à présent 12 h 30. Steve avait un petit creux, il se prépara un sandwich au jambon, pickles, laitue, cheddar, mayonnaise qu'il dévora en quatre bouchées. Puis il s'empressa de prendre une douche et d'enfiler une tenue décontractée : un bas de jogging gris avec le logo des Yankees imprimé sur la cuisse avant droite, un t-shirt blanc et une paire de baskets blanches montantes. Il en profita pour vérifier dans sa penderie s'il avait une chemise propre et repassée. Il inspecta l'un de ses costumes deux-pièces et sélectionna la cravate qui s'accorderait le mieux avec. Il passa un coup de brosse rapide sur une paire de chaussures de ville en cuir, marron. Enfin, il rangea le tout sur le valet de nuit qui se trouvait à côté de sa table de chevet.

De retour dans son salon, il prit son ordinateur portable déjà ouvert sur la table basse à côté du canapé et s'installa à son bureau.

Un CV était-il nécessaire ? Pas vraiment !

Sa carrière se résumait aux années de services parmi les forces de l'ordre. Il avait choisi vers l'âge de quinze ans que c'était ce qu'il voulait faire de sa vie. Il avait rejoint la NYPD dès la fin de ses études puis avait dirigé sa carrière vers le BCI, où il avait travaillé jusqu'à son récent burn out. Toutes les informations le concernant, du moins les professionnelles, étaient accessibles sur internet. Elles comprenaient des articles de presse entre autres, mais aussi des documentaires auxquels il avait participé sur *Investigation Discovery Channel*. Steve avait en effet enquêté sur des affaires qui avaient ému la nation entière, il avait d'ailleurs fait la une des médias à quatre reprises. Il lui arrivait aussi de donner des conférences de presse durant des moments clés d'enquêtes hypermédiatisées.

Il replia son ordinateur portable et posa ses mains dessus, pensif.

Voyons d'abord ce que propose Duvall ! La meilleure façon d'appréhender cet entretien, s'il y en a un, c'est de s'y préparer.

2

Dimanche 6 août 2023

— *Mesdames et messieurs, le commandant de bord ainsi que l'équipage, vous souhaitent la bienvenue à bord du vol 105 à destination de New York. Veuillez attacher vos ceintures et respecter les consignes de sécurité.*

Kate serra les accoudoirs de son siège et se mit à mastiquer son chewing-gum avec ardeur. L'avion termina de se positionner sur la piste de décollage, les hôtesses eurent juste le temps de rejoindre leurs sièges situés à côté d'une cuisine de bord à l'avant de l'A350. La poussée de l'accélération ne tarda pas, le bébé qui gémissait depuis son embarquement se tut. L'avion quitta le sol.

Matt ne quittait pas des yeux le hublot couvert de fines gouttelettes. Il balayait du regard un Dublin grisailleux à la recherche du champ de course hippique qui se trouvait à deux pas de chez eux. À cette distance, celui-ci ressemblait à une empreinte de pas de géant posé au milieu des pâtés de maisons. Une fois l'hippodrome repéré, il lui était facile de retrouver leur habitation ainsi que son pub local et le golf de Stepaside où il pratiquait trois fois par mois. Il survola aussi le village de Glencullen où vivaient ses parents à l'écart de la ville, dans les montagnes de Wicklow qui bordent le sud de Dublin.

L'avion aborda un grand virage à droite, toujours en prenant de l'altitude. Il se redressa avant de s'enfoncer dans l'épaisse couche de nuages. L'A350 faisait désormais dos à la mer d'Irlande. Il termina de traverser l'écume céleste en poursuivant son ascension dans le ciel bleu azur et se stabilisa. Enfin, il reprit une position horizontale, un signal sonore retentit, suivi d'une cacophonie de cliquetis d'ouverture de ceintures. Les passagers qui venaient de s'enfiler deux ou trois pintes de bière au bar de l'aéroport se précipitèrent vers les toilettes. D'autres passagers ouvrirent les compartiments se trouvant au-dessus de leurs sièges.

Matt sentit un regard se poser sur lui, il leva les yeux. Un petit garçon debout sur le siège d'en face était agrippé au dossier de son fauteuil et lui souriait. Matt répondit au sourire d'enfant en lui faisant une grimace. La langue tirée pointant vers le menton et les yeux exorbités tels un rugbyman néo-zélandais en plein haka, il tenta de le faire rire. Le visage du petit garçon se décomposa. Apeuré, il se tourna vers sa mère assise à sa gauche et se jeta dans ses bras.

Pas vraiment la réaction à laquelle je m'attendais ! pensa Matt en dépliant son journal, une hôtesse lui avait remis un exemplaire du *Irish Times* à l'entrée de l'avion lors de son embarquement, qu'il se mit à feuilleter.

Kate qui avait assisté à toute la scène s'adressa à lui.

— Matt, sérieusement ?

— Quoi ? J'essayai juste de le faire rire ! répondit-il en articulant à voix basse.

Kate, plus détendue qu'au décollage, alluma l'écran tactile incrusté dans le dossier du siège face à elle. Un des passagers sur sa gauche, de la rangée de sièges centrale, se leva et ouvrit le compartiment situé au-dessus de la tête de Kate. L'homme trapu se mit à fouiller du bout des bras dans son sac de voyage se trouvant à l'intérieur. Le bas de son polo rouge, déjà bien tendu sur son ventre rond, s'échappa soudain de son bermuda pourtant sécurisé par une ceinture. Il remonta jusqu'à son nombril, laissant apparaître un ventre gras et poilu. Kate qui l'observait du coin de l'œil laissa échapper une grimace de dégoût et détourna son regard vers Matt qui avait toujours la tête plongée dans son journal. Kate saisit les écouteurs fournis par la compagnie aérienne et les brancha dans la prise *jack* de l'accoudoir. L'homme était retourné s'asseoir à sa place. De son index, elle fit défiler les films qui lui étaient proposés sur l'écran d'accueil. C'est sur *The Banshees of Inisherin* qu'elle jeta son dévolu avec Colin Farrell et Brendan Gleeson. Elle lança le film et régla le volume du son depuis l'écran.

Matt l'interrompit en posant sa main sur son avant-bras. Elle retira les écouteurs de ses oreilles, se tourna vers lui et pouffa de rire.

— Quoi ? demanda-t-il en souriant.

— Tu as une tache !

— Une tache ? Mais où ?

— Là, sur le bout de ton nez.

— Ah mince !

Matt avait pour habitude de tourner les pages de son journal en se mouillant le bout de l'index avec sa langue, ce qui expliquait la tache d'encre laissée sur son nez dont il frotta l'extrémité avec la paume de sa main.

— C'est bon, elle est partie. Tu disais.

— Rien d'important. Enfin, juste que ça y est, on est en vacances !

— Oui, je suis si contente ! Les filles vont me manquer, mais nous n'étions pas partis seuls depuis le début de ma première grossesse. J'espère que tout se passera bien avec mes parents, ma sœur a promis de les emmener au zoo cette semaine avec ses enfants.

— Tant mieux ! Pas la peine de s'inquiéter alors. Je suis sûr que tout va bien se passer. Il y a mes parents aussi, ne l'oublie pas. On peut se détendre à présent et ne plus penser qu'à New York, à ses magasins, ses monuments, ses spectacles, ses gratte-ciels ! J'ai vraiment hâte d'y être !

Matt se pencha en avant pour attraper son sac qu'il avait posé à ses pieds sous le siège de devant et en sortit un guide *Lonely Planet New York*.

— Tiens !

— Non, pas maintenant je te remercie. Je regarderai ça plus tard, je viens de commencer un film.

— Comme tu veux, répondit Matt en embrassant Kate, il replaça son guide de voyage dans son sac et se replongea dans la lecture de son journal.

Matt et Kate s'étaient rencontrés une vingtaine d'années auparavant dans un petit village de pêcheurs situé au cœur du Burren, un gigantesque plateau rocheux longeant la baie de Galway vers le nord et s'étendant au sud le long de l'océan Atlantique.

Matt, originaire de Dublin, avait décroché un emploi de barman pour l'été au Hylands Hotel. Un établissement tenu par la famille Greene depuis plus d'un siècle et qui avait su s'adapter à une clientèle devenue plus cosmopolite au fil des années.

Le village était traversé par le Wild Atlantic Way, une route touristique côtière dont la fréquentation avait augmenté au cours de ces dernières années. Les touristes y abondaient dès le printemps, et ce jusqu'à l'automne. Ils arrivaient pour la plupart des Cliffs of Moher et poursuivaient leur route vers Galway en suivant la côte pour se rendre dans le Connemara.

Kate était Dublinoise comme Matt. C'est à l'office du tourisme local qu'elle avait réussi à décrocher un job pour la saison touristique. Sa longue chevelure ondulée rousse et ses yeux verts lui valaient toujours d'agréables compliments, provenant en particulier des touristes américains d'un âge avancé qui voyaient en elle la Mary Kate Danaher immortalisée par John Ford dans le film *L'Homme tranquille*. L'office du tourisme ne s'était pas trompé en choisissant Kate, elle apportait une plus-value au village et à ses alentours dont elle vantait les mérites avec aisance aux touristes de passage.

Le village était peuplé de deux cent cinquante âmes pour cinq pubs tout aussi chaleureux les uns que les autres, rendant les nouvelles rencontres faciles. Kate et Matt s'étaient rencontrés aux Monks, un pub situé en face du quai d'amarrage du village. Ils s'éprirent rapidement l'un de l'autre.

Lorsque la saison touristique fut terminée dans le petit village de pêcheur, Matt et Kate étaient rentrés à Dublin et avaient gardé le contact. Seule une dizaine de kilomètres séparaient leurs maisons parentales respectives dans les quartiers où ils avaient grandi.

Il leur était facile de se retrouver dans des lieux qu'ils connaissaient déjà. Deux ans après leur rencontre, ils s'installèrent ensemble dans un appartement au sud de Dublin puis ils se marièrent l'année suivante. Julia naquit de cette union six ans plus tard puis Ashley suivit à quatre après.

La petite famille vivait désormais dans une maison située non loin de leur premier appartement, au pied des montagnes Wicklow à Stepaside. Leur première rencontre remontait déjà à vingt ans et c'est à New York qu'ils avaient choisi de la célébrer, cette année. Ils avaient confié leurs deux filles aux parents de Kate.

Le vol se déroula plus vite que le couple ne l'avait imaginé. Matt et Kate s'étaient endormis tour à tour à trois reprises durant le voyage. L'avion s'approchait de la côte Est des États-Unis. Un signal retentit et le voyant indiquant aux passagers de refermer leurs ceintures s'alluma.

Une hôtesse décrocha le combiné fixé à l'arrière de la cabine de pilotage et annonça :

— *Mesdames et messieurs, après avoir survolé la Nouvelle-Écosse, nous nous approchons maintenant de Boston où nous allons commencer à amorcer notre descente vers New York. Je vous prie de bien vouloir regagner vos sièges, de rabattre votre tablette et de bien vouloir attacher vos ceintures. Actuellement, la température à New York est de 22 °C. Nous espérons que votre voyage s'est bien déroulé. Le commandant de bord ainsi que l'équipage vous souhaitent un agréable séjour à New York.*

Kate, encore assoupie, entrouvrit ses paupières et s'exécuta. Matt, quant à lui, replaça son guide de voyage dans son sac sous le siège. Il boucla ensuite sa ceinture et colla à nouveau son nez contre le hublot en espérant apercevoir les gratte-ciels de la ville. Mais il ne vit que de grandes étendues d'eau qui ressemblaient à des marécages avec des pâtés de maisons disséminés le long d'une plage. L'A350 amorça un franc virage vers la gauche puis vers la droite, Matt aperçut enfin au loin la silhouette d'une ligne de gratte-ciel qui se dessinait à l'horizon. L'avion se rapprochait du sol et ne tarda pas à toucher le tarmac de l'aéroport international JFK.

3

Quand ils en eurent terminé avec les douanes, Matt et Kate s'empressèrent de récupérer leurs bagages et de quitter le terminal. Puis, ils se mirent à la recherche d'une navette qui les emmènerait à Manhattan pas loin de l'hôtel qu'ils avaient réservé. Ils n'eurent aucun mal à en trouver une, à peine sortie du terminal. Ils s'approchèrent d'un chauffeur en uniforme portant un képi qui attendait devant un minibus couvert de publicités. Le chauffeur avait un accent de l'Europe de l'Est et confirma au couple que la navette se rendait bien à Grand Central Terminal. Une fois les tickets réglés et les bagages rangés à l'arrière du minibus, le chauffeur racola les passants portant une valise à la main sur les trottoirs du terminal de l'aéroport.

— Grand Central, Grand Central Terminal !

Ce qui eut pour effet d'attirer une poignée de touristes supplémentaires souhaitant se rendre à la célèbre gare située au cœur de Manhattan. En peu de temps, la navette était pleine. Le chauffeur indiqua aux touristes supplémentaires affluant, vers quelle navette ils devaient se diriger pour se rendre au même endroit. Puis, il s'installa derrière son volant et ferma la porte battante. La fraîcheur de la climatisation envahit le compartiment. La navette se fraya une sortie entre les taxis et les autres minibus qui arrivaient au terminal de l'aéroport, elle s'engagea sur une voie rapide et quitta la zone aéroportuaire.

La circulation était dense, mais en mouvement. Au loin, la ligne des gratte-ciels se dessinait et grossissait au fur et à mesure que le bus progressait vers Manhattan. La vue était devenue spectaculaire lorsque la navette s'engagea sur le Queensboro Bridge. La circulation devint plus fluide lorsqu'ils atteignirent Manhattan. La navette déposa Matt et Kate au Pershing Square où un café-restaurant du même nom se trouvait, devant le Grand Central Terminal. Non loin de là, Matt y avait réservé une chambre d'hôtel dans la 44e Rue au Shamrock Arms Hotel, un établissement confortable avec une touche d'élégance irlandaise. Il l'avait choisi sur les recommandations d'un ami qui travaillait pour un voyagiste spécialisé dans les voyages aux États-Unis à Dublin.

Arrivés devant l'hôtel, Matt et Kate furent accueillis par le portier qui leur souhaita la bienvenue et les accompagna à la réception. Une réceptionniste vérifia que tout était en règle et remit deux cartes d'accès au couple.

— Je vous souhaite un bon séjour dans notre hôtel, Eugene va s'occuper de vos bagages et vous montrer votre chambre.

— Suivez-moi, dit Eugene.

Kate et Matt lui emboîtèrent le pas, ils longèrent un long couloir cossu à la sortie de la réception, celui-ci était couvert de moquette verte avec des motifs jaunes. Des logos de l'hôtel espacés chacun d'un mètre avaient été brodés en fil doré au centre de la moquette du couloir. Les murs étaient recouverts de boiseries peintes en blanc. Au bout du couloir se trouvaient deux ascenseurs.

Eugene posa les valises et pressa le bouton d'appel de l'ascenseur, une sonnerie retentit et la double porte de celui situé à leur droite s'ouvrit. Eugene laissa la place au jeune couple pour leur faire signe de monter, puis il prit leurs valises et s'adressa à eux en pressant le bouton du huitième étage.

— C'est votre première fois à New York ?

— Oui, un voyage prévu depuis si longtemps ! répondit Kate.

— Il y a des brochures touristiques sur un présentoir à la réception, n'hésitez pas à en prendre. Elles contiennent des informations utiles. Il y en a une pour chaque attraction. Il y a aussi un guide qui résume l'essentiel de New York, les incontournables s'y trouvent. Vous y trouverez aussi une carte de Manhattan avec le réseau de transport métropolitain. Si vous avez besoin d'autres informations, n'hésitez pas à vous adresser à moi. J'ai grandi de l'autre côté de l'East River, à Brooklyn. Je connais bien la ville !

— Merci, nous n'y manquerons pas. C'est parfait pour la carte du réseau de transport métropolitain, nous en aurons bien besoin pendant notre séjour, dit Matt.

— Oui, cette carte deviendra votre meilleur accessoire. Elle et votre paire de baskets !

— Paire de baskets ? demanda Matt.

Au même moment, la sonnerie de l'ascenseur retentit. Ils venaient d'arriver au huitième étage. Eugene tendit la main pour indiquer la sortie de l'ascenseur et pour laisser passer le couple.

— Oui, une paire de baskets pour marcher. Les transports en commun sont bien pratiques, malgré tout on finit toujours par avaler des kilomètres à pied à New York ! Nous avons des clients de l'hôtel qui après deux ou trois jours d'excursions se plaignent d'ampoules aux pieds et de problèmes d'articulations ou musculaires. Et je vous parle de personnes jeunes. Quand les antidouleurs ne suffisent plus, ils finissent par nous demander l'adresse d'un bon médecin.

Eugene doubla Matt et Kate pour les devancer dans le large couloir qui les menait à leur chambre.

— Par ici, je vous prie. Suivez-moi !

— En effet, nous sommes là pour plus d'une semaine et ce serait dommage de passer notre séjour entre les salles de consultation et les pharmacies. J'ai bien des tennis avec moi, mais ce sont des semelles plates, pas vraiment faites pour la marche. Je les croyais suffisantes pour arpenter les trottoirs de New York et toi tu as amené des baskets ? demanda Matt en se tournant vers Kate.

— Non, j'ai surtout pris des sandales pour aller avec mes robes. Ah si ! J'ai une paire de sandales, confort, semelles épaisses et molletonnées. Répondit-elle.

— Excusez-moi, je ne voulais pas vous inquiéter. Je suis certain que vos chaussures suffiront, répondit Eugene en riant, puis il s'arrêta devant la porte 807.

Matt glissa la carte dans la fente qui se trouvait au-dessus de la poignée. Un voyant vert s'alluma, suivi d'un cliquetis. Il tourna la poignée et ouvrit la porte. Sur la gauche de l'entrée se trouvait un boîtier fixé au mur, similaire à celui sur la porte. Matt y glissa la carte dans la fente et les lumières de la chambre s'allumèrent.

— Bon ! Supposons que nous souhaiterions acheter une bonne paire de baskets, est-ce qu'on peut trouver un bon magasin de chaussures dans le quartier ? demanda Matt à Eugene.

— Il faut vous rendre à Times Square, vous êtes certain d'en trouver une là-bas ! répondit-il.

Il se dirigea vers une commode basse qui servait aussi de réceptacle pour les bagages et y déposa la valise de Kate.

— Et c'est loin d'ici ?

Matt déposa sa valise et son sac à dos au pied du lit double.

— Environ dix minutes à pied. Je vous montrerai la direction en partant de l'hôtel. Il y a un bon magasin de baskets Duvall en face de Hershey's Chocolate World.

Eugene leur fit visiter la chambre, elle était accueillante, *cosy*. Le lit *king size* se terminait sur une tête de lit capitonnée couverte d'un cuir rouge, le tout entouré d'un cadre en chêne massif qui montait jusqu'au plafond. Le sol était couvert d'une moquette épaisse de couleur café crème dans le même ton que la tapisserie qui couvrait les murs, seules les plinthes, les portes et les boiseries étaient peintes en blanc. Un écran de télévision était fixé sur mur en face du lit. À gauche de l'entrée de la chambre se trouvait une penderie à côté de laquelle on pouvait accéder à la salle de bain. Sur la droite du lit se trouvaient un minibar et une coiffeuse, laquelle pouvait aussi servir de bureau. Une bouilloire électrique avec deux mugs en porcelaine, deux cuillères à café, deux verres transparents et deux flûtes à champagne étaient posés dessus. Dans un pot en porcelaine des sachets de sucre, de café, de thé et à côté, dans une soucoupe, quatre biscuits à la cannelle emballés et quatre chocolats enveloppés dans un aluminium vert menthe.

Eugene ouvrit le minibar plein de mignonnettes d'alcool, de sodas, de demi-bouteilles d'eau. Sur la porte, deux demi-bouteilles de champagne qu'il empoigna.

— Cadeau de la maison ! dit-il en les posant sur la coiffeuse.

— Oh, parfait ! Eugene je commence vraiment à vous apprécier ! plaisanta Matt.

Matt accompagna Eugene vers la sortie en le remerciant.

Lorsque la porte de la chambre fut refermée, Kate se jeta sur le téléphone et appela sa mère, laquelle devait être en train de déjeuner à l'autre bout de l'Atlantique. C'était dimanche et comme tous les dimanches la mère de Kate avait pour habitude de préparer un poulet rôti accompagné de pommes de terre rôties, de carottes et de brocolis servis avec une sauce brune.

Matt inspecta la chambre. Il ouvrit une fenêtre qu'une sécurité ne permettait que d'entrouvrir, cela évitait qu'un corps d'enfant ou d'adulte ne puisse s'y faufiler. Il y glissa sa tête et prit une grande bouffée d'air. Ça sentait la ville ! Les odeurs moites de fast-food se mêlaient à celle de l'asphalte à peine coulé. La ville bourdonnait de vie. Les bruits des voitures, des marteaux piqueurs, des sirènes et des gens sur les trottoirs se mélangeaient pour offrir une merveilleuse symphonie urbaine.

Matt leva la tête et il aperçut la pointe du Chrysler Building. Le métal argenté qui recouvrait la pointe de l'édifice avait pris une teinte dorée. Le soleil se couchait sur Manhattan.

4

Steve n'avait jamais été confronté à un entretien d'embauche pour une entreprise privée bien qu'il en connût le fonctionnement. Son évolution de carrière au sein du BCI s'était fait grâce aux enquêtes qu'il avait réussi à résoudre avec succès.

Pour se préparer à ce mystérieux rendez-vous, il fallait qu'il trouve un moyen de se détendre. La semaine, c'est en pratiquant du sport qu'il y parvenait. Aujourd'hui, il laissa le sport de côté et opta pour la méthode « maltée », afin de mieux appréhender cet entretien prévu demain. Cette méthode consistait à se rendre dans le bar de son quartier et à boire un double whisky. Au vu de l'annonce diffusée par Duvall, l'entretien ne devrait pas être aussi ennuyeux qu'un entretien classique.

Il s'installa sur son canapé et alluma son téléviseur sur la chaîne de sport *SNY*[1]. Sur son téléphone portable, il chercha plus d'informations sur l'entreprise Duvall bien

[1] *SportsNet, New York.*

qu'il en eût déjà entendu parler et que leurs publicités étaient présentes sur toutes sortes de supports médiatiques. Elle entrait dans le classement des dix compagnies sportives les plus populaires en Amérique du Nord. Son siège social était installé à Olympia, dans l'État de Washington. Duvall avait des boutiques dans le monde entier, mais surtout aux États-Unis.

Steve envoya un SMS à son ami Nigel, un habitué de son bar local, l'O'Leary's Pub.

Nigel doit y être ce soir, pensa-t-il.

Ils se connaissaient depuis qu'il avait emménagé dans le quartier de Yorkville. Nigel confirma sa présence ce soir à partir de dix-huit heures.

En fin d'après-midi, il gribouilla une note sur une feuille A4 qu'il prit de son imprimante et la glissa dans une enveloppe sur laquelle il y inscrit : *Nigel*.

Steve se rendit dans le vestibule de son appartement. Il prit en passant son trousseau de clés et son portefeuille qui étaient déposés dans le vide-poche sur la desserte placée contre le mur. Il enfila son bomber vert-kaki accroché au portemanteau et rangea l'enveloppe dans sa poche intérieure. Il glissa son portable dans la poche droite de son pantalon de jogging gris clair et le trousseau de clés dans la poche de gauche. Steve marqua un temps d'arrêt devant le miroir couvrant un pan de mur de son vestibule. Il enfila sa paire de baskets blanches qui se trouvait au pied du miroir. Puis il quitta son appartement en claquant la porte derrière lui.

L'O'Leary's Pub se trouvait à un pâté de maisons de chez lui. Arrivé au bar, il chercha du regard Nigel qu'il ne tarda pas à trouver, il était toujours assis sur le même tabouret quand celui-ci était libre, au bout du long bar imposant à côté du distributeur de cacahuètes grillées. Il s'y rendait tous les mardis. Nigel était originaire de Boston et habitait Yorkville lui aussi. Il était charpentier de profession. Steve alla s'asseoir à ses côtés.

— Comment vas-tu ? Ce n'est pas courant de te voir ici en début de semaine, dit Nigel.

— J'avais besoin de sortir, de prendre l'air ! Et comme tu es là tous les mardis soir, je me suis dit que ça me ferait du bien de me joindre à toi pour boire un verre. Et toi, comment ça va ? dit Steve tout en interpellant le barman de la main.

— Bien ! Je travaille du côté de Lenox Hill en ce moment. On a un chantier sur une maison qui date de 1912, une vraie beauté !

— Elle a dû en voir défiler du monde avec toutes ces années. Quel genre de maison ?

— Un bâtiment en calcaire, je m'occupe de la charpente et des planchers, il y a du boulot ! La Henry Clay Frick House tu connais ?

— Mais oui, celle qui se trouve à côté de Central Park sur la cinquième ? Henry Clay Frick, un industriel de l'acier qui a fait fortune durant la *Gilded Age*[1]. Un beau chantier, j'imagine !

— Superbe, on y sera pendant plusieurs mois.

— Pas loin de chez toi !

Le barman interrompit la conversation.

— Steve, qu'est-ce que je te sers ?

— Mets-moi une assiette de frites, des mini saucisses et un double Black Bush… ah, et ajoute une pinte de Guinness pour Nigel, s'il te plaît !

Le barman passa un coup rapide de torchon sur le bar à l'endroit où se trouvait Steve. Puis, il alla tirer le stout jusqu'au deux tiers du verre, ensuite il se rendit à la caisse enregistreuse pour taper la commande de Steve. Il prit un verre à whisky, y ajouta deux glaçons, versa une double dose de Black Bush et le déposa devant Steve sur un sous-bock.

— Nigel, j'ai un service à te demander.

— Dis-moi, je t'écoute.

Steve sortit l'enveloppe de sa veste bomber et la posa sur le comptoir.

— Rien de spécial, je vais t'expliquer !

— C'est quoi ? demanda-t-il, dubitatif.

Nigel apercevant son prénom en lettres manuscrites sur l'enveloppe s'apprêta à l'ouvrir lorsque Steve l'interrompit de la main.

[1] Période de prospérité et de reconstruction qui suivit la fin de la guerre de Sécession aux États-Unis et qui s'étala de 1865 à 1901.

— Non, ne l'ouvre pas s'il te plaît ! Demain matin, j'ai un rendez-vous, une vieille affaire à régler. Rien à voir avec le BCI.

Steve ne souhaitait pas trop entrer dans les détails pour l'instant ! Il n'était pas de nature méfiante, cependant il voulait s'assurer que s'il lui arrivait de se retrouver dans une situation dangereuse demain, qu'au moins une personne soit au courant. Il faisait confiance à Nigel. Pour l'instant, il ne savait pas si ce rendez-vous était réel et l'entreprise Duvall avait quelque chose à lui proposer ?

— OK, pas de soucis !

Nigel plia l'enveloppe et la glissa dans la poche arrière de son jean.

— Mais tu veux que je fasse quoi ? Il y a quoi dans cette enveloppe ?

— Si d'ici trois jours, tu ne reçois pas de nouvelle de moi, tu pourras ouvrir l'enveloppe. Dedans il y a mes contacts au BCI et aussi d'autres informations liées à un rendez-vous que j'ai demain. Il n'y a vraiment rien de confidentiel et j'en suis certain, je ne courrai aucun danger demain. D'ailleurs, je t'enverrai un SMS dès la fin de mon rendez-vous. Je sais combien c'est ridicule, mais je t'en dirai plus par la suite.

— Il n'y a rien de ridicule. Ne t'inquiète pas, tu peux compter sur moi.

Les frites accompagnées des saucisses venaient d'être posées sur le passe-plat qui séparait le bar de la cuisine. Le barman termina de tirer la pinte de stout et la posa devant Nigel qui avala le reste de sa pinte à moitié pleine, d'un trait. Le barman amena la commande de Steve et un porte-condiments avec du vinaigre, de la Worcester sauce, du ketchup, de la mayonnaise, du sel et du poivre.

— Tiens, sers-toi ! dit-il à Nigel, en arrosant ses frites de vinaigre de malt.

Les deux amis échangèrent pendant l'heure qui suivit à propos des quartiers historiques et des curiosités architecturales dont New York regorgeait, des sujets qui les passionnaient tous les deux. Puis Steve quitta l'O'Leary's Pub, rentra chez lui et alla se coucher.

5

Mercredi 1er mars 2023, 7 h 40

Steve monta les marches pour quitter la 47-50 Streets Rockefeller Center Station. La fraîcheur d'une journée printanière s'engouffrait dans la bouche de métro. Le soleil se levait peu à peu et donnait une teinte orange aux immeubles de Midtown. Sur la rampe extérieure de la sortie de métro, un panneau indiquait que l'ascenseur réservé aux personnes présentant un handicap et conforme à l'*ADA* [1] se trouvait sur la 49e Rue. Les battements de son cœur s'accélérèrent, il se ressaisit, prit une grande inspiration puis termina son ascension. Il suivit la 6e Avenue et se retrouva au croisement de la 49e. Il aperçut l'ascenseur du métro qu'il avait repéré la veille sur *Street View* et s'en approcha. Pour l'instant, personne ne se trouvait à ses côtés, du moins personne d'immobile. Les gens fusaient dans tous les sens à cette heure-là de la journée pour se rendre sur leur lieu de travail.

[1] *Americans with Disabilities Act of 1990.*

Sur la plaque qui se trouvait sur l'ascenseur de métro, on pouvait lire « *47-50 Streets Rockefeller Center Subway Station B D F M* ».

Hum, serais-je le seul à avoir déchiffré cette offre ? Où n'y a-t-il en fait aucune offre ?

Un homme vêtu en costume-cravate semblable à celui que portait Steve s'arrêta à un angle de l'ascenseur. Il portait un sac à dos de sport noir, le genre de sac contenant un ordinateur portable. L'homme glissa sa main dans sa poche droite, puis en sortit un téléphone portable. Steve observait la scène de manière discrète.

S'agit-il d'un candidat ou d'un recruteur ?

L'homme fixait des yeux son écran de portable, il leva la tête vers Steve qui à son tour se redressa et sortit de son état d'observateur discret. Il sourit à l'homme s'avançant vers lui la main levée. Steve en fit de même, surprit et lui tendit la main. Mais l'homme l'ignora et lui passa à côté pour serrer la main à une personne qui venait d'arriver derrière Steve. Gêné, il prolongea le mouvement de sa main en croisant les bras et leva la tête vers le ciel en faisant mine de rien.

Steve regarda sa montre : 7 h 59.

— David ? entendit Steve.

Il se tourna pour faire face à la personne venant de prononcer le prénom du saint gallois qu'il avait découvert sur l'annonce et dont c'était la fête aujourd'hui. Désormais, une personne qui avait connaissance du rendez-vous s'adressait bien à lui.

— Oui, répondit-il.

Devant lui se tenait un homme vêtu d'un t-shirt blanc, d'une salopette de travail beige, d'une veste orange légère en nylon avec des bandes réfléchissantes jaunes. Il était coiffé d'un casque de chantier en aluminium couvert d'autocollants.

— Suivez-moi, je vous prie.

Steve emboîta le pas de l'ouvrier qui de toute évidence était lié à l'annonce de Duvall. Mais dans le doute, il lui posa des questions.

— Attendez ! Vous êtes bien là pour l'annonce ?

— Oui, tout à fait celle du *New York Times*, les sneakers !

— Quelle entreprise ? demanda Steve.

— Duvall ! répondit l'ouvrier peu bavard en se dirigeant vers l'ascenseur.

— Mais de quel poste s'agit-il ? Et pourquoi cet ascenseur ?

— Concernant le poste, notre *Chief Executive Officer* va répondre à toutes vos questions durant l'entretien. Je suis la personne chargée de vous amener à l'entretien. Voici mon badge.

L'ouvrier de chantier pointa du doigt le badge épinglé sur la poche à rabat de sa veste. Le logo Duvall y était bien présent avec en dessous le prénom, le nom et sa fonction : « *Peter Thompson – Chef de projet* ».

Il tendit la main à Steve.

— Désolé je ne me suis pas présenté, Peter Thompson, je suis en partie chargé du recrutement. J'ai d'ailleurs mis en place l'annonce, vous êtes la seule personne à y avoir répondu et je tiens à vous en féliciter.

— Steve Morgan, enchanté ! répondit Steve en serrant la main de Peter.

— L'ascenseur permet de rejoindre l'entreprise Duvall. La personne qui va vous recevoir vous expliquera.

— D'accord, je vous suis !

Steve, curieux, voulait connaître la suite de cet entretien plutôt intrigant. Il emboîta le pas de Thompson dans la cabine de l'ascenseur, la double porte vitrée se referma derrière eux. Thompson sortit de sa sacoche un casque de réalité virtuelle audio, un symbole Bluetooth était imprimé sur celui-ci.

— Je vais juste vous demander de bien vouloir porter ceci si vous me le permettez ?

— Oui, bien sûr !

Steve mit le casque dont la monture de lunettes était protégée par une bande-coussinet. Une sangle élastique permettait de maintenir le casque VR bien plaqué contre les yeux et les oreilles. Steve se trouvait désormais dans la même cabine d'ascenseur en version images de synthèse, les gens sur les trottoirs avaient disparu. Il tourna la tête de gauche à droite et fut surpris par le réalisme et la précision apportée aux détails de la copie virtuelle du lieu l'entourant. Peter Thompson apparut soudain sous la forme d'un avatar plutôt ressemblant, la salopette et le gilet de travail avaient laissé place à un costume trois-pièces. Il entendit soudain le son d'un tintement de cloche en cristal qui lui indiqua que le casque audio était à présent actif. Le silence fut remplacé par un bruit de fond commun à celui des rues de Manhattan. Il pouvait entendre des klaxons, des sirènes, des véhicules en mouvement, les pas des gens sur les trottoirs. Il entendit la voix de Thompson s'adressant à lui.

— Est-ce que tout va bien, monsieur Morgan ? Me voyez-vous ?

— Oui. Je vous vois, c'est plutôt ressemblant ! répondit Steve, amusé par l'avatar de Thompson.

— Parfait, alors allons-y !

Thompson sortit une carte magnétique de sa poche de veste et la passa devant un lecteur placé sous le tableau de commande de l'ascenseur. Celui-ci entama sa descente qui fut de courte durée. À peine avaient-ils perdu de vue les gratte-ciels en s'enfonçant sous les trottoirs de la ville qu'ils se retrouvèrent dans une station de métro virtuelle déserte. Thompson se tenait désormais dos à Steve devant la sortie de l'ascenseur qui s'arrêta. Les portes s'ouvrirent.

— Suivez-moi, s'il vous plaît.

Steve emboîta le pas de Thompson et tous deux quittèrent la cabine. L'ascenseur virtuel s'était arrêté le long d'un mur à petits carreaux blancs, caractéristique de ceux des stations de métro new-yorkaises. Steve remarqua que les odeurs habituelles du métro étaient absentes. De toute évidence, ils ne se trouvaient pas dans la station du Rockefeller Center, il en déduit qu'il s'agissait d'un niveau intermédiaire. Il entendit l'ascenseur reprendre sa descente, le son provenait du micro de Thompson et c'était ajouté au bruit de fond qui n'était plus celui des rues de Manhattan, mais à présent celui d'une station de métro. Tous deux se déplaçaient sur une bande jaune lumineuse d'un mètre cinquante de largeur. Des flèches en mouvement indiquaient la direction à suivre. Steve suivait Thomson d'un pas hésitant.

— Rassurez-vous, monsieur Morgan, si nous rencontrons un obstacle, je vous préviendrai. Je vous conseille de rester sur la bande jaune et tout devrait bien se passer.

La bande jaune menait à l'entrée d'un couloir au bout duquel se trouvait une porte à double battant. Elle s'ouvrit à l'approche de Thompson sur une salle dont les murs étaient couverts de briquettes rouges. Des fenêtres blanches coulissantes offraient une vue d'un côté sur Central Park, de l'autre sur des gratte-ciels. Le chemin lumineux jaune se terminait au centre de la pièce par une surface ronde sur laquelle se trouvait un fauteuil de cinéma éclairé par un plafonnier. Thompson s'écarta de la bande jaune et de ses deux bras tel un maître d'hôtel, présenta le fauteuil à Steve.

— Je vous en prie, asseyez-vous, dit-il.

Steve se retourna pour faire dos au fauteuil virtuel et se pencha avec prudence en arrière pour s'y asseoir. Devant lui, la double porte par laquelle ils étaient entrés avait disparu et laissait place à un mur de briques rouges sans fenêtres. Le fauteuil était confortable et les accoudoirs larges, Steve le sentit s'incliner en arrière.

— Je peux enlever le casque ? demanda-t-il.

— Pas encore monsieur Morgan.

Il entendit une musique et la pièce virtuelle disparut pour laisser place à un fond blanc avec au centre le logo vert émeraude et argenté de l'entreprise Duvall. Le logo disparut à son tour, désormais Steve voyait dans ses lunettes un bâtiment imposant d'environ cinq cents mètres de longueur, construit en blocs de calcaire. Il était d'une hauteur de quatre étages que l'on distinguait grâce au vitrage foncé qui s'étendait sur toute sa longueur. En haut à droite du bâtiment, on apercevait le logo de l'entreprise Duvall. L'édifice était entouré de peupliers faux-trembles jaunis par l'été indien. Derrière celui-ci se trouvait une vaste étendue de pins, par-delà les cimes, une montagne majestueuse se dressait couverte de neige. En bas à droite de l'écran on pouvait y lire « *Olympia, WA* ». Il s'agissait de la ville où se trouvait le siège de l'entreprise dans l'état de Washington, information relevée par Steve durant ses recherches la veille.

6

Matt sortit de la salle de bain, une serviette de bain autour des hanches.

— Bon ! Et si on allait voir à quoi ressemble le restaurant de l'hôtel. J'ai une faim de loup, je pourrais dévorer une côte de bœuf ! dit-il en s'approchant du lit où étaient posés ses vêtements.

— Oui, d'accord. J'ai vu à la réception que l'hôtel organisait un barbecue tous les lundis soir à la terrasse du bar, répondit Kate en se brossant les cheveux.

Elle venait d'enfiler une robe légère d'été à fleurs, champêtre ainsi que des sandales en corde avec des lanières en cuir jaune. Elle posa la brosse sur la coiffeuse puis glissa un serre-tête recouvert du même tissu que sa robe sur sa chevelure rousse. Elle sortit l'échantillon de parfum qu'elle avait amené d'Irlande dans son sac à main et s'en pulvérisa sur son cou juste en dessous des oreilles.

Matt termina de boutonner sa chemise bleue et enfila le pantalon chino beige qu'il avait posé sur le lit avant d'aller prendre sa douche. Tout en refermant sa braguette et sa ceinture, il enfila ses baskets blanches du bout des pieds avant de les lacer. Il enfila sa montre posée sur sa table de nuit et la régla à l'heure new-yorkaise. Il avait déjà modifié le fuseau horaire de son portable lorsqu'il était dans l'avion, celui-ci se serait de toute façon mis à l'heure une fois qu'ils auraient atterri. Il rangea son portable et son portefeuille dans les poches de son pantalon. Il retourna dans la salle de bain et d'un coup de peigne, plaqua ses cheveux mi-longs en arrière avant d'y ajouter une couche de cire qu'il avait au préalable fait chauffer dans la paume de sa main. Il se savonna les mains avant de retourner dans la chambre pour s'adresser à Kate.

— Prête ? demanda Matt.

— Je suis prête, répondit Kate en attrapant son sac à main.

— Après vous, madame, dit-il en ouvrant la porte et en lui tendant une main vers la sortie.

Le bar était surchargé de bibelots posés sur des étagères fixées sur les murs à différentes hauteurs. Les objets étaient tous plus ou moins liés à l'histoire ferroviaire du temps des locomotives cracheuses de fumée. Le pub avait d'ailleurs été nommé par les propriétaires de l'hôtel : The Tapper's Tavern. Le nom était issu d'un métier qui avait aujourd'hui disparu. Un cheminot muni d'une longue masse tapait sur les énormes roues en acier de la locomotive à vapeur avant son départ. Cela permettait de s'assurer grâce au son que les roues n'étaient pas craquelées. Auquel cas il fallait changer la roue pour éviter qu'elle ne cède lorsque le train était en marche et qu'il ne déraille.

Matt et Kate se dirigèrent vers la terrasse attenante au Pub. Le cuisinier s'affairait déjà à faire cuire des burgers sur le barbecue. L'odeur de viande grillée mit l'eau à la bouche de nos deux touristes. La terrasse était bondée de cols blancs en complet ou en tailleur, bien heureux de pouvoir se détendre après une longue journée de travail. Un couple assis autour d'une table haute sur des tabourets se leva. Matt s'empressa de leur demander s'ils partaient. Ils acquiescèrent d'un hochement de tête. Matt invita Kate à venir le rejoindre tout en remerciant le couple. Une serveuse ne tarda pas à se présenter à eux et débarrassa leur table. Puis, elle leur tendit les menus. Sur sa chemise, un badge portait le prénom : *Debbie*.

— Que puis-je vous servir ? demanda-t-elle.

— Un Manhattan pour moi, répliqua Matt.

— Vous avez de la IPA en pression ? enchaîna Kate.

— Oui, bien sûr.

— Parfait, alors un verre de IPA pour moi !

Debbie prit note de la commande.

— Je vous apporte cela tout de suite ! dit-elle avec un large sourire. Puis elle s'éloigna de leur table.

Matt leva la tête et s'exclama.

— Enfin, nous y sommes ! Il prit une grande inspiration et poursuivit. À nous ! New York !

Kate leva la tête à son tour, malgré l'heure, il faisait encore bien jour. Elle admirait ce carré de ciel bleu qu'avait peint Manhattan au milieu des bâtiments qui entouraient la cour de l'hôtel. La terrasse du pub se trouvait entre quatre immeubles et couvrait un espace d'une centaine de mètres carrés épargné par l'urbanisation. Les propriétaires de l'hôtel avaient su tirer le meilleur de cette parcelle en y installant une terrasse en tek recouvrant toute la surface. Ils y avaient arrangé un espace confort avec des sofas et des plantes d'un côté. Et de l'autre, ils avaient disposé des tables hautes de type industriel avec des tabourets. Il y avait aussi un bar extérieur à côté duquel se trouvait le barbecue. Des objets ferroviaires disséminés à chaque coin de la terrasse rappelaient aux clients qu'ils se trouvaient bien au pub Tapper's Tavern. La table où étaient installés Matt et Kate avait été fabriquée avec l'un de ces vieux feux de signalisation montés sur des poteaux en fer le long des voies ferrées irlandaises. Des spots lumineux éclairaient le plateau de bois monté autour du poteau qui servait de table.

Debbie apporta les deux boissons demandées sur un plateau. Matt et Kate lui commandèrent deux hamburgers avec des frites et une bouteille de cabernet-sauvignon californien.

Une fois servis, ils en profitèrent pour discuter de ce qu'ils allaient faire demain. Ils s'accordèrent sur la visite de la statue de la Liberté et d'Ellis Island le matin. L'après-midi, ils se rendraient à Central Park. La journée ayant été longue, ils montèrent dans leur chambre vers vingt-deux heures. Mais les demi-bouteilles de champagne laissées par Eugene dans le minibar étaient bien trop tentantes pour les ignorer. Matt en déboucha une, qu'ils partagèrent ensemble, Kate ne termina pas sa coupe et s'écroula sur le lit. Matt ne tarda pas à en faire de même.

7

La vidéo de présentation de l'entreprise Duvall dura une bonne dizaine de minutes et se termina par le survol d'une carte du monde en rase-motte sur laquelle Duvall affichait sa présence internationale par des logos disséminés sur plusieurs continents.

Puis la carte disparut et laissa place à une pièce dont les murs étaient enduits de béton ciré. En face de Steve, un mur vitré du sol au plafond et dont la vue donnait sur un parc boisé. Au centre de la pièce, un homme se tenait appuyé contre le rebord d'un bureau en merisier. Âgé d'une soixantaine d'années, il avait une chevelure blanche mi-longue. Le regard vif, il portait une paire de lunettes avec une fine monture dorée. Une bienveillance émanait de son visage souligné par un charisme naturel. Il était vêtu d'un costume trois pièces cossues, avec aux pieds une simple paire de sneakers blanche de la marque Duvall.

Cette fois, il ne s'agissait plus de réalité virtuelle, mais la retransmission était bien réelle. Thompson intervint, Steve pouvait l'entendre, mais il ne le voyait pas.

— Monsieur Morgan vous êtes à présent en direct avec monsieur John Duvall, fondateur, et CEO de l'entreprise Duvall. Monsieur Duvall, c'est à vous.

— Monsieur Morgan, bonjour ! J'espère que la présentation vous a plu ? dit l'homme d'une voix chaleureuse.

— Oui, je suis très impressionné ! Bonjour, monsieur Duvall. C'est un plaisir de vous rencontrer, répondit Steve en se repositionnant dans son fauteuil, conscient qu'il était désormais en direct et que l'entretien commençait.

— Il y a une bouteille d'eau sur l'accoudoir de droite si vous le souhaitez.

Steve posa sa main à tâtons sur celui-ci et la fit glisser vers l'avant, il trouva une bouteille en plastique fraîche.

— Merci !

Il l'agrippa de sa main, dévissa le bouchon et en but une gorgée avant de la replacer dans le compartiment de l'accoudoir.

— Tout d'abord, je tiens à vous remercier d'avoir répondu présent à l'annonce que nous avons publiée hier dans le *New York Times* et je vous félicite pour votre perspicacité. Je suis monsieur Duvall, fondateur et CEO de Duvall Sport Co. Je tiens par ailleurs à vous présenter nos excuses quant à la méthode peu conventionnelle du processus de recrutement mis en place par notre entreprise. Je vous rassure, vous êtes entre de bonnes mains, nous ne faisons pas partie d'une organisation criminelle, loin de là !

Duvall Sport Co. serait bien mal tombé... Enlèvement d'un agent du BCI. Le bureau aurait eu vite fait de me retrouver surtout avec l'enveloppe que j'ai laissée à Nigel la veille au bar. Tiens d'ailleurs, je crois que je l'ai mis dans la confidence pour rien... Pensa Steve en souriant.

— Je dois avouer que vous avez une façon peu commune de recruter votre personnel. Mais je trouve la méthode audacieuse et elle a vraiment attisé ma curiosité.

— Plutôt qu'un recrutement classique, nous avons opté pour une offre qui ne serait visible que par des personnes avec vos qualités. C'était une première pour nous et nous sommes plutôt satisfaits du résultat. Monsieur Thompson, notre chef de projet a proposé et mis en place cette méthode de recrutement en collaboration avec notre service des ressources humaines. Nous avons tout de suite été séduits par l'idée.

— J'ai cru reconnaître le mont Rainier lors de la présentation de l'entreprise et votre siège est situé à Olympia. Est-ce que le poste est basé dans l'état de Washington ?

— Le poste à pourvoir est à New York, nous souhaitons y implanter un bureau d'étude ou plutôt un centre de recherche et de développement, ici même sous le

Rockefeller Center. Le plus gros des travaux d'installation a été achevé durant la période de pandémie. D'autres installations plus spécifiques à nos besoins ont pris beaucoup plus de temps, mais nous sommes maintenant opérationnels et nous sommes à la recherche d'un directeur des opérations pour ce nouveau projet. Nous nous sommes permis d'effectuer des recherches à votre sujet pendant que vous visionniez la présentation de l'entreprise, votre expérience professionnelle, dans un domaine si différent du nôtre, nous intéresse beaucoup ! De plus, vous êtes la seule personne à avoir pu déchiffrer l'annonce, ce qui fait de vous le candidat idéal.

— Il est vrai que je ne connais rien de la façon dont sont fabriqués les sneakers. Mon expertise dans ce domaine, dans la profession que j'exerçais jusqu'à présent, se limitait à celles des empreintes laissées par les semelles de chaussures. Je suis familier avec votre logo, il faisait partie du top dix des empreintes de baskets retrouvées sur les scènes de crimes.

— Le genre de publicité dont on se passerait bien ! Vous avez répondu à l'offre, j'en conclus qu'elle vous intéresse ?

— Tout à fait, le poste m'intéresse !

— Cependant, vous parlez de votre profession au passé, n'êtes-vous plus en service ?

— Je ne suis pas en service, en effet. Je suis en congé sabbatique en accord avec le BCI. Je viens de terminer quinze années de services durant lesquelles j'ai eu l'occasion de travailler sur des affaires difficiles et éprouvantes. J'avais besoin d'une pause et je m'interrogeais sur la possibilité d'une reconversion professionnelle. Votre annonce m'a intrigué. J'étais curieux de savoir si d'abord il y avait bien un entretien d'embauche et ensuite pour quel genre de poste une telle annonce peut être publiée.

Steve évita de rentrer dans les détails d'ordre personnel. Inutile de mentionner son divorce, son burn out et sa dépression récente.

— Parfait, dans ce cas laissez-moi vous en dire plus à propos de Duvall et au sujet du poste que nous proposons. Comme vous l'aurez compris sur la vidéo de présentation de l'entreprise, nous sommes spécialisés dans le marché compétitif de la chaussure de sport. Notre compagnie a été fondée en 1982 à Olympia dans l'état de Washington et a depuis acquis une renommée mondiale. Pour faire court, aujourd'hui ce ne sont pas moins de huit cents millions de paires de chaussures Duvall vendues par an dans le monde. Notre meilleur point de vente se trouve à moins d'un kilomètre de l'endroit où nous nous trouvons. Il s'agit de la boutique située à Times Square. Pour ma part, je suis dans mon bureau au siège de l'entreprise Duvall à Olympia dans l'état de Washington. Afin de répondre et de nous adapter à la demande de notre clientèle sur le sol américain, mais aussi dans le monde, nous avons mis en place ce centre de recherche privé ici dans les sous-sols de New York. Nous avons pu négocier avec la ville et la compagnie chargée de la gestion des transports publics, l'occupation d'espaces inutilisés du métro new-yorkais. Ce centre de recherche comprend des bureaux, un data center, un laboratoire ainsi que d'autres commodités nécessaires au bon fonctionnement de cette nouvelle branche. Nous avons aussi créé ce que nous appelons des cellules de prélèvements disséminées dans la ville. Elles sont accessibles par les ascenseurs du métro. La ville est satisfaite du contrat d'occupation que nous avons signé avec elle, car en contrepartie, Duvall prend en charge une partie de l'entretien des voies et autres installations du métro new-yorkais en supplément d'un loyer.

— Si vous me le permettez, pourquoi avoir choisi New York et non pas Olympia ? interrompit Steve.

— New York brasse une population touristique venant des quatre coins de la planète à laquelle il faut ajouter les touristes américains. Ce sont ces touristes qui ont fait de Times Square notre meilleur point de vente. Les statistiques de notre service financier le montrent. Les règlements en espèces se faisant rares depuis la pandémie, nous pouvons grâce aux paiements par cartes bancaires et par mobiles obtenir une idée précise de la provenance de nos clients. Il arrive aussi qu'ils passent leurs commandes en *click and collect* ; depuis Londres ou Rio de Janeiro par exemple, avant même de se rendre à New York. Ce sont tous ces clients que nous visons et à qui nous souhaitons vendre plus de sneakers en répondant encore plus vite à leurs attentes. Pour ce faire, il faut que nous soyons proches d'eux, que nous sachions ce qu'ils recherchent, que nous étudiions leurs habitudes afin de pouvoir toujours avoir un pas d'avance sur nos concurrents. Chaque paire de sneakers doit correspondre à un coup de cœur pour chaque personne qui passerait devant la vitrine d'une boutique Duvall. Pour conclure, ce que nous recherchons aujourd'hui, c'est une personne de confiance qui sera à la tête de notre centre de recherche souterrain ici à New York ! Celui-ci devra faire preuve de la plus grande discrétion et je pense que c'est une qualité que vous avez déjà. Vous seriez à la tête de quatre-vingt-dix employés.

Steve était enthousiaste à l'idée de faire partie de cette nouvelle aventure et avait déjà pris sa décision.

— Monsieur Duvall. Je suis flatté que ma candidature vous convienne et de la proposition de poste que vous me faites. Je serais ravi de rejoindre votre compagnie et d'occuper une telle fonction. Cela me permettrait d'embrasser une nouvelle carrière.

— En tant que DO, nous vous offrons un salaire de deux cent quarante mille dollars par an accompagné d'une prime trimestrielle d'intéressement. Des déplacements seront nécessaires au siège situé à Olympia et dans d'autres filiales de l'entreprise. Notre principale usine de production est à Rockford dans l'Illinois. Vos frais de déplacement seront pris en charge par la compagnie. Il y a aussi une mutuelle santé incluse, ainsi qu'un livret de bienvenue *Duvall Club Select* qui donne accès à des avantages sur des activités et des événements sportifs locaux.

Steve approchant de la cinquantaine voyait ici une occasion en or qui lui permettrait d'avoir une vie plus stable et plus confortable financièrement. Il pourrait, par la suite, reformer sa famille. Du moins, c'est ce qu'il espérait.

— Je dois le reconnaître qu'il me serait difficile de refuser une telle offre.

— Sachez juste à titre d'information que le contrat que nous avons conclu avec l'hôtel de ville de New York et la MTA[1] a un lien direct avec les performances de ventes réalisées grâce au centre de recherche, car nous prenons en charge une partie de l'entretien du réseau métropolitain comme je vous l'ai expliqué auparavant. Ce contrat, si l'expérience s'avère concluante, permettra d'ici cinq ans de couvrir un quart des coûts de maintenance du métro new-yorkais et par la suite offrira la possibilité de participer à la rénovation des structures.

— C'est une responsabilité qui n'est pas des moindres envers votre entreprise, envers l'hôtel de ville, envers la MTA et envers les futurs usagers du métro new-yorkais. J'ai les compétences qu'il vous faut pour ce poste. Vous ne serez pas déçu, faites-moi confiance !

— Je suis ravi d'entendre cela. Nous vous présenterons

1 La *Metropolitan Transportation Authority*.

plus en détail votre nouvelle fonction, lorsque vous aurez signé votre contrat. Quand pouvez-vous commencer ?

— Je peux être disponible selon vos besoins. Il me faut juste un contrat, ensuite je dois prendre contact avec le BCI qui est toujours mon employeur pour négocier mes conditions de départ.

— Parfait Steve, vous pouvez m'appeler John à présent. Vous étiez le dernier maillon manquant pour compléter notre équipe Duvall NYC, Centre de Recherche. Peter Thompson, que vous avez rencontré, a participé à la mise en place du centre et tenu le rôle de directeur des opérations « tampon », les premières semaines d'essai et d'activités ont été concluantes. Peter va s'occuper de votre contrat avant de vous raccompagner à la surface. Lorsque vous l'aurez signé et que vous en aurez accepté les conditions, vous pourrez convenir d'un rendez-vous avec Peter. Il vous accompagnera dans votre nouvelle fonction pendant un mois, ensuite nous avons besoin de lui à nos côtés pour un autre projet ici à Olympia. Bienvenue à bord, Steve ! ajouta-t-il, en regardant sa montre. J'ai une réunion qui ne va pas tarder. Je vais devoir vous laisser. Peter va s'occuper de vous. Je vous souhaite une bonne fin de journée ! conclut-il d'un signe de la main.

— Je vous remercie, au revoir, John ! répliqua Steve.

L'écran de son casque VR s'éteignit. Il le retira de son visage, se frotta les yeux le temps de s'habituer à ce qui l'entourait. Face à lui se trouvait une double porte bien réelle, qu'il avait dû emprunter en arrivant, au-dessus de laquelle on pouvait lire : SORTIE, peint en blanc. Il fit pivoter son fauteuil pour se retourner. Thompson se tenait debout derrière un large comptoir, la pièce ressemblait à un hall d'accueil. Steve se leva et s'avança vers lui.

— Content de vous compter parmi nous Steve ! Tenez, voici les contrats.

Peter posa un contrat sur le comptoir dont l'en-tête était gaufré avec un logo Duvall vert métallisé.

— Merci.

Steve tendit le casque VR à Thompson et prit le contrat. Il observa par la même occasion le hall d'accueil dans lequel il se trouvait. Les murs à l'exception de celui derrière le comptoir étaient composés de plaques en béton ciré au centre desquelles se trouvait une double porte. Des panneaux lumineux espacés montaient du sol au plafond et suffisaient à éclairer la salle complète. D'autres panneaux étaient recouverts d'une affiche représentant les rues de Manhattan. Le mur situé derrière le comptoir où se tenait Thompson était recouvert de végétation. Il y avait des sphaignes et des fougères de Boston sur lesquelles de fines gouttes d'eau perlaient et terminaient leurs parcours dans une rigole creusée au pied du mur. Au milieu de la végétation, fixé sur une plaque en chêne, on pouvait voir le logo de l'entreprise Duvall gravé sur une pièce métallique ovale d'un mètre de hauteur sur deux mètres de largeur. Les lettres *Duvall* avaient un aspect argenté, les autres parties métalliques étaient couvertes d'un vernis de couleur vert émeraude transparent. De chaque côté de l'enseigne se trouvait une porte simple à hublot, un écran tactile sur lequel on devinait la forme d'une main devait permettre leur ouverture.

Steve survola le contrat de cinq pages, puis le signa avant de le tendre à Thompson qui en échange lui tendit une copie. Steve le feuilleta afin de s'assurer qu'il était identique, les deux contrats avaient été signés et tamponnés par John Duvall et Peter Thompson.

— Je vais vous raccompagner.

Steve était curieux de savoir ce que cachait l'environnement virtuel qu'ils avaient emprunté à l'aller pour se rendre jusqu'à la salle de l'entretien qui était en fait le hall de réception de Duvall NYC.

Ils s'engagèrent dans le couloir par lequel ils étaient arrivés, celui-ci était d'une largeur de trois mètres. On y retrouvait les mêmes plaques de béton ciré que dans la pièce précédente avec de larges panneaux lumineux, cette fois-ci leurs affiches représentaient des forêts d'érables en pleine saison d'automne. Ce qui n'était pas sans lui rappeler le Vermont dont il était originaire.

L'extrémité du couloir donnait sur une pièce de la même taille que celle qu'il venait de quitter. Elle avait été peinte du sol au plafond d'une peinture de couleur noir mat. Un éclairage de faible puissance rendait la visibilité à peine possible. Le côté austère de la pièce surprit Steve, au fond, se trouvait l'ascenseur par lequel ils étaient arrivés. Il était protégé par un coffrage en métal. À côté, une porte sur laquelle on pouvait lire : ISSUE DE SECOURS. Un écran tactile se trouvait entre la porte et l'ascenseur. Thomson posa sa main dessus, l'écran prit une teinte verte. Steve sentit les vibrations de l'ascenseur s'approchant. Le bruit des vibrations s'estompa et les portes s'ouvrirent, les deux hommes s'engagèrent dans la cabine.

— Est-ce qu'il vous arrive de croiser des personnes qui utilisent l'ascenseur ? demanda Steve.

— Non jamais, il y a un système de sécurité en place. Des caméras à reconnaissance faciale permettent de filtrer les gens empruntant l'ascenseur et laissent la priorité aux personnes qui ne travaillent pas pour Duvall. Quand l'écran passe au vert grâce à l'empreinte de ma main, cela signifie que personne ne se trouve devant les entrées de l'ascenseur. D'ailleurs, nous prendrons une empreinte de votre main la prochaine fois que l'on se reverra. Nous avons mis en place une autre entrée pour le personnel, pour ne pas monopoliser l'ascenseur. À titre d'information, la véritable station de métro se trouve un étage en dessous.

— Ah je me disais bien !

Thomson monta dans l'ascenseur suivi de Steve et lui tendit une carte de visite.

— Voici mes coordonnées.

De retour à la surface, les deux hommes se saluèrent.

Thompson reprit l'ascenseur. Steve décida de rentrer à pied dans son quartier situé à une cinquantaine de minutes de marche. Il sortit son portable et envoya un message à son ami Nigel pour le rassurer quant à l'issue de ce mystérieux rendez-vous qui venait d'avoir lieu.

8

Mardi 8 août 2023

Matt avait mal dormi, il s'était réveillé à cinq heures du matin et n'avait pas pu se rendormir. Il connaissait chaque recoin de la chambre d'hôtel. Il décida de sortir dans la rue pour aller s'acheter un journal au kiosque qu'il avait repéré en arrivant hier. Il enfila ses vêtements de la veille et quitta la chambre en prenant soin de ne pas réveiller Kate.

Les rues de Manhattan s'éveillaient peu à peu, les premiers chants de sirènes se répercutaient sur les façades des gratte-ciels. Matt croisa deux joggeuses et un homme en pyjama et en pantoufles, cigarette à la main promenant un bulldog anglais. Le marchand de journaux se trouvait à deux cents mètres à peine de l'hôtel.

Vers 6 h 30, il remonta dans sa chambre son journal sous le bras. Kate dormait toujours d'un sommeil profond, elle ronflait comme une jument qui renâcle. Elle avait pris un cachet de mélatonine avant de se coucher sur les conseils d'une amie, afin d'éviter les effets du décalage horaire qui aurait pu gâcher leur première journée d'excursion. Bière, vin et champagne avaient aussi contribué au profond sommeil de Kate. Matt qui s'était senti d'attaque pour une bonne nuit de repos avait refusé de prendre le cachet qu'elle lui avait proposé. Il regrettait de ne pas avoir suivi les conseils de l'amie de Kate. Il voulait profiter de cette première journée, mais pas en somnolant ! Le ventre de Matt se mit à gargouiller, il était affamé et avait hâte d'aller explorer New York. Il alluma le téléviseur de la chambre d'hôtel sur la chaîne d'information locale, se dévêtit pour ne plus porter que t-shirt et caleçon. Il redressa ses deux oreillers contre la tête de lit capitonnée et s'adossa contre eux. Puis il plia les jambes et commença à lire son journal.

9

Mardi 8 août 2023

Steve occupait le poste de directeur d'opérations de la branche Duvall NYC depuis cinq mois. Il enfila un complet gris après s'être douché. Un jus d'orange, un café et deux toasts plus tard, il quitta son appartement et s'engagea sur la 86ᵉ Rue. Il héla le premier taxi qu'il aperçut.

— Rockefeller Center, s'il vous plaît ! dit-il au chauffeur.

Il ne fallut pas plus d'un quart d'heure pour que le taxi le dépose au pied du Rockefeller Center. Steve rejoignit l'accueil de Duvall NYC non pas par un ascenseur, mais par le parking souterrain du Rockefeller Center, l'entreprise Duvall y avait cinq emplacements permanents réservés pour les visiteurs. Les employés de Duvall NYC avaient un badge qui leur permettait d'accéder au parking souterrain du Rockefeller Center. Une porte dérobée à l'écart des caméras de surveillance dans le parking leur donnait accès au centre de recherche souterrain. Un escalier en colimaçon permettait de rejoindre un couloir menant à la porte *ISSUE DE SECOURS* que Steve avait remarquée lors de son entretien, cinq mois auparavant. C'est à cet endroit que se trouvait l'ascenseur qu'il avait emprunté avec Peter Thompson. De là, les employés rejoignaient le hall d'accueil.

Une jeune femme vêtue d'un tailleur aux couleurs du logo de Duvall, vert émeraude se tenait debout derrière le comptoir de la réception.

— Bonjour Maura. Comment allez-vous aujourd'hui ?

— Je vais bien, je vous remercie.

— Est-ce que Dave est arrivé ?

— Pas encore.

— Pouvez-vous m'appeler quand il arrivera, s'il vous plaît ? Je viendrais le rejoindre à l'accueil.

— C'est noté Steve.

Steve s'approcha vers la porte grise à hublot qui se trouvait à gauche du comptoir de la réception et apposa sa main droite sur l'écran tactile. La vitre du hublot opaque se teinta de vert, *Bienvenue Steve Morgan* s'afficha, puis la porte se déverrouilla.

Il quitta l'accueil et pénétra dans une grande salle rectangulaire d'une surface de trois cents mètres carrés au sol, s'élevant sur deux étages. Le balcon sur lequel il se trouvait, était suspendu à trois mètres du sol et faisait le tour de l'étage supérieur. Il desservait différentes portes dont celles du bureau vitré de Steve situé au fond de la salle. Celui-ci était accessible par une porte à chaque extrémité et occupait toute la largeur du mur, soit une dizaine de mètres. À travers les vitres, on pouvait y apercevoir deux larges fauteuils qui faisaient face à un bureau derrière lequel se trouvait un mur d'écrans sur lequel, une carte de Manhattan était diffusée.

Au plafond de la grande salle, une douzaine de climatiseurs industriels brassaient l'air et permettaient de maintenir une température fraîche et constante de dix-neuf degrés Celsius.

L'étage inférieur de la salle était accessible par quatre escaliers en colimaçon répartis dans chaque coin. Un bureau agencé comme celui de Steve se trouvait juste en dessous du sien. En face de celui-ci, la salle était occupée par des serveurs informatiques et des baies de stockage. Des employés vêtus de combinaisons vertes s'affairaient sur des ordinateurs qui occupaient un renfoncement sous le hall d'accueil par lequel Steve était entré dans la salle.

10

— Tu as regardé le match de baseball dimanche ? demanda Jim à Garry en ouvrant la porte de son casier.

— Quel match, Mets contre Braves ?

— Oui, c'était le match à ne pas rater !

— Et non, je n'ai pas pu ! On est allé rendre visite à la grand-mère de Mary, à la maison de retraite de Freehold avec les enfants. Elle a un téléviseur dans sa chambre, mais elle n'a pas accès aux chaînes de sport.

— Ben, et sur ton portable en streaming ?

— Je n'ai pas l'application et je n'ai pas un abonnement payant de toute façon ! J'ai bien tenté la salle commune de la maison de retraite où il y a un écran géant, mais les occupants avaient les yeux rivés sur *Amour, Gloire et Beauté*. Je n'ai pas tenté de les raisonner, je ne tenais pas à me prendre un coup de dentier !

— En effet, ça se comprend. C'était un bon match en tout cas ! dit Jim en riant.

— Je regarderai le replay ce soir en rentrant chez moi.

Garry termina d'enfiler son bleu de travail et son gilet orange en nylon avec des bandes jaunes réfléchissantes qui se croisaient au dos. Puis il enfila ses chaussures de sécurité et ouvrit la porte de son casier pour prendre son casque de chantier jaune posé sur l'étagère du haut.

— Bon, on se verra à la pause déjeuner. Lui lança Jim en quittant les vestiaires.

— On fait comme ça, à tout à l'heure ! répondit Garry.

Il ferma la porte de son casier avec un cadenas et quitta le vestiaire à son tour. Il longea un couloir de béton brut ciré couvert de panneaux lumineux avec des affiches du mont Rainier. Au bout du couloir, il poussa une double porte qui donnait sur le hall d'accueil où Maura était assise derrière le comptoir.

— Bonjour, Maura, toujours aussi belle !

— Bonjour, Garry, merci pour le compliment ! Tu arrives au bon moment. Je viens juste de recevoir ton ordre de mission. Tu seras à Battery Park aujourd'hui, tiens !

— Hum, encore !

Il prit la chemise que lui tendait Maura et la posa sur le comptoir de la réception pour l'ouvrir.

— Voyons ce qu'il recherche aujourd'hui ?

Homme, la quarantaine, européen. OK, ça ne devrait pas être trop difficile à trouver, murmura-t-il entre ses dents.

Il referma la chemise et s'écarta du comptoir.

— Bonne journée, Maura ! Il faut que je retourne au

vestiaire, j'ai oublié ma lampe torche.

Maura lui fit un signe de la main et décrocha le combiné du téléphone de la réception qui sonnait. Au même moment, un homme vêtu d'une veste de costume et d'un jean bleu entra dans le hall par la porte provenant du Rockefeller Center. Il tirait derrière lui une petite valise grise sur laquelle était posé un porte-documents en cuir.

Garry quitta l'accueil en faisant un signe de la tête à l'inconnu qui venait d'entrer, puis il rejoignit le couloir par lequel il était arrivé. Il s'arrêta au vestiaire pour y récupérer sa lampe torche, puis ressortit et se dirigea dans la direction opposée à celle de l'accueil. Au bout du couloir se trouvait une petite salle donnant accès à différents départements de l'entreprise, leurs noms étaient indiqués en toutes lettres au-dessus de portes à hublot, identiques à celles qui se trouvaient derrière le comptoir de la réception. Face à Garry se trouvait la porte menant au département *Recherche*. À sa droite, la porte indiquée *Transit* et à sa gauche *Data Center*. À côté de chaque porte, un écran tactile permettant leur ouverture. Il se dirigea vers la porte située à gauche et posa sa main droite contre l'écran. *Bienvenue Garry Kowalski,* se matérialisa sur le hublot opaque à présent de couleur verte. La porte donnait sur un couloir d'une vingtaine de mètres qui tournait à gauche et au bout duquel se trouvait une autre porte à hublot. Elle s'ouvrit vers l'intérieur à l'approche de Garry, un air frais s'engouffra dans le couloir.

Garry entra dans la grande salle du data center et se dirigea vers l'escalier en colimaçon situé à droite du bureau vitré de Steve. Il remarqua au passage que celui-ci venait d'y entrer avec l'homme qu'il avait croisé à la réception. Il descendit à l'étage inférieur et entra dans le bureau qui se trouvait en dessous de celui de Steve.

Assise à son bureau, une femme âgée d'une quarantaine d'années l'attendait. Elle portait des lunettes rétro dont la monture était épaisse. Ses cheveux noirs étaient tirés en arrière, coiffés en queue-de-cheval. Elle était vêtue d'un chemisier rose pâle, d'un pantalon noir en tergal et d'une paire de sneakers Duvall de la même couleur que son chemisier.

— Bonjour, Garry, assieds-toi ! Maura t'a-t-elle remis le dossier ?

— Oui, j'ai regardé, rien de compliqué. Il faut un homme, la quarantaine, originaire d'Europe. New York en brasse des centaines par jours !

Emily était à la tête des ressources humaines de Duvall NYC et avait rejoint l'entreprise, la même semaine que Steve. Elle exerçait auparavant au siège de Duvall dans l'état de Washington.

— Je t'ai placé à Battery Park pour te faciliter la tâche. Place-toi comme d'habitude à la sortie de la station de métro, là où les touristes passent pour se rendre à la statue de la Liberté. Tu recevras un signal dès qu'un Coball[1] se

[1] Contraction de *cobaye* et *Duvall.* Sujet dont le profil correspond au modèle de sneakers en cours de création chez Duvall.

présentera.

— OK, c'est noté. Est-ce que tu peux me donner un portable s'il te plaît ?

— Ah oui, j'ai failli oublier.

Emily quitta sa chaise de bureau pour se rendre vers une large bibliothèque couvrant le mur droit de son bureau. Sur une étagère se trouvait une cinquantaine de stations de recharge où une trentaine de téléphones portables étaient en charge. Elle en choisit un et retourna à son bureau. Puis elle scanna le code-barre qui était imprimé sur une étiquette collée au dos du téléphone à l'aide d'une scannette reliée à son ordinateur par un câble USB. Une application s'ouvrit sur son écran d'accueil. Emily y entra les informations concernant Garry sur son clavier. Quand elle eut terminé, elle tendit le portable à Garry.

— Voilà, il est prêt ! Juste un petit rappel.

— Je sais, il ne faut pas provoquer l'enlèvement, mais l'accompagner. Que tout ait l'air naturel !

— Oui, je préfère le rappeler à tous les employés, c'est super important ! Aussi il y a un petit changement aujourd'hui. Tu vas simuler une panne sur une boîte de dérivation du côté de Bowling Green Station. Cela évitera d'attirer trop l'attention, il nous faut varier les scénarios. Tu feras comme si tu étais en intervention sur cette boîte de dérivation, elle n'est pas loin de la sortie de métro en face du National Museum of the American Indian. Cela évitera aussi que l'on te pose trop de questions, si tu dois attendre longtemps au même endroit avant que le bon

Coball ne se présente, regarde !

Emily tourna son ordinateur portable vers Garry. À l'aide de sa souris, elle zooma sur le plan de Manhattan et se plaça au-dessus de Battery Park.

— Bowling Green Station en face du musée, je connais ! Juste à côté de Battery Park.

— Là, c'est ici que se trouve la boîte de dérivation que tu prétendras réparer. Il vaut mieux que tu portes une ceinture porte-outil aujourd'hui, il y en a dans l'atelier juste avant la salle de transit.

— OK, je vois. C'est compris.

— Voici, le badge électronique paramétré pour l'ascenseur de Bowling Green.

Il se saisit du badge et quitta le bureau d'Emily.

11

C'en était trop ! Il était 8 h 30 et Matt était aussi affamé qu'un grizzli qui sortait de six mois d'hivernation. Il augmenta le volume de la télévision avec l'espoir de sortir Kate de son profond sommeil. Ce qu'elle ne tarda pas à faire, elle tendit les bras pour bâiller puis esquissa un sourire à Matt, les yeux encore plissés. Il lui rendit son sourire. Puis elle prit son téléphone portable pour regarder l'heure et voir si elle avait reçu des nouvelles d'Irlande, mais il n'y avait aucune notification. Elle remarqua que les barres de réseau étaient vides.

— Matt, je n'ai pas de réseau ?

— Ah bon ? Fais-moi voir, en effet ! C'est bizarre, j'ai pourtant vérifié nos forfaits téléphoniques avant de partir et les appels à l'international y sont inclus. Laisse-moi vérifier le mien. Pareil ! Je n'ai plus de réseau. Il va falloir que je les appelle ou que je me connecte sur mon compte, sinon on devra faire sans durant notre séjour. Ça ne va pas être possible ! On peut toujours utiliser

WhatsApp quand on aura accès au Wi-Fi. Je ne comprends pas, j'ai pourtant reçu un message d'AT&T avec leurs conditions tarifaires lorsque nous sommes arrivés à l'aéroport hier.

Matt rendit le téléphone portable à Kate.

— Au fait, tu n'as presque plus de batterie !

— Je pense que même si l'on a accès au Wi-Fi à l'hôtel ou dans un coffee shop, le débit restera limité et les appels WhatsApp ne seront d'ailleurs pas possibles pour appeler en Irlande. Nous pourrons juste nous contenter d'envoyer des messages.

— Hier pourtant, au bar, nous avions encore du réseau.

— Oui, même lorsque nous étions dans notre chambre.

— J'essaierai d'appeler notre opérateur aujourd'hui. Sinon je me renseignerai à la réception.

— Il doit y avoir une solution. Ma sœur m'a parlé d'une *top-up card*[1] qu'elle aurait utilisée lors de son séjour à Vancouver, en début d'année. Je peux lui demander comment ça fonctionne.

— Et si on allait d'abord prendre notre petit-déjeuner ?

Le ventre de Matt venait de mettre fin à la conversation et les problèmes de télécommunications pouvaient attendre !

— Bonne idée ! acquiesça Kate à la surprise de Matt.

Je vais mettre mon téléphone en charge. Elle fouilla son sac de voyage et sa valise, persuadée d'y trouver son chargeur en vain. Elle regarda dans son sac à main puis

[1] Carte de recharge de crédit pour téléphone portable.

dans la veste qu'elle avait portée à son bras lors de leur voyage, pas de signe du chargeur.

— Matt, tu n'as pas vu mon chargeur ?

— Non, ça ne me dit rien, j'ai juste emmené celui pour mon Samsung et deux adaptateurs pour les prises.

Kate eut un flash suivi d'un moment de doute et réalisa qu'il était resté branché dans la prise au-dessus du comptoir de sa cuisine, en Irlande.

— Je crois que je vais devoir en racheter un !

— Quoi ? Tu l'as oublié ? Ça devrait être facile à trouver, il y a un tas de boutiques qui en vendent, tu peux même en trouver dans les pharmacies.

Une fois Kate et Matt, douchés et habillés, ils se rendirent à la réception de l'hôtel. Matt expliqua à Corinne, une des réceptionnistes, les problèmes rencontrés avec leurs téléphones portables et le réseau inexistant. Elle leur conseilla de se rendre dans une boutique AT&T et de se procurer une carte SIM prépayée. Il suffisait que leur téléphone portable soit débloqué.

Matt avait pris pour habitude de débloquer chaque portable qu'il achetait, pour lui ou pour les membres de sa famille. Cela évitait de se retrouver sans téléphone, lorsque l'un d'eux tombait en panne. Il lui suffisait pour cela de remplacer la carte SIM des appareils encore en état de marche. Le dernier tiroir de la commode de la salle à manger contenait une vingtaine de portables de toutes marques. Il gardait même ceux qui étaient obsolètes. Matt vouait un attachement nostalgique à ces téléphones, ils lui rappelaient certaines périodes passées de sa vie comme un album de photos.

L'information que venait de lui fournir Corinne concernant les cartes SIM le satisfaisait. Il se tourna vers Kate qui venait de suivre leurs échanges. Corinne termina en leur fournissant le code Wi-Fi de l'hôtel. Ils s'y connectèrent et s'éloignèrent de la réception en la remerciant. Kate reçut plusieurs notifications WhatsApp auxquelles elle devait répondre, Matt quant à lui prit une photo de la réception, du Tapper's Tavern et de la terrasse où ils avaient dîné hier soir. Puis il les posta sur Instagram. Ensuite, ils quittèrent l'hôtel.

— Problème résolu ! dit Matt à Kate, avec un large sourire aux lèvres. Je n'aurais même pas besoin de contacter la compagnie téléphonique en Irlande pour régler notre problème de réseau. Allons prendre notre petit-déjeuner !

Sur ce, ils s'éloignèrent de l'hôtel main dans la main.

12

Garry, équipé d'une ceinture de charpentier, ouvrit la porte de métal qu'il avait rejoint depuis la salle de transit du centre Duvall NYC, elle donnait sur un tunnel sombre du métro. Il pointa sa torche vers le sol poussiéreux qui longeait le tunnel dans lequel il s'engagea en prenant soin de refermer la porte derrière lui. Il prit la direction de la partie courbée du tunnel d'où une lumière émanait.

Les grincements des freins d'un train résonnaient, puis ils furent suivis d'un silence. Alors qu'il approchait de la courbe, il entendit le train repartir dans sa direction. Il éteignit sa lampe torche afin de ne pas gêner le chauffeur de la rame dont les phares approchaient et qu'il ne tarda pas à croiser. À mi-chemin de la courbe, il n'avait plus besoin de sa lampe torche et la rangea dans l'anneau servant de porte-marteau de sa ceinture, l'éclairage de la station de métro lui suffisait. Il s'avança vers le quai bondé de monde qui ne se trouvait plus qu'à une trentaine de mètres. Garry se retrouva face à une porte grillagée dont il possédait la clé. Une fois ouverte, on pouvait lire : *Strictement interdit au public.*

Il s'avança sur le quai. En face, sur un mur de carreaux en faïence blanc, le nom de la station était indiqué sur un encart de carreaux bleu-mauve et en lettres d'un jaune passé : *50 th ST.*

À peine avait-il refermé la porte interdite au public, qu'une rame fit son entrée dans la station. Garry s'empressa de monter dans le wagon le plus proche et s'agrippa à la première barre verticale à sa portée. Il ne lui fallut pas plus d'une vingtaine de minutes pour atteindre South Ferry Station située à l'extrémité de Battery Park. Garry descendit de la rame et quitta le métro. Il longea le parc en direction de l'entrée de Bowling Green Station, c'est par là que se trouvait la boîte de dérivation qu'Emily lui avait indiquée. Il prit son portable et lança l'application *Duvall Coball Locator*. Pour l'instant, il n'y avait aucun profil correspondant à sa portée.

13

Matt et Kate quittèrent la 44e Rue et s'engagèrent sur la Lexington Avenue en direction du Chrysler Building. Ils avaient choisi pour leur premier petit-déjeuner à New York de se rendre dans les rues de Manhattan ce matin-là plutôt que de rester à l'hôtel, pour prendre le pouls de la ville. Il était encore tôt et les rues grouillaient de gens se rendant au travail.

Matt se projeta un instant dans la même situation, il s'imagina lui aussi se rendre à son bureau dans le Financial District. À Dublin, il exerçait en tant qu'avocat spécialisé dans l'immobilier et les droits de succession, son cabinet était situé au cœur du centre-ville. Il ne s'y rendait que deux à trois fois par semaine. Le reste du temps, il travaillait depuis chez lui dans son bureau ainsi que le week-end quand cela était nécessaire. Il lui arrivait aussi d'être en déplacement chez ses clients ou lorsqu'il se rendait à un séminaire.

Il lui fallait une heure pour se rendre à son cabinet au centre-ville de Dublin, lorsqu'il empruntait les transports en commun. Cela lui prenait un quart d'heure supplémentaire lorsqu'il décidait de s'y rendre en voiture. Il privilégiait le tramway dont la station se trouvait à dix minutes à pied de leur habitation. Celui-ci l'amenait jusqu'à Saint Stephen Green Park au cœur de la ville, de là, il lui restait à nouveau dix minutes de marche pour se rendre sur son lieu de travail. L'avantage de l'utilisation des transports en commun lui permettait de faire de l'exercice physique et de lire son journal.

À quoi ressemblerait ma vie ici, à New York ? C'est si différent de Dublin ! Les enfants iraient dans une école privée prestigieuse. Kate, qui adore faire des gâteaux, ouvrirait une pâtisserie de style coffee shop, pensa-t-il, l'idée lui plut.

Kate était employée en tant que DRH à Dublin pour une compagnie importatrice de véhicules utilitaires, mais ces derniers mois elle s'était mise en tête de changer de métier. Elle avait commencé par suivre des cours de pâtisserie le samedi matin.

Le week-end, nous pourrions soit nous rendre à Central Park pour y pique-niquer, soit aller faire un tour à Atlantic City, soit nous détendre à Main Beach dans les Hamptons. Depuis les trois aéroports qu'offre New York, nous visiterions le reste des États-Unis. Tant de destinations possibles ! Boston, Chicago, Las Vegas, San Diego, San Francisco, Seattle.

Soudain, Kate agrippa le bras de Matt.

— Matt, fais attention !

Le feu venait de passer au vert pour les voitures à l'intersection où le couple se trouvait. Un taxi jaune frôla Matt en klaxonnant, un « *Watch out, moron !* » s'échappa de la bouche du chauffeur de taxi dont la fenêtre côté passager était baissée.

Matt sursauta et recula d'un pas en arrière pour se replacer sur le trottoir au côté de Kate. Il expira en gonflant ses joues et se tourna vers elle les yeux grands ouverts. Elle le regarda d'un air dépité. C'était désormais à leur tour de traverser, ils continuèrent de longer Lexington Avenue. Alors qu'ils arrivaient à l'angle du Chrysler Building et s'apprêtaient à traverser l'avenue pour se rendre à Grand Central Terminal, un homme-sandwich ventripotent les accosta.

— *Hello, hello ! Breakfast ! Best breakfasts in town !* prétendait-il en pointant du doigt le panneau publicitaire placé à l'avant sur sa poitrine.

On pouvait y lire *Guiliano's Epicurean Market* et dessous il y avait des photos plus ou moins réussies des différents petits-déjeuners proposés par ce qui semblait être un fast-food type self-service. L'homme insista en frottant son ventre potelé de ses deux mains.

— Les meilleurs petits-déjeuners servis à Manhattan. Pour bien commencer la journée ! Œufs brouillés et tranches de bacon avec un bon café, un vrai délice ! Jus d'oranges pressées frais.

— Oui, c'est d'accord, interrompit Matt. Ça me paraît correct ! Qu'en penses-tu ? dit-il en se tournant vers Kate.

Kate acquiesça d'un hochement de tête.

— C'est loin d'ici ?

— Pas du tout !

L'homme-sandwich leva le bras dans le prolongement de Lexington Avenue, il pointa la direction opposée par laquelle le couple venait d'arriver.

— Vous traversez la 42ᵉ en restant sur le même trottoir. Vous voyez là en face sur votre gauche, il y a une banque. Le restaurant se trouve juste après la banque. Je vous accompagne, dit l'homme en posant sa main sur l'avant-bras de Matt.

— Vous êtes sûr ?

— Oui, oui. Ça fait partie de mon job. Suivez-moi !

Sur le feu de signalisation piétonnier, la main rouge venait de s'éteindre et la silhouette du marcheur blanc était à présent illuminée, indiquant qu'ils pouvaient traverser en toute sécurité. L'homme-sandwich reprit la conversation.

— Vous verrez, c'est un buffet à volonté, vous vous servez selon vos envies, vous réglez votre plateau-repas à la caisse. Puis, vous vous installez n'importe quelle table, il y a toujours des places libres !

La banque passée, ils arrivèrent devant le restaurant. Il leur fit faire un tour rapide du restaurant. Il leur explique où trouver les plats chauds, les fruits, les yaourts, le café, le thé, les jus de fruits, les céréales, le lait et les caisses.

Il leur tendit une paire de serviettes et de couverts. Enfin, il les amena devant une pile de plateaux marron mélaminé et les invita à se servir.

— Donne-lui un pourboire, susurra Kate à Matt.

Matt fouilla ses poches et se rendit compte qu'il n'avait pas de monnaie. Il n'avait que des coupures de vingt et cinquante dollars dans son portefeuille. Les pièces que lui avait rendues le marchand de journaux plus tôt dans la journée étaient restées sur sa table de nuit à l'hôtel. Il se tourna vers Kate.

— Je n'ai que des billets de vingt dollars.

Puis il se tourna vers leur guide improvisé.

— Je suis désolé, je n'ai pas de monnaie. Nous sommes arrivés hier, en fin d'après-midi à l'hôtel. En tout cas merci beaucoup !

— Ne vous inquiétez pas, ce n'est pas grave ! Régalez-vous et n'hésitez pas à revenir déjeuner ici autant de fois que vous le désirez durant votre séjour à New York, répondit l'homme en souriant.

Sur ce, il quitta le restaurant en faisant signe à une employée qui mettait un tablier et s'apprêtait à démarrer son service.

Matt prit une assiette, une fourchette, un couteau, deux cuillères à café, un verre et un mug et plaça le tout sur un plateau déjà posé sur la rampe du self-service. Kate en fit de même et lorsque leur plateau-repas fut garni de leur petit-déjeuner, ils rejoignirent la file d'attente menant à la caisse. Une employée du restaurant qui se tenait derrière le buffet s'adressa au couple.

— Vous êtes ensemble ?

— Oui. Répondit Kate.

La dame en tablier comptabilisa sur sa tablette le contenu des deux plateaux. Un ticket sortit d'une mini-imprimante posée au-dessus d'une vitrine réfrigérée, elle le tendit à Matt.

— Vous réglez à la caisse au bout s'il vous plaît, merci ! lui dit-elle avant de s'occuper du client suivant.

— Je vais choisir une table, dit Kate. Tu t'occupes du règlement ?

— Oui, bonne idée !

Kate se retourna avec son plateau et évita de justesse un homme en complet gris qui tenait d'une main une barquette en aluminium, pleine d'œufs brouillés et de l'autre un mug de café. L'homme eut juste le temps de se mettre sur la pointe des pieds, de rentrer son ventre et de lever ses mains pleines pour éviter la collision avec le plateau de Kate.

— Oh, désolé ! s'exclama-t-elle.

L'homme, un sourire enjoué au visage, ne s'attarda pas et continua son chemin vers les tables. Kate en fit de même.

Matt, en attendant son tour pour régler, survola le menu écrit au marqueur-craie sur le panneau fixé sur un mur, à l'arrière des vitrines réfrigérées. En bas du panneau était inscrit le mot de passe permettant d'accéder au Wi-Fi du restaurant : *BuonAppetito375*. Matt le mémorisa avant de régler les petits-déjeuners. Il tendit un Grant à la caissière afin de s'assurer d'avoir en retour suffisamment de monnaie pour pouvoir donner d'éventuels pourboires quand cela s'avérerait nécessaire. Puis, il rejoignit Kate.

Il sortit son portable, le posa à côté de son plateau et se connecta au Wi-Fi du restaurant en buvant son café. Il prit un selfie avec Kate et le posta sur Instagram. Elle qui venait de s'attaquer à ses œufs brouillés, lui demanda.

— Qu'est-ce que tu fais ? Tu as accès au Wi-Fi ? Celle du restaurant ?

— Oui, il y avait le mot de passe là-bas, derrière le comptoir.

Kate sortit son portable de son sac à main. Elle fit glisser son pouce sur l'écran pour l'allumer, celui-ci resta noir. Elle appuya sur le bouton de mise en marche sur le côté de son téléphone. Le voyant de la batterie rouge apparut pour une courte durée avant de disparaître, le portable vibra une dernière fois. Kate tenta de ranimer son portable en vain.

— Eh merde, ça devait arriver ! Je n'ai plus de batterie ! s'exclama-t-elle.

— Déjà ? Si tu veux, je te prête le mien pour que tu te connectes à tes comptes ?

— Non merci. Laisse tomber ! J'ai tous mes mots de passe sauvegardés sur mon portable. Je ferai ça ce soir. Il faut qu'on s'arrête à une boutique de téléphonie avant de retourner à l'hôtel tout à l'heure.

Leurs petits-déjeuners terminés, ils quittèrent le restaurant pour se diriger vers Grand Central Terminal. De retour au croisement de la 42e Rue et de Lexington Avenue, ils croisèrent à nouveau l'homme-sandwich en pleine conversation avec une dame plutôt âgée. Elle avait le dos bombé et tenait une canne à la main. À leur approche, la dame remercia l'employé de chez Guiliano's qui venait de lui indiquer la direction de Grand Central Terminal, puis elle s'éloigna. L'homme-sandwich reconnut le couple. Matt lui tendit un billet de cinq dollars.

— Ce n'était pas nécessaire, merci quand même ! J'espère que ça vous a plu, dit-il en prenant le pourboire.

— C'était parfait, nous y retournerons. Dites-moi, vous ne sauriez pas où l'on pourrait trouver une boutique AT&T par hasard ? demanda Matt.

— Je pense que vous avez dû en passer une tout à l'heure. Elle se trouve là-bas, au pied de l'immeuble juste avant le Chrysler Building.

Matt regarda Kate.

— Qu'est-ce qu'on fait ? Je pense qu'ils doivent aussi y vendre des chargeurs.

En son for intérieur, il n'était pas vraiment motivé pour se rendre à la boutique et souhaitait commencer à visiter New York.

— Bon, ça peut attendre, non ? On ira cet après-midi.

— Oui, allons plutôt voir la statue de la Liberté.

— La statue de la Liberté ? Vous savez comment vous y rendre.

— Vous voulez dire en passant par Grand Central Terminal ?

— Ce n'est pas nécessaire. Tournez-vous ! Là, vous voyez l'entrée ? Elle vous permet d'accéder à la Lexington Avenue Line, la verte. La même que vous alliez emprunter à Grand Central, de là il faut vous rendre à Bowling Green Station qui vous amène à l'entrée de Battery Park. C'est là que se trouvent les ferrys pour la statue de la Liberté et Ellis Island. Je répète Bowling Green juste après Wall Street Station !

L'homme-sandwich pointait une entrée de métro juste derrière eux et sur laquelle on pouvait lire *Grand Central - 42 Street Station*. Le couple ne l'avait pas remarqué.

— OK, allons-y ! dit Matt en s'adressant à Kate.

Le couple remercia l'homme. Puis ils dévalèrent les escaliers du métro de la Grand Central - 42 Street Station.

14

Le quai de Grand Central - 42 Street Station sur lequel attendaient Matt et Kate se remplissait peu à peu. Matt rangea la MetroCard qu'il venait d'acheter dans son portefeuille et en tendit une autre à Kate. Il prit ensuite un selfie d'eux avec la station de métro en arrière-plan et se connecta sur le réseau public pour publier la photo sur son profil Instagram.

La rame de métro arriva. Le couple s'installa dans le wagon se trouvant en tête, là où était située la cabine du conducteur. Ils n'eurent aucun mal à trouver deux sièges. À leur droite, un homme barbu d'une cinquantaine d'années, était assis, vêtu d'un bermuda beige et d'un t-shirt à manches longues blanc, il était coiffé d'un chapeau en feutre style Borsalino. À leur gauche, une vieille dame recroquevillée sur elle-même enveloppée dans un imperméable léger de couleur beige. Elle portait une paire de lunettes à triple foyer, la partie inférieure de sa mâchoire édentée faisait des mouvements de rotation.

Ses mains maintenaient un sac en plastique posé sur ses jambes frêles. Un groupe de jeunes touristes italiens se tenait debout devant eux.

À peine, le train venait de quitter la station que Matt se mit à bâiller. Bercé par le mouvement de la rame, il commença à somnoler avant de s'assoupir, alors que la rame n'avait pas encore atteint la station de métro suivante. Le réveil prématuré, le manque de sommeil et le décalage horaire avaient eu raison de lui. Kate sentit sa lourde tête s'appuyer sur son épaule, un filet de bave s'échappa de sa bouche à moitié ouverte. Elle s'empressa de sortir un Kleenex de son sac à main, afin de lui essuyer sa lèvre inférieure et du bout des doigts, elle lui referma la mâchoire.

Pour lui rendre sa dignité, pensa-t-elle en souriant.

Huit stations de métro plus tard, le haut-parleur grésillant de la rame annonça comme à chaque arrêt le nom de la station actuelle et celui de la suivante. Matt sortit de son sommeil, il ouvrit un œil pour mieux prêter attention à l'annonce en cours. Il n'en perçut que la fin *« ... arrêt, Bowling Green. Veuillez dégager les portes qui se ferment. »*.

Il écarquilla les yeux, fixa du regard la double porte du wagon grande ouverte alors que des gens sur le quai s'en éloignaient. Il se leva et s'exclama à voix haute.

— Bowling Green ! C'est notre arrêt Kate !

D'un bond, il se précipita vers la sortie. En regardant droit devant lui, il tendit sa main en arrière vers Kate en espérant qu'elle le suivait.

— Suis-moi, c'est notre arrêt Bowling Green !

Les gens se trouvant dans sa rame se tournèrent vers lui. Kate surprise le regarda dubitative. Elle, qui était restée éveillée durant le trajet, savait éperdument qu'il ne s'agissait pas du bon arrêt ! Matt était déjà sur le quai, Kate se leva à son tour et s'agrippa à une barre. Elle pensait qu'il sortait d'un sommeil profond et qu'il allait vite reprendre ses esprits et réaliser son erreur. Mais le signal sonore retentit pour annoncer la fermeture des portes. Kate, stupéfaite, eut juste le temps de s'écrier.

— Mais qu'est-ce que tu fais ? Remonte… Matt, c'est Wall Street ici !

Puis les portes se refermèrent. Matt, ne comprenant pas pourquoi Kate ne l'avait pas suivi, tenta de lui faire passer un message à travers le vitrage renforcé et lui dit en articulant de toutes ses forces.

— Je t'attends ici ! Reprends le métro dans l'autre sens au prochain arrêt ! Je ne bouge pas !

Matt accompagna ses paroles avec de grands gestes. Kate, dépitée, ne pouvait qu'observer depuis sa rame les gesticulations de Matt. Il pointa d'abord le sol du quai où il se tenait puis celui de l'autre côté des voies. Vu de l'intérieur, il donnait l'impression de diriger un Boeing 777 venant d'atterrir, ce qui eut pour effet de faire rire le groupe d'adolescents italiens.

Kate voyait les lèvres de Matt bouger, mais elle ne l'entendait pas. La rame commença à s'éloigner de Matt. Le couple ne se quittait pas du regard, les yeux vert émeraude de Kate se mirent à scintiller et prirent une teinte rouge. Matt eut le temps de remarquer qu'elle était au bord des larmes avant qu'elle ne disparaisse dans la pénombre du tunnel de métro. Il s'en voulait de ne pas être resté à ses côtés. Une appréhension s'empara du couple, leur séjour commençait à peine et New York était encore la grande inconnue pour eux. Leur seul point de chute commun était l'hôtel, s'ils venaient à être séparés. Ils ne s'étaient pas « briefés » avant de se lancer dans l'exploration de cette jungle urbaine si démesurée et si différente de Dublin. Ils n'auraient jamais pu envisager d'être séparés d'une telle sorte lors de leur séjour à New York et aussi rapidement ! Cette séparation soudaine avait désormais sorti Matt de son état semi-léthargique. Il posa ses mains sur sa tête en la penchant en arrière. Il reprit ses esprits et prit conscience de ce qui venait de se passer. Devant lui, par-delà les voies de la station, sur le mur de faïence blanc, il pouvait lire *Wall St. Station*.

— Eh, meeerde !

Matt réalisa sa bourde, il n'était pas dans la bonne station. Pourtant il avait entendu l'annonce *Arrêt Bowling Green* sortir du haut-parleur de son wagon.

Trente secondes s'étaient écoulées depuis que la rame de Kate s'était engouffrée dans le tunnel en direction de Bowling Green que déjà une autre rame faisait son entrée dans la station. Matt décida de la prendre, malgré les indications qu'il avait tenté tant bien que mal de transmettre à Kate. Il en était persuadé, le temps écoulé entre la rame de Kate et celle dans laquelle il venait de monter était si court que la rattraper n'était pas impossible une fois l'autre le prochain quai atteint.

Elle sera toujours sur le quai de la prochaine station ! Elle cherchera un moyen de rejoindre l'autre quai ! *Ou, elle sera déjà sur l'autre quai et attendra le train pour Wall Street Station !*

C'est du moins ce qu'il lui avait suggéré de faire à travers la double porte vitrée du wagon, lors de leur séparation inopinée. Il espéra qu'elle eut compris ses explications lorsqu'il s'était improvisé en mime Marceau sur le quai. Il sortit son téléphone portable de sa poche, le signal Wi-Fi était au plus bas, voire inexistant. Il se rappela soudain que Kate n'avait plus de batterie sur son téléphone.

Évidemment, il fallait que ça arrive aujourd'hui ! pensa-t-il.

— *... prochain arrêt, Bowling Green, veuillez dégager la porte qui se ferme.* Annonça le haut-parleur.

À la suite de cette annonce, il comprit la raison pour laquelle il avait quitté la rame avec précipitation. À moitié endormi sur son siège, la tête posée sur l'épaule de Kate, il n'avait entendu que la fin de l'annonce et s'était cru arrivé à Bowling Green Station. Il aurait mieux fait de se garder de dire à Kate de revenir ici même à Wall Street Station.

J'aurais dû lui dire de m'attendre sur le quai de la prochaine station ! Mais tout s'était passé si vite...

15

Kate alla se rasseoir sur son siège, l'air perdu. Les jeunes touristes italiens, assis devant elle, s'amusaient de la situation. Elle sortit un autre Kleenex de son sac et se tamponna les yeux en prenant soin de ne pas défaire son maquillage et afin de tenter de cacher son inquiétude. L'homme au Borsalino à sa droite, qui avait assisté à la scène et devant son désarroi de Kate, s'adressa à elle. D'une manière posée et avec la sagesse d'un banlieusard du Queens ayant emprunté le métro new-yorkais depuis un demi-siècle, il lui dit.

— Ne vous inquiétez pas, madame, gardez votre calme. Voilà ce que vous allez faire. À la prochaine station, dirigez-vous vers l'escalier, prenez-le dans le sens de la descente, il sera indiqué : *Uptown & The Bronx*. Il vous mènera à un passage souterrain qui vous permettra de rejoindre l'autre quai et de retourner à Wall Street Station. Il y a une rame toutes les deux minutes, vous aurez vite fait de retrouver votre ami à l'endroit où il doit vous attendre.

Il semblait que l'homme avait compris tout ce que Matt avait mimé à Kate depuis le quai à travers les vitres du wagon.

— Merci, monsieur, c'est gentil de votre part. Répondit Kate en reniflant, puis elle lui sourit.

Elle se sentait à présent moins isolée, les mots et la voix apaisante de l'homme avaient visé juste. La rame arriva à Bowling Green. Kate posa sa main sur le bras de l'homme en s'adressant à lui :

— Merci encore, monsieur, au revoir !

— Pas de problème, avec plaisir !

Puis elle quitta le wagon. Une fois sur le quai, elle s'exécuta et suivit ses instructions. Elle descendit les marches de l'escalier d'un pas rapide et emprunta le passage souterrain permettant de rejoindre l'autre plate-forme. Alors qu'elle s'en approchait, une rame fit son entrée sur la voie, elle s'empressa de monter à son bord pour retourner à Wall Street Station.

Ce n'est pas grave, si l'on ne se retrouve pas. J'irais voir s'il n'est pas à Battery Park, Matt aura eu la même idée et s'il n'y est pas, je retournerai à l'hôtel, pensa-t-elle.

Matt eut la même pensée au moment où leurs rames se croisèrent dans le tunnel qui relie les deux stations, Wall Street et Bowling Green.

16

Matt réalisa que les portes de sortie du wagon s'ouvraient à l'opposé de l'arrêt précédent. Il se précipita hors de la rame sur le quai de Bowling Green. Il eut juste le temps de jeter un rapide coup d'œil sur son quai avant que les passagers de son wagon ne déferlent dans la station. À son grand regret, Kate n'y était pas.

Elle a dû suivre mes instructions ! espéra-t-il.

Il regarda sur l'autre quai, personne. La station de métro de Bowling Green n'était pas agencée comme celle de Wall Street, un quai-îlot central séparait les deux voies. Une simple barrière métallique peinte en noir rappelait le sens d'arrivée des rames et empêchait les usagers d'attendre du mauvais côté du quai. Il se précipita vers l'escalier le plus proche et monta les marches deux par deux. De l'air frais provenant de l'extérieur s'engouffrait dans l'escalier lui indiquant qu'il était proche de la sortie.

L'autre quai ne doit être accessible que par l'extérieur ! pensa-t-il.

Arrivé en haut des marches, il fut surpris de voir que la sortie donnait sur l'une des entrées de Battery Park. Elle se faisait par une maisonnette datant du début du XXe siècle de style Beaux-Arts. Matt s'enfonça dans le parc.

On ne sait jamais peut-être que Kate a décidé de m'y attendre.

Il ratissa du regard les bancs et les allées à sa portée. Il ne souhaitait pas trop s'attarder. Au loin, des gens faisaient la queue devant les guichets pour acheter des billets de ferrys, lesquels étaient amarrés à un ponton situé au bout du parc. Alors qu'il s'approchait des eaux du fleuve Hudson, il aperçut au loin la statue de la Liberté. La tentation était trop grande, il sortit son portable de sa poche de bermuda et prit une photo. En examinant le résultat, il remarqua un faible signal de Wi-Fi. Il en profita pour publier sa photo sur Instagram et décida de garder son portable à la main.

Il rebroussa chemin et retourna à l'entrée de Bowling Green Station au pas de course. Il regarda de l'autre côté de la rue où se trouvait le National Museum of the American Indian. Aucune autre entrée de station ne semblait s'y trouver, il traversa la rue et longea l'édifice vers la gauche.

Arrivée à l'angle du musée, se trouvait une placette fourmillante de monde. Il aperçut un ascenseur au-dessus duquel on pouvait lire : *Bowling Green Subway Station.* Matt remarqua, en s'approchant, un pictogramme pour les personnes handicapées. Il chercha du regard l'entrée piétonne qui ne devait pas se trouver loin, en vain. Il commençait à s'inquiéter pour Kate. Devant l'urgence et bien que cela fut contre ses principes, il décida d'emprunter l'ascenseur. Alors qu'il s'apprêtait à presser sur le bouton d'appel indiquant *TO MEZZANINE*, une personne s'adressa à lui.

— Je peux vous aider ?

Matt se rétracta, gêné, et recula sa main des boutons de commande de l'ascenseur. Un homme se tenait devant lui. Il était vêtu d'un casque, d'un bleu de travail, d'une paire de chaussures de sécurité et d'une veste de chantier sur laquelle un badge épinglé indiquait son prénom : Garry. Autour de sa taille, une ceinture porte-outil en cuir avec quatre poches, une sacoche et un anneau dans lequel une torche électrique pendait.

— Euh… Oui, merci ! répondit Matt, avant de lui expliquer sa mésaventure et son besoin urgent d'atteindre Wall Street Station pour y retrouver son épouse.

Garry lui proposa de l'accompagner dans l'ascenseur et lui affirma être un employé de la MTA. Il s'abstint de lui indiquer l'endroit où se trouvait l'entrée piétonne de la station de métro à une vingtaine de mètres de l'ascenseur, cachée par les touristes déambulant sur la petite place en face du musée.

Garry sortit de sa poche un badge de proximité et le posa contre une plaque en caoutchouc de cinq centimètres sur cinq située sous le bouton d'appel de l'ascenseur. Les câbles en acier visibles depuis l'extérieur se tendirent. Le contrepoids entama sa descente, une minute plus tard, la cabine d'ascenseur s'ouvrit.

— Après vous, dit Garry à Matt.

Les deux hommes entrèrent dans la cabine. Garry passa son badge électronique sur une plaque similaire à celle située à l'extérieur, en dessous du tableau de commande de l'ascenseur. Les portes se refermèrent et celui-ci commença à descendre. Garry d'un mouvement maîtrisé porta sa main droite au visage, recouvrant sa bouche et son nez. Une odeur forte, mentholée, emplit la cabine de l'ascenseur. Matt fut pris de picotements aux narines, sa vue se troubla et une sensation étrange de ralenti s'ensuivit. Il crut à un malaise et eut juste le temps d'agripper le bras de Garry. Matt aperçut un tuyau transparent dépasser de la manche de Garry, il se poursuivait jusqu'au-dessous de sa main posée sur son visage. Puis le sol se déroba sous ses jambes, il glissa le long d'une paroi de la cabine, assisté par Garry qui le tenait de son bras droit. Matt sombra dans l'inconscience.

17

Steve les mains posées sur la rampe longeant la verrière de son bureau observait la salle du data center en contrebas. Derrière lui, installé dans un fauteuil capitonné en cuir face au bureau de Steve, un homme tirait sur un cigare. Il portait une chemise blanche couverte d'une veste bleu pétrole, un jean Levi's bleu et portait une paire de Richelieus marron.

— Sur quel modèle travaillez-vous cette semaine ? Homme dans la quarantaine, citadin, n'est-ce pas ? demanda Dave.

— Il faut qu'il soit originaire d'une ville de plus d'un demi-million d'habitants, il n'est pas nécessaire que ce soit une mégapole comme New York et qu'il soit âgé d'environ quarante ans en effet, ton profil en fait partie !

— J'aurais pu correspondre, mais il faut aussi qu'il pratique le sport plusieurs fois par semaine.

— Au moins deux à trois fois, dit Steve en se dirigeant vers son bureau.

— Ce n'est pas mon cas, oublie-moi ! s'esclaffa Dave.

— Il ne nous manque plus qu'un seul Coball pour mettre au point la prochaine paire de sneakers. La réunion est prévue demain à onze heures.

— Je suis au courant, dix heures pour moi à Rockford.

— Emily, notre DRH, s'occupera de la présentation. Elle a instruit nos agents ce matin, ça devrait être réglé avant la fin de la matinée. Lorsque nous aurons obtenu les données du dernier Coball, la création du nouveau modèle de sneaker sera possible. Nous avons choisi de le nommer *Duvall Mestengo*. Il sera révélé lors de la réunion de mercredi. Il s'agit de la nouvelle procédure imposée par la direction, pour des raisons de protection de propriété intellectuelle. John Duvall sera présent durant la réunion. À l'issue de celle-ci, tu recevras la fiche technique complète pour lancer la production. John te recontactera par la suite pour que vous vous accordiez concernant la quantité à produire et les différentes tailles. Je sais que désormais, les tailles enfant seront incluses dans la production pour tous les modèles.

— J'ai reçu l'info pour les tailles enfant. Explique-moi, comment procédez-vous pour la sélection des Coballs ? Les agents Duvall ne les choisissent pas au hasard dans la rue quand même ?

— La sélection se fait en premier lieu sur les réseaux sociaux. C'est notre département IT qui gère cela grâce à un logiciel qu'ils ont mis au point pour Duvall. Un algorithme permet de repérer les personnes susceptibles de correspondre au futur modèle de sneakers que l'on souhaite créer pour la clientèle ciblée. Grâce à la récupération de données telles que l'âge, la nationalité, le lieu d'habitation, les activités sociales, les habitudes sportives, mais aussi leurs goûts artistiques qui sont importants pour le rendu esthétique final des chaussures. Toutes ces informations sont récupérées dès que le touriste a posé un pied à Manhattan et qu'il a utilisé son téléphone portable sur le réseau. Un portrait est créé pour chaque Coball et mis à jour sur notre logiciel dont la base de données s'enrichit au fur et à mesure. Emily procède à une vérification rapide de chaque portrait et valide les Coballs. Si elle décèle des anomalies, elle a la possibilité de les « bannir » du logiciel pour qu'ils ne reviennent pas dans la base de données.

— Quels genres d'anomalies ?

— Il arrive que l'âge ne corresponde pas par exemple. Une fois les profils validés, ils sont accessibles sur l'application *Duvall Coball Locator*.

— Si vous trouvez toutes les données dont vous avez besoin sur internet, quelle est la nécessité pour Duvall de prélever des gens dans la rue ? Pourquoi ne pas faire une étude de marché auprès des gens ?

— Nous sommes intéressés par les données physiques et morphologiques. Duvall pourrait créer le prochain modèle de sneakers en lançant une étude, tu as raison. Celle-ci s'adresserait au public ou à notre clientèle existante. Nous pourrions aussi demander à des volontaires sportifs ou non d'y participer. Mais la mise en place d'une telle étude ne serait possible que sur notre territoire, ici aux États-Unis. Cela demanderait beaucoup trop de temps à mettre en place. Il nous faut pouvoir être capables de créer de nouveaux modèles de baskets de manière rapide et il faut qu'ils plaisent aux clients sur une échelle mondiale. New York nous offre la multiethnicité. Cinquante touristes et une pincée d'intelligence artificielle nous suffisent pour créer la paire de sneakers de demain qui plaira à la majorité des *sneakerheads*[1].

— Comment approchez-vous les touristes ?

— Grâce aux données obtenues par les réseaux sociaux via les photos postées et à l'aide des données cellulaires de la personne ciblée, nous pouvons géolocaliser les Coballs avec une mise à jour minute par minute. Les informations sont relayées à nos agents sur l'application *Duvall Coball Locator*. Elle est accessible sur le portable que nous mettons à leurs dispositions. Ils ont accès à une carte correspondante à celle que tu vois ici, derrière moi, sur le mur. La géolocalisation des Coballs est rendue possible grâce à celle-ci.

Steve poussa son fauteuil afin de présenter à Dave le mur d'écrans sur lequel la carte de Manhattan était diffusée. Elle était de couleur verte sur fond noir et s'étendait du Financial District jusqu'à Inwood. Dave s'avança en agrippant les accoudoirs de son fauteuil, le cigare à la main. Il se pencha en avant pour pouvoir

[1] Personne impliquée dans la collection de baskets.

mieux observer la carte. Une multitude de petites étoiles orange entourées d'un trait bleu étaient en mouvement. Elles se déplaçaient avec lenteur ou avec rapidité de façon linéaire ou en zigzaguant. Elles s'arrêtaient puis repartaient. Dave remarqua des étoiles blanches gravitant autour de carrés rouges fixes. Cinq carrés blancs de plus grande taille, avec une croix rouge, étaient répartis sur Manhattan.

— Ce sont les Coballs, les étoiles orange entourées d'un trait bleu ?

— Les Coballs solos, plus vulnérables, plus faciles à « extraire », des touristes qui errent seuls dans Manhattan. Comme tu le vois, ils se déplacent de différentes manières, à pied ou dans un véhicule : taxi, bus, ferry ou métro. Les étoiles blanches représentent nos agents et les carrés rouges, nos cellules de prélèvements, c'est-à-dire les ascenseurs. Quant aux carrés blancs avec une croix rouge, ce sont nos unités d'intervention paramédicale.

— Pourquoi les étoiles orange sont-elles si nombreuses alors qu'il ne vous manque qu'un seul Coball pour la nouvelle collection ?

— Leurs déplacements étant imprévisibles, cela facilite le prélèvement à nos agents. Mais cinquante Coballs suffisent. Dix par continent, pour chacun d'eux. Nous faisons en sorte qu'ils soient d'origines géographiques et de cultures différentes. Concernant l'Europe par exemple, nous choisissons les dix premiers pays européens se présentant à nos agents. Les couleurs autour des étoiles orange représentent chacune un continent.

— Ce qui veut dire qu'il n'y a pas que du bleu autour des étoiles orange lorsque vous commencez un nouveau modèle ?

— En début de « campagne », il y a un millier d'étoiles orange entourées de cinq couleurs différentes sur la carte, ce sont les couleurs des anneaux olympiques. Là, tu ne vois que des étoiles entourées d'un trait bleu, cela signifie qu'il nous manque un Coball originaire d'Europe. Une fois que l'agent sera en contact avec celui-ci, toutes les étoiles orange disparaîtront de la carte. Cela indiquera à nos agents qu'il n'est plus nécessaire de chercher un Coball. Pour ce qui est du pays, l'agent en est informé depuis son application sur son portable. Les agents sont en blanc, comme tu peux le voir, il n'y a que dix agents en service ce matin. Les carrés rouges fixes sur la carte représentent les ascenseurs du métro que nous utilisons pour les prélèvements. Lorsqu'un agent est en contact avec un Coball. Ils ne forment qu'une seule étoile, qui double en taille et devient verte.

À peine, Steve avait-il prononcé cette phrase qu'une étoile verte apparut. Il désigna à Dave, du bout de la télécommande qu'il venait de prendre sur son bureau, Battery Park situé dans le Lower Manhattan sur la carte.

— Tiens d'ailleurs regardé ! J'attendais que cela se produise, ça doit être le Coball manquant ! Là, juste au niveau du carré rouge à côté de Battery Park, c'est l'ascenseur qui mène à Bowling Green Station en face du National Museum of the American Indian, tu la vois ?

— L'étoile verte entourée de bleu ?

— Oui, celle-là ! Un de nos agents vient de s'approcher d'un touriste. Afin que les deux étoiles se joignent, il faut que le touriste et l'agent soient à moins de cinq mètres l'un de l'autre et en contact pendant plus de trente secondes. S'ils s'écartent, l'étoile se divise à nouveau en deux étoiles, l'une de couleur orange, l'autre de couleur blanche. Là comme tu peux le voir toutes les étoiles orange disparaissent de la carte, ce qui veut dire que l'agent a validé sa « prise ». Les autres agents peuvent rentrer au centre.

Steve prit son téléphone portable, il fit glisser son index sur l'écran et le tendit à Dave.

— Regarde ! Nous avons déjà une bonne partie des informations concernant le Coball. C'est un Irlandais originaire de Dublin et l'agent qui s'en occupe est Garry.

Sur l'écran du portable de Steve apparaissait une fiche descriptive séparée en trois sections. La première en verte, avec un logo de Duvall à la droite duquel était mentionné, *Agent Garry Kowalski*, en dessous sa photo d'identité, sa fonction, sa date de naissance, sa taille, son poids, son groupe sanguin, son numéro de portable et sa localisation actuelle. Sur la seconde section, on pouvait lire : *Coball, N.50/50, Matthew Walsh*, accompagnés d'une photo de son visage, de sa nationalité, de sa date de naissance, de sa taille, de son poids, de son groupe sanguin, de son numéro de portable et de sa localisation. Enfin, sur la troisième section, il y avait un extrait de la carte de Manhattan sur laquelle Bowling Green Station apparaissait avec l'étoile verte entourée de bleu.

— Je n'ai pas accès à cette application ? s'exclama Dave.

— Tu n'en as pas besoin. Répondit Steve en posant son téléphone portable sur son bureau.

— Et les agents ? Comment les recrutez-vous ? C'est quand même délicat comme mission. J'ai cru comprendre que la personne « prélevée » était anesthésiée ?

— Ce sont d'anciens militaires, des forces spéciales proches de la retraite. Ils ont suivi un entraînement qu'il répète deux fois par semaine. Quand tu connais le genre d'opération à laquelle ils ont participé dans leur carrière passée, ce genre de mission pour eux c'est du gâteau ! Le matin, Emily est chargée de répartir les agents. Elles leur donnent les instructions et le secteur qu'ils doivent ratisser, en périphérie d'un ascenseur avec cellule de prélèvement. Un signal les prévient sur le portable Duvall qu'Emily leur a remis, de la présence d'un Coball dans un périmètre de vingt mètres autour d'eux. Ils ont alors accès à la fiche de renseignement que je viens de te montrer. À eux de trouver le bon stratagème pour attirer les Coballs vers les ascenseurs. Il arrive que cela se passe de manière naturelle, sinon ils doivent utiliser un subterfuge. Ils n'ont que trois minutes pour convaincre la personne de monter dans l'ascenseur. Passé ce délai, il faut qu'ils abandonnent. Le gaz anesthésiant ne fait oublier que les six minutes précédant le sommeil artificiel d'après nos recherches.

— J'essaie de comprendre, le touriste ne se doute de rien lorsqu'il reprend connaissance ?

— L'agent se présente au touriste en technicien de maintenance dans la rue. Un employé de la MTA ou autre. Il demande à la personne de lui rendre un service, comme c'est le cas dans les émissions télévisées avec des caméras cachées où les gens se font piéger. En général, le touriste interrompu dans ses pensées accepte de rendre service et accompagne notre agent. Nous varions les scénarios pour éviter d'attirer l'attention. Celui qui fonctionne le mieux, c'est lorsque l'agent demande de l'aide pour tester le bon état de marche d'un ascenseur de station de métro. Si l'agent sent que la personne est un tantinet réticente, il a pour ordre de ne pas insister et de passer à une autre personne.

— OK, la méthode me paraît correcte. Et ensuite que se passe-t-il ?

— Duvall a fait installer un deuxième circuit de commande dans les ascenseurs. Il se déclenche à l'aide d'un badge électronique paramétré ici dans notre labo. Il est remis à nos agents par Emily avant qu'ils ne partent en mission. Une fois que le badge a activé le contrôle de l'ascenseur, la caméra de surveillance de celui-ci passe en mode cabine vide, cela rend notre agent et notre

Coball invisibles aux yeux du service de sécurité du métro. Enfin, le badge donne accès à un niveau intermédiaire, caché et dont l'entrée se trouve dans le puits de l'ascenseur. Il mène à la « cellule de prélèvement » , qui nous permet de recueillir les données physiques manquantes. Deux employés Duvall attendent dans la cellule pour assister l'agent. Ils sont prévenus lorsqu'il est en intervention grâce à l'application DCL dont je t'ai parlé, *Duvall Coball Locator*.

— À quel moment la personne accompagnant l'ouvrier est-elle inconsciente ?

— Quand l'ascenseur commence à amorcer sa descente et qu'il est hors de vue du public. Un gaz anesthésiant invisible est diffusé dans la cabine. Le sujet s'évanouit comme s'il faisait un malaise vagal, et ce, pour douze minutes. Lorsqu'il reprend connaissance, il n'a pas souvenir d'un malaise, il le devine. L'agent doit au réveil du Coball, se trouver dans l'ascenseur à l'arrêt dans la station de métro. Il doit l'accompagner et lui suggérer ou lui confirmer qu'il a fait un malaise en empruntant l'ascenseur.

— Et l'agent pour le gaz, comment fait-il ?

— Lorsque le gaz est libéré dans la cabine, notre agent à un masque discret, glissé dans sa manche et qui tient dans la paume de sa main. Il est relié à une mini-bouteille d'oxygène placée dans une sacoche attachée à sa ceinture. Il peut activer son masque en appuyant dessus une fois qu'il est posé sur son visage.

— OK, ils ont peu de temps pour recueillir les données !

— Douze minutes, c'est suffisant quand tout est bien coordonné pour faire passer une IRM des pieds au Coball. De plus, concernant la durée de temps, nous restons crédibles pour la durée d'un malaise vagal.

— Dernière question, lorsque la personne reprend connaissance, quelle est sa réaction ?

— D'après nos agents, elle ne se souvient pas des minutes précédant la perte de connaissance et du temps qui s'est écoulé durant leur état d'inconscience. Cependant, il arrive qu'elle se rappelle sa rencontre avec l'agent et la raison pour laquelle elle a pris l'ascenseur. Une fois que nos agents lui expliquent qu'elle a fait un malaise, il l'assiste soit en la ramenant à la surface par l'ascenseur soit en lui indiquant la direction à suivre dans le métro. Nos agents nous fournissent toujours un rapport et leurs conclusions sont unanimes, le Coball repart toujours serein et en bonne santé.

— Pas d'effets secondaires ?

— Non, pas à notre connaissance. J'ai d'ailleurs demandé à être anesthésié de la même façon pour en avoir le cœur net. Je souhaite savoir si vraiment nous ne gardons aucuns souvenirs lorsque nous sommes inconscients et si cette expérience ne s'est pas éternisée dans notre esprit. J'ai rendez-vous en fin de semaine, ce vendredi à dix heures. Je veux être certain que les Coballs soient bien, lorsqu'ils reprennent le cours de leur vie.

Dave regarda l'heure sur sa montre. Il écrasa son cigare dans le cendrier posé sur le bureau.

— Tu dois partir ? demanda Steve.

— Oui, j'ai mon avion pour Chicago à 13 h 30. Je te remercie pour toutes ces informations. J'aborderai les dossiers de production d'une tout autre façon à présent !

— Il n'y a pas de quoi. N'hésite pas à me contacter si tu as d'autres questions.

Dave se leva de son fauteuil, réajusta sa veste. Il prit son porte-documents en cuir posé contre sa valise à roulettes dont il saisit la poignée télescopique. Steve le raccompagna vers le balcon qui menait à l'accueil, à la sortie de son bureau.

18

La rame de Kate arriva à Wall Street Station. Elle descendit et jeta un regard sur le quai d'en face bondé de gens. Tous attendaient la rame qui les amènerait à Bowling Green.

La rame va bientôt arriver, étant donné le monde qu'il y a sur ce quai ! Matt va surgir de la foule et me faire signe, il va me rejoindre et tout rentrera dans l'ordre ! Son cœur s'emballa et l'esquisse d'un sourire se dessina sur son visage à cette pensée.

Sa joie anticipée fut remplacée par le doute.

Matt m'aurait déjà fait signe s'il se trouvait sur l'autre quai...

Kate se lança et de toute sa voix se mit à hurler dans la station de métro.

— Maaaatttttthew !

Un homme avec le crâne rasé et une longue barbe noire, vêtu d'un débardeur blanc crasseux et des bretelles rouges agrippées à un jean noir bien trop large, répondit à Kate en portant ses deux mains à la bouche en guise de porte-voix :

— Je suis Matthew !

Des gens qui attendaient sur le quai se mirent à rire. Toute l'attention se tourna vers le barbu bedonnant. Le bruit d'une rame se fit entendre. Un air sec s'engouffra dans la station et insuffla une sensation de fraîcheur. Une fois à l'arrêt complet, la rame avala la foule du quai d'en face, puis elle disparut à nouveau dans le tunnel obscur.

Toujours aucun signe de Matt. Kate se rendit d'un pas rapide dans le passage souterrain menant à la plate-forme en face qui la ramènerait à Bowling Green Station. Elle prit soin de dévisager chaque personne qu'elle croisait dans le couloir. Dans sa précipitation, sa robe se prit dans l'étui à guitare que portait un vieux cowboy alors qu'elle le doublait. Elle se tourna vers lui pour s'excuser, l'homme hocha la tête en tenant son chapeau pour lui signifier qu'il n'y avait pas de mal ! Puis elle poursuivit son chemin jusqu'au quai.

Kate monta dans la rame suivante et s'en retourna à Bowling Green Station. Une fois sur place, elle emprunta l'escalier permettant de se rendre à Battery Park. À l'entrée se trouvait un policier les bras croisés.

— Excusez-moi, monsieur l'agent.

— Oui madame.

— Je cherche mon mari, ne l'auriez-vous pas vu par hasard ? Il fait à peu près la même taille que vous, il porte un polo noir, un bermuda beige et des baskets blanches.

Ah oui, il a aussi des lunettes de soleil de type aviateur et il tient une veste bleue à la main.

L'agent écarta les bras en riant et s'adressa à Kate.

— Euh, regardez autour de vous.

Elle jeta un œil autour d'elle, fronça les sourcils en réalisant que la majorité des touristes, arpentant le parc par cette magnifique matinée estivale, étaient habillés de baskets, d'un bermuda, d'un polo et d'une paire de lunettes de soleil.

Elle regarda à nouveau l'agent dont le rire avait cessé. Il regardait désormais Kate d'un air sérieux, réalisant qu'elle semblait plutôt inquiète, les yeux prêts à fondre en larmes. Il lui posa la main sur l'épaule et lui lança un regard plein d'empathie.

— Attendez, reprenons depuis le début ! Que s'est-il passé ? À quel moment l'avez-vous perdu ? Vous êtes-vous disputés ?

— Non pas du tout ! Nous devions nous rendre tous les deux à Bowling Green Station pour arriver ensemble ici à Battery Park. Tout se passait bien, nous étions dans une rame de la ligne Lexington Avenue, la numéro quatre. Mon mari s'était assoupi. Lorsque nous sommes arrivés à Wall Street Station, il s'est réveillé, levé et a quitté le wagon alors que la porte allait se refermer. Il était persuadé que nous étions à Bowling Green Station. J'ai essayé de le raisonner, mais tout s'est passé si vite ! Les portes se sont refermées sur lui et c'est à ce moment-là que nous nous sommes perdus de vue.

— Et vous le cherchez ici depuis longtemps ?

— Non, je suis d'abord retournée à Wall Street Station en espérant l'y retrouver. Car il avait eu le temps de me faire des signes depuis le quai, pour me faire comprendre qu'il ne bougerait pas. Je pense qu'il était persuadé d'être au bon arrêt ! Quand j'y suis retourné, il ne s'y trouvait pas. Je suis revenue ici pour voir s'il n'était pas dans le parc, je viens juste d'arriver.

— Qu'aviez-vous prévu de faire une fois que vous seriez arrivés tous les deux à Bowling Green Station ? demanda l'agent de la NYPD.

— Et bien, nous voulions nous rendre à Battery Park pour y prendre le ferry qui mène à la statue de la Liberté et Ellis Island.

L'agent conseilla tout d'abord à Kate de se rendre au guichet où ils avaient prévu d'acheter leurs billets pour les ferrys. Puis s'il n'y avait aucun signe de Matt, de contacter l'hôtel où le couple séjournait pour savoir si son mari n'y avait pas laissé un message ou s'il y était déjà retourné. Et, en dernier recours, de se rendre à l'hôtel pour l'y attendre. L'agent de police conclut en indiquant que c'était courant à New York et que les gens finissaient par se retrouver à l'hôtel.

— Vous verrez, une fois que vous aurez retrouvé votre mari, vous en rirez ! Et ça vous fera un bon souvenir à raconter plus tard ! Bien évidemment si vous n'avez pas de nouvelle de votre époux, n'hésitez pas à nous contacter. Tenez, voici une carte avec le numéro d'accueil du bureau de mon district. Le numéro est gratuit, vous pouvez l'appeler de n'importe quel téléphone fixe, à n'importe quelle heure. Vous serez mise en relation directe avec un agent de la NYPD.

Kate prit la carte et la rangea dans son sac à main. Elle remercia l'agent et se dirigea vers les guichets des ferrys situés à l'autre bout du parc.

19

Steve quitta son bureau devancé par Dave, ils empruntèrent le balcon surplombant le data center pour rejoindre la porte qui menait à la réception.

— Au fait, tu as suivi les ventes du modèle Duvall Doe ces derniers jours ? demanda Dave.

— Les Duvall Doe ? Non, pourquoi ?

— Eh bien, tu sais qu'à chaque nouveau modèle terminé, nous envoyons une paire aux influenceuses de mode les plus populaires du pays, depuis l'usine de Rockford.

— J'en avais entendu parler lorsque je me suis rendu à Olympia pour visiter la maison mère. Vous en envoyez aussi à des célébrités, non ?

— Tout à fait. À ce sujet, nous en avions envoyé une paire à la présentatrice du *Chicago Talk-Show* il y a deux semaines. Hier alors qu'elle prenait un brunch sur la terrasse d'un restaurant rooftop de Chicago avec deux de ses amies, elle a été filmée à son insu par une cliente assise à la table en face d'elle. Jusque-là, rien d'anormal ! La scène n'a rien de spécial et ne dure pas longtemps, c'est le final qui est intéressant. La cliente à l'origine de cette courte vidéo a fait un zoom sur la paire de baskets portée par la présentatrice. Et devine quelles chaussures elle portait.

— Laisse-moi deviner, des Duvall Doe ?

— Haha ! Oui de couleur orange, la couleur préférée de la présentatrice !

— Sympa comme couleur !

— La personne a posté la vidéo sur les réseaux sociaux, résultat : 5,6 millions de vues en une heure ! Jamais un modèle n'avait connu une telle popularité aussi vite. Les ventes en ligne sur le site Duvall ont explosé, 1,5 million de paires Duvall Doe vendues dans la journée. Nous avons dû faire une réunion d'urgence pour anticiper la production.

— C'est incroyable, je n'en reviens pas. Nous allons devoir faire aussi bien avec les Duvall Mestengo, voire mieux !

Steve ouvrit la porte donnant sur le hall d'accueil. Derrière le comptoir, Maura s'affairait à classer le courrier du jour.

— Steve, c'est pour toi ! dit-elle.

Elle lui tendit une pile d'enveloppes entourée d'un élastique et qui tenait à peine dans sa main. Steve prit la pile de courrier en remerciant Maura puis il se tourna vers Dave en lui tendant la main.

— Il faut absolument que je vienne visiter l'usine de Rockford avant la fin de l'année.

— Nous pouvons arranger ça quand tu veux à partir du mois de septembre, je te laisse le soin de choisir une date.

— OK, je t'appellerai. Je te laisse avec Maura, elle va s'occuper de ton taxi. À demain pour la réunion !

Les deux hommes se donnèrent une poignée de main et Steve quitta l'accueil.

— Maura, je te remercie, mais je vais marcher. Je dois acheter un cadeau pour l'anniversaire de ma fille. Je me débrouillerai pour le taxi.

— Comme tu veux Dave !

Dave quitta l'accueil de Duvall NYC en saluant Maura.

20

Les mots échangés avec l'agent de police avaient suffi à rassurer Kate. L'agacement avait pris le dessus sur l'inquiétude, cette première journée à New York devait se concrétiser par une visite mémorable de la statue de la Liberté avec Matt. Un souvenir commun devait rester gravé à jamais dans leur mémoire de couple, il était désormais plus que compromis.

Kate s'engagea dans l'allée principale de Battery Park d'un pas nonchalant, tout en scrutant chaque visage venant à sa rencontre toujours à la recherche de Matt. Elle s'assit sur un banc au côté d'un papi qui jetait des morceaux de pain à un groupe de pigeons domestiqués au plumage défraîchi. L'un d'eux était borgne et se déplaçait la tête tournée vers la gauche et il manquait une patte à un autre. La ville rend les pigeons plus approchables, mais elle offre aux columbidés son lot de danger et de maltraitance quotidienne. Ce qui ne manqua pas de toucher Kate qui prit son sac à main et en sortit un muffin à moitié mangé emballé dans une serviette. Elle l'émietta et l'étala sur les dalles hexagonales de l'allée du parc devant le banc sur lequel elle était assise, les pigeons se précipitèrent dessus en roucoulant. Elle replongea sa main dans son sac pour en sortir son portefeuille et l'ouvrit.

Derrière une carte de fidélité, Dunnes Store, se trouvait trois photos d'identité. Une photo de Matt qu'elle plaça dans la poche à briquet de son jean et deux photos de leurs filles qu'elle replaça dans la pochette de son portefeuille avec la carte de fidélité. Puis elle le rangea dans son sac à main. Les pigeons n'avaient laissé aucune miette du demi-muffin et s'en étaient retournés vers le papi, qui continuait mécaniquement à lancer des bouts de pain.

Kate quitta le banc et poursuivit son chemin en direction des guichets de Statue Cruises, la compagnie de ferry où elle était censée se rendre avec Matt qui à première vue n'y était pas. Elle se plaça dans la file express. Seules trois personnes y faisaient la queue. Quand son tour arriva, elle expliqua sa situation au caissier. Matt avait en sa possession les bons du voyagiste qu'il devait échanger contre les billets de ferry afin de se rendre sur Liberty Island avec les ferrys de Statue Cruises. Le caissier écouta Kate de façon évasive, il était déjà concentré sur le client qui se trouvait derrière elle. C'était la pleine saison et il ne comptait plus les touristes venant se confesser à son guichet. Cependant, il la dirigea vers le guichet double-emploi, vente et service clientèle, portant le numéro huit. Elle s'y précipita, un groupe de touristes français s'y trouvait. Elle tenta de passer devant eux en leur expliquant l'urgence de son cas, ceux-ci ne parlant pas un mot d'anglais passèrent de l'état de touristes sympathiques à celui de touristes grincheux.

Kate essuya ce qui semblait être des râlements : *« Faites la queue comme tout le monde ! », « Mais qu'est-ce qu'elle fait ? Celle-là ? », « Eh ! Oh ! Putain, c'est quoi ce bordel ? »*.

Elle avait compris par le ton des gastéropodes lovers et malgré son manque de vocabulaire en français qu'ils exprimaient une forme de mécontentement. Ou peut-être, était-ce là juste leur façon de s'exprimer. Kate leva les mains au ciel et utilisa le seul mot qu'elle connaissait de la langue de Molière, en le répétant trois fois : *Merci ! Merci ! Merci !* Persuadée que celui-ci signifiait : *Désolée !* Ce qui ne manqua pas de faire rire le groupe de touristes à gorge déployée. Résignée, elle alla se placer en bout de file.

Elle se devait de garder son calme. À quoi bon s'énerver ? Elle retomba dans ses pensées.

Le brouhaha de la ville s'atténua de façon soudaine. Elle leva les yeux et Matt apparut. Ils se serrèrent dans les bras. Leur séjour idyllique allait enfin pouvoir commencer ! Matt lui tendit les bons du tour opérateur, le groupe de touristes français, touché par la scène à laquelle il venait d'assister, s'écarta pour former une allée jusqu'au guichet numéro huit. Le guichetier les attendait, deux billets à la main qu'il échangea contre les bons. Ils embarquèrent dans l'un de ces ferrys qui mènent à la statue de la Liberté. Ils prirent la pose au pied de la statue de cuivre verdie par le temps, pour se faire prendre en photo. Ensuite, ils se rendirent en ferry à Ellis Island. Ils s'empressèrent de s'acheter chacun une glace puis ils se dirigèrent vers le Wall of Honor, pour y chercher le nom du frère de l'arrière-grand-père de Kate, lequel était passé sur ce minuscule lopin de terre il y a plus d'un siècle, juste avant de commencer sa nouvelle vie dans le Nouveau Monde. Après quoi, ils retournèrent au sud de Manhattan pour y déjeuner dans le Financial District avant de s'engager sur le Brooklyn Bridge pour une balade. Kate s'arrêta surprise ! Elle crut y reconnaître un groupe de touristes au loin, mais oui c'est bien eux ! Il s'agit du groupe de Français rencontré plus tôt dans la journée. Que le monde est petit !

— Madame… Madame…

Le bruit de la foule et de la ville revint et l'extirpa de ses pensées. Les yeux de Kate s'écarquillèrent, elle prit une grande inspiration. Puis, elle souffla comme si elle venait de refaire surface.

Elle réalisa qu'elle se trouvait devant le guichet numéro huit. Au même moment, la personne derrière Kate tapota sur son épaule pour la prévenir que c'était maintenant à son tour. Elle se retourna avec un sourire crispé aux lèvres et réalisa, déçue, qu'il ne s'agissait pas de Matt. Puis, elle fit à nouveau face au guichet. Dépitée par ce retour brutal à la réalité. Elle s'adressa à l'employé chargé du service clientèle en plus de la vente des tickets pour le ferry. On sentait qu'il n'en était pas à sa première saison derrière ce guichet. La cinquantaine passée, Kate remarqua qu'il lui manquait une incisive sur le maxillaire supérieur. Une épaisse moustache rousse, de la même couleur que ses sourcils, couvrait ses narines. Des lunettes à double foyer étaient posées sur son nez. Sa chemise bleue était terne et délavée. Le nœud de sa cravate était détendu. Sur sa tête était posé un képi de travers, appartenant à la compagnie de ferry.

— Monsieur, bonjour ! Je vous explique, j'ai perdu mon mari dans le métro en me rendant ici. Il a en sa possession les bons du tour opérateur qui nous permettent d'obtenir les billets pour le ferry auprès de votre guichet.

Kate avait compris qu'il n'était pas nécessaire de rentrer dans les détails.

— Ah ! Et vous aimeriez savoir si votre mari est déjà passé pour retirer les carnets.

— Oui, tout à fait ! acquiesça Kate.

Un air de satisfaction et une lueur d'espoir brillaient dans ses yeux. Elle qui pensait se faire refouler et s'était préparée à fustiger le pauvre employé avec une série d'arguments jusqu'à ce qu'il accepte de fournir un effort.

— OK, le nom de votre tour opérateur ? demanda-t-il.

— USA Tour. C'est en Irlande à Dublin.

Un écran bleu avec des caractères jaunes se reflétait sur les lunettes épaisses de notre guichetier plein de bonne volonté.

— USA Tour, Grafton Street, Dublin 2.

— Oui, c'est ça !

— Nom et prénom, s'il vous plaît ?

— Je pense que les bons du tour opérateur sont enregistrés sous le nom de mon mari, c'est lui qui a passé la commande : Matthew Walsh.

— Cela ne fait pas de différence, ce sont des bons individuels… Euh, je crois les avoir trouvés. Votre prénom et votre date de naissance, s'il vous plaît ? dit-il en fixant l'écran et en tapant sur son clavier.

— Kate, le 10 mai 1984.

— Lieu de résidence ?

— Stepaside, Dublin, Irlande.

— C'est bon, je les ai trouvés ! Eh bien, votre mari n'est pas encore passé, madame. Si vous désirez vos carnets, je vais avoir besoin de votre passeport.

— Non, je vous remercie. Répondit-elle avec déception. C'est lui qui a nos passeports…

— Peut-être ne va-t-il pas tarder ? Restez par ici, dans le parc.

— Merci. Elle esquissa un sourire désabusé, puis s'éloigna du guichet numéro huit.

21

Matt était désormais en position assise dans un coin de la cabine d'ascenseur qui se mit à ralentir et s'arrêta. La double porte s'ouvrit devant un mur de carreaux en faïence rouge. Le brouhaha de Bowling Green Station, qui devait se trouver juste en dessous, résonnait contre les façades du puits de l'ascenseur. Au centre du mur, une pièce ronde en caoutchouc de la même forme qu'un palet de hockey sur glace était fixée sur un carreau. Garry sortit à nouveau son badge et l'y effleura, cela suffit à déclencher un mécanisme situé derrière le mur de carreaux en faïence rouge. Un frottement pierreux et lourd résonna. Un pan de mur de deux mètres sur deux s'enfonça d'une dizaine de centimètres avant de pivoter sur la droite.

Un couloir de trois mètres de largeur et d'une dizaine de mètres de longueur se présenta à Garry, il était éclairé par des néons suspendus au centre d'un plafond vouté. Les murs peints en blanc reflétaient la lumière émanant des néons de façon éblouissante. Au milieu du sol en résine se trouvait un monorail se prolongeant jusqu'au bout du couloir, lequel aboutissait sur une double porte battante. Au-dessus, une horloge numérique décomptait les minutes et les secondes, actuellement elle indiquait « *00 :11 :34* ». La double porte s'ouvrit, deux agents vêtus chacun d'une blouse blanche et d'un masque chirurgical surgirent. Ils poussaient un lit pour IRM dont le pied télescopique était couvert d'un coffrage en plastique rigide. Ils avançaient à vive allure en direction de l'ascenseur.

Garry redressa Matt en l'attrapant par-dessous les aisselles. Il fut vite rejoint par les hommes en blouse blanche. Le trio plaça Matt sur le lit d'IRM et le sangla en lui positionnant la tête côté ascenseur. Garry rangea le masque qui lui fournissait de l'oxygène dans sa manche, le gaz anesthésiant s'était dissipé de la cabine. Il passa son badge sur un palet en caoutchouc fixé au mur du couloir et à côté duquel il y avait un bouton vert en forme de champignon monté sur un boîtier jaune. Le pan de mur couvert de carreaux rouges se referma en silence, en glissant sur trois rails en demi-arc fixés au sol. L'ascenseur se referma à son tour et il reprit sa descente vers la station de métro.

Dans le couloir, Garry et les deux hommes s'empressèrent d'atteindre la double porte en faisant glisser le lit d'IRM sur lequel se trouvait Matt. L'un d'eux prit son pouls et signala aux autres que tout était OK. La porte à double battant s'ouvrit à leur approche. Ils poussèrent le lit dans la salle jusqu'à ce que celui-ci s'emboîte et ne puisse plus avancer sur le monorail. La porte se referma derrière eux.

La salle dans laquelle ils se trouvaient était similaire à celles du centre Duvall NYC. Les murs étaient constitués de plaques de béton brut, à peine lissé. Des panneaux lumineux y étaient fixés et illuminaient la pièce souterraine en manque de soleil. Sur ceux-ci, de grandes photos de la statue de la Liberté, d'Ellis Island, de Battery Park rappelaient dans quelle partie de Manhattan se trouvait la cellule de prélèvement. Sur le mur de gauche se trouvait du mobilier médical avec deux tabourets roulants. Un ordinateur portable était ouvert sur un meuble à tiroirs blanc, le logo de Duvall se déplaçait de gauche à droite sur l'écran. Le mur du fond était couvert de mousse végétale et suintait d'humidité. En son centre, une horloge numérique similaire à celle dans le couloir indiquait le temps qu'il restait avant que Matt ne reprenne conscience « *00 :10 :23* ». Une porte grise avec l'inscription *SORTIE*, se trouvait sur le mur de droite. Au milieu de la pièce dans le prolongement du monorail se dressait un appareil IRM ressemblant à un énorme donut blanc.

Le trio agissait en silence, concentré. Un agent s'empressa de retirer les chaussures et les chaussettes de Matt et les posa sur une commode médicale. Garry de son côté chercha une pièce d'identité dans les poches de Matt, il trouva son passeport dans celle à l'intérieur de sa veste légère, doublée d'un tartan. Il prit une photo de la double page où se trouvaient les détails d'identité ainsi que la photo et l'envoya à Emily. Pendant ce temps, le troisième agent s'assit sur le tabouret situé devant l'ordinateur portable et commença à pianoter sur le clavier. L'agent qui avait déchaussé Matt s'empara d'un spray avec une solution désinfectante, d'une boule de coton posée sur un plateau en inox et d'un stylo autopiqueur. Puis il retourna vers Matt et lui prit la main gauche. Il fit glisser l'alliance sur son annulaire et désinfecta la partie du doigt située sous la bague à l'aide du spray et du coton. Ensuite, il préleva un échantillon de sang à l'aide de l'autopiqueur. Une minuscule goutte de sang perla du doigt de Matt, l'agent y pressa la boule de coton encore humidifiée par le liquide désinfectant. Enfin, il replaça l'alliance à sa place d'origine cachant ainsi la partie du doigt piquée.

Garry prit la télécommande située dans un compartiment sur le côté de l'appareil d'IRM. Il activa le lit sur le monorail qui avançait désormais seul vers le donut géant vibrant et dont un mouvement de rotation était perceptible à l'oreille. Garry arrêta le lit depuis la télécommande, une fois que les pieds de Matt se matérialisèrent sur l'écran de l'ordinateur jusqu'au-dessus des chevilles, en trois dimensions. Il rappuya sur la télécommande et le lit commença à reculer jusqu'à ce qu'il regagne sa position initiale. Puis il regarda l'horloge, elle indiquait « *00 :08 :47* ».

Il s'adressa aux deux agents en blouse.

— Il nous reste huit minutes quarante-sept secondes ! Je vais rappeler l'ascenseur.

Garry tendit la télécommande à l'agent qui avait effectué le prélèvement sanguin et quitta la salle. Il se rendit d'un pas précipité jusqu'à l'entrée du couloir et pressa le bouton vert en forme de champignon de pleine main. Il tendit l'oreille, la plaque de béton commença à se déplacer et la machinerie de l'ascenseur s'activa, lui indiquant par la même occasion que l'ascenseur était inutilisé.

À son retour dans la cellule de prélèvement, les deux agents terminaient de chausser Matt. L'horloge indiquait *« 00 :07 :12 »*. Garry se plaça à l'extrémité du lit. Il l'agrippa de chaque côté et tira d'un coup sec, celui-ci se désolidarisa du système télécommandé, fixé sur le monorail. Les trois hommes pouvaient à nouveau déplacer le lit et ils s'empressèrent de rejoindre l'ascenseur dont la porte venait de s'ouvrir au bout du couloir. Ils dessanglèrent Matt et le replacèrent dans la cabine dans sa position initiale, celle qu'il tenait lorsqu'il avait perdu connaissance.

Garry salua les deux agents et enclencha le mécanisme de fermeture du mur et de l'ascenseur à l'aide de son badge. La porte de carrelage en faïence rouge se referma, suivie de celle de l'ascenseur qui entama sa descente. Garry se mit en position accroupie à côté de Matt, il passa son bras derrière lui afin de simuler un malaise venant de se produire avant qu'il ne se réveille. L'ascenseur approchait de la station de métro, une vieille dame attendait devant l'entrée en pressant du bout de sa canne de façon frénétique sur le bouton d'appel de l'ascenseur.

22

Non loin des guichets donnant accès aux ferrys se trouvait un kiosque-coffee shop fabriqué en bois et en métal se fondant dans la verdure du parc. Il était attenant à une terrasse pavée et de forme circulaire sur laquelle étaient installées des tables et des chaises. Une pancarte indiquait *Fresh coffee served all day !*

Kate s'approcha du comptoir vitré, derrière lequel se trouvaient des gâteaux qui paraissaient tous aussi délicieux les uns que les autres. Une demoiselle vêtue d'un tablier blanc à rayures roses et coiffée d'une calotte en papier réarrangeait les pâtisseries, elle redressa la tête vers Kate.

— Bonjour, qu'est-ce que je vous sers, madame ?

— Un latte, s'il vous plaît.

En temps normal, elle aurait pris une part de tartes aux pommes, accompagnée d'une boule de glace à la vanille. Mais le cœur n'y était pas !

— 2, 95 s'il vous plaît.

Kate régla sa commande et alla s'asseoir à la terrasse. Elle posa son café sur la petite table de bistrot en fer. Sur le bord de la sous-tasse, la serveuse avait placé un mini-cookie, Kate n'en fit qu'une bouchée. Elle regarda dans son sac à main et en sortit le crayon de l'hôtel qu'elle avait pris sur la coiffeuse ce matin avant de quitter la chambre. Dessus se trouvait le numéro de téléphone du Shamrock Arms Hotel. Kate but une gorgée de son café au lait puis reposa la tasse dans sa soucoupe.

Un papillon bleu pâle vint se poser sur le rebord de sa tasse avant de reprendre son envol vers le coffee shop, elle le suivit du regard. La serveuse, derrière le comptoir, était en pleine conversation téléphonique sur son portable. Dès qu'elle en eut terminé avec sa conversation, Kate prit son sac à main et se dirigea vers la serveuse.

— Excusez-moi. Sauriez-vous où je peux trouver un téléphone public payant ? demanda Kate.

— Madame, il n'en existe plus. Le dernier a été démonté il y a plus d'un an, il se trouvait sur la 7e Avenue. À mon avis, il a terminé dans un musée. Il a été remplacé par une borne *LinkNYC*[1]. N'avez-vous pas un téléphone portable ? Vous pourriez utiliser le Wi-Fi pour passer un appel, lui répondit la serveuse en souriant.

— Si bien sûr, mais je n'ai plus de batterie… Kate sortit son portable éteint de son sac à main et le montrant à la serveuse. Je suis arrivée hier d'Irlande et dans la

[1] Réseau de bornes Wi-Fi ayant remplacé les téléphones publics dans les cinq arrondissements de New York.

précipitation, j'ai oublié mon chargeur chez moi. Là, je viens de perdre mon mari dans le métro, nous nous sommes perdus de vue. Je cherche un moyen de contacter mon hôtel. Elle rangea son portable dans son sac. Ce n'est pas grave, je vous remercie, bonne journée ! dit-elle en souriant.

Alors qu'elle commençait à s'éloigner du comptoir, la serveuse l'interpella.

— Je vous aurais bien prêté mon chargeur, mais je n'ai pas de iPhone ! Écoutez, je suis d'accord pour que vous utilisiez la ligne fixe du coffee shop s'il s'agit d'un appel local, à New York. Je ne veux pas avoir de problème avec mon employeur qui vérifie tous les relevés téléphoniques de la boutique.

— Oh vraiment ? Je vous remercie, c'est très aimable à vous ! Oui, je vous le promets, l'appel sera local !

Kate ressortit le crayon à papier sur lequel figurait le numéro de téléphone de l'hôtel.

— Regardez, voici le numéro de l'hôtel où je séjourne avec mon mari, c'est près du Grand Central Terminal.

— Venez par ici !

Elle dirigea Kate au bout du comptoir sur la droite, prit le téléphone sans fil situé à côté de la caisse enregistreuse et le tendit à Kate.

— Tenez !

— Merci, je ne serais pas longue, c'est promis !

Puis la serveuse retourna servir une cliente qui venait d'arriver. Kate composa le numéro de l'hôtel. Trois tonalités plus tard, une dame décrocha le combiné.

— Shamrock Arms Hotel, bonjour, dit la réceptionniste.

— Bonjour, je suis madame Walsh. Je séjourne dans votre hôtel avec mon mari et nous sommes arrivés hier.

— Oui, madame Walsh, je me souviens. Tout se passe comme vous le souhaitez ?

— Oui, je vous remercie. Je vous appelle, car mon mari et moi nous nous sommes perdus de vue dans le métro il y a une heure.

— Oh, quel dommage, madame Walsh !

La réceptionniste d'un naturel empathique était sincère dans ses propos.

— Mon téléphone portable étant hors d'usage, je me demandai s'il n'avait pas cherché à me joindre, peut-être aurait-il laissé un message ?

— Pas à ma connaissance. Mais donnez-moi votre numéro de chambre, je vais vérifier s'il y a une note qui a été ajoutée à votre fiche client.

— C'est la chambre 807.

— Bien ne quittez pas.

Kate entendit le bruit des touches du clavier sur lequel la réceptionniste tapait.

— Je suis désolée, madame Walsh, je ne vois rien. Ne quittez pas, je vais demander à mes collègues de la réception.

La musique de *Waiting in Vain* composée par Bob Marley en version lounge était diffusée durant l'attente. Deux minutes plus tard, la réceptionniste reprit la conversation.

— Madame Walsh ?

— Oui ?

— Désolé de vous avoir fait patienter. Nous n'avons pour l'instant eu aucune nouvelle de votre mari. Voulez-vous que je transfère votre appel vers votre chambre ?

— Oui, s'il vous plaît. Merci !

— Ne quittez pas !

Une tonalité cadencée résonnait dans l'écouteur du téléphone que tenait Kate. Après une quinzaine de sonneries, la réceptionniste s'adressa à nouveau à Kate.

— Madame Walsh, je suis désolée, il n'y a pas de réponse. J'en ai profité lorsque vous étiez en attente pour vérifier au bar et au restaurant de l'hôtel, monsieur Walsh n'y était pas. J'ai prévenu mes collègues réceptionnistes, ainsi que le portier. Nous informerons monsieur Walsh de votre appel dès son arrivée à la réception.

— Je compte de toute façon revenir à l'hôtel d'ici peu, avant l'heure du déjeuner en tout cas. Si vous le voyez, dites-lui de ne pas s'inquiéter et de m'y attendre. Merci et à bientôt !

— À bientôt, madame Walsh !

Kate mit fin à la conversation. Puis elle tendit le téléphone sans fil à la serveuse derrière le comptoir qui en avait terminé avec sa cliente.

— Je vous remercie ! lui dit-elle.

— Il n'y a pas de quoi ! répondit la serveuse en replaçant le téléphone sur sa borne de recharge.

Puis Kate lui tendit un billet de cinq dollars.

— Tenez !

— Non merci, ce n'est vraiment pas nécessaire !

Comprenant que la serveuse ne le prendrait pas, elle le glissa dans le pot à pourboires posé à côté de la caisse. La serveuse lui sourit.

Kate s'éloigna du coffee shop, elle jeta un dernier regard en direction des guichets de Statue Cruises dans l'espoir d'y apercevoir la silhouette de Matt, en vain. Elle se résolut à retourner à l'hôtel pour l'y attendre.

Alors qu'elle avançait dans l'allée du parc, elle remarqua que le papillon bleu pâle qui s'était posé sur le rebord de sa tasse était de retour. Celui-ci l'accompagna en virevoltant jusqu'à l'entrée de Bowling Green Station avant de s'élever dans les airs et de disparaître dans le ciel bleu azur de Manhattan.

23

Steve entra dans le bureau d'Emily, deux cafés à la main.

— Où en sommes-nous avec le cinquantième ? J'ai vu sur ma carte qu'un agent semblait avoir trouvé le Coball correspondant, du côté de Bowling Green ? dit-il en tendant un café à Emily. Tiens, noir, long avec un sucre.

— Je te remercie, répondit-elle.

Elle ne quitta pas des yeux l'écran de son ordinateur portable sur lequel elle pianotait de la main droite. Elle empoigna son café de sa gauche avant de le poser sur son bureau. Puis elle tapa sur la touche *Entrée* sur son clavier et se tourna vers Steve.

— Excuse-moi, j'ai terminé ! C'était qui ce gars tout à l'heure dans ton bureau ?

— Oh, Dave ? C'est le nouveau directeur du centre de production à Rockford. Je comptais te le présenter, mais il avait un avion à prendre en début d'après-midi et peu de temps devant lui. Il sera présent à la réunion de demain. De toute façon, je dois me rendre sur le site de production bientôt et je pense que ça pourrait t'intéresser de visiter l'usine.

— Absolument ! Ce n'est pas loin en plus. Alors concernant le cinquantième Coball, tu as déjà dû voir son profil sur l'application *Duvall Coball Locator*. Garry m'a envoyé la copie de son passeport, cela confirme les infos que nous avions réussi à extraire à son sujet. C'est un Irlandais âgé de quarante-deux ans et originaire de Dublin. Qu'en penses-tu ? dit-elle, en tournant son ordinateur portable vers Steve.

— J'ai survolé sa fiche sur l'application tout à l'heure. Je pense qu'il est parfait ! Quand auras-tu terminé de ton côté ?

— Il ne nous reste plus qu'à recevoir les données morphologiques de la cellule de prélèvement de Bowling Green ainsi que la fiche technique de ses pieds en 3D qui ne devrait pas tarder. Ensuite, il faut que je rassemble ses goûts vestimentaires, ses goûts artistiques, ses habitudes sportives. Retrouver toutes les baskets qu'il a achetées ces deux dernières années. Les sportifs et les sports qu'il suit de manière régulière. Avec toutes ces données, ainsi que la morphologie de ses pieds, *FIFTY*[1] pourra nous composer une paire de sneakers spécifiques à monsieur Walsh. Je me suis occupée des quarante-neuf autres Coballs, j'ai quarante-neuf modèles différents de

[1] Application créée par l'entreprise Duvall Sport Co. permettant d'élaborer de nouveaux modèles de sneakers.

sneakers prêts. Avec la cinquantième paire cet après-midi, la création de la paire Mestengo sera désormais possible.

— OK, tu me confirmes que la réunion de demain matin en visioconférence à onze heures est toujours d'actualité ?

— Oui ! Nous pourrons découvrir tous ensemble, le modèle Duvall Mestengo. À partir des cinquante paires, *FIFTY* créera une paire unique.

— Bon, il faut que je te laisse. On se voit au déjeuner ! Steve se dirigea vers la sortie.

— Oui à tout à l'heure ! répondit Emily.

Puis elle se remit au travail et entra les informations trouvées sur le passeport de Matt, sur sa fiche *Duvall Coball Locator*. Elle vérifia de nouveau les éléments qu'elle avait déjà prévalidés concernant Matt. Elle l'inclut avec les Coballs destinés à la création du nouveau modèle Duvall Mestengo. Ces éléments avaient été extraits des réseaux sociaux et des différents moteurs de recherche. Des informations plus privées et payantes avaient été fournies par des sociétés de marketing. Elles comprenaient des relevés de banque dont étaient extraites les dépenses concernant des activités d'ordre sportif, achats d'articles ou adhésion à un club.

Concernant Matt, c'était un citadin qui pratiquait le jogging deux à trois fois par semaine, pendant une heure. Il devait pratiquer la marche forcée une trentaine de minutes deux à trois fois par semaine en se rendant et en revenant de son lieu de travail. Deux fois par mois, il partait en randonnée avec un groupe de randonneurs dont il faisait partie les « *Happy Hikers* ». Des marches comprises entre cinq et six heures. Enfin, il pratiquait le golf trois fois par mois.

Côté médical, pas de soucis majeurs à signaler. Ce type d'information n'était pas vraiment pertinente pour le processus de matérialisation d'une paire de sneakers. Une fois toutes ces données réunies et validées par Emily, elle n'avait plus qu'à attendre les données des agents de cellule de prélèvement qui assistaient Garry à Bowling Green lors de l'intervention sur Matt, comme elle venait de l'expliquer à Steve.

24

Matt était allongé à l'avant du bateau qui glissait sur le fleuve Shannon. Il se redressa, s'appuya sur ses coudes, pencha la tête en arrière et aperçut aux commandes du bateau son père lui faisant signe. La mère de Matt quant à elle tenait un plateau de boissons, elle posa un verre devant son père sur le tableau de bord, à côté du volant.

Tous deux avaient l'air si jeunes, pensa Matt. Il regarda son corps et le maillot de bain qu'il portait et réalisa qu'il rêvait et avait à nouveau treize ans, il se rappelait bien cette semaine de vacances passées sur les eaux du fleuve Shannon durant l'été 1994. Il ne souhaitait pas quitter ce rêve qui l'avait ramené des années en arrière, dans l'un de ses meilleurs souvenirs d'enfance. Il ne pouvait que subir cet épisode de sa vie en espérant qu'il ne se réveillerait pas. Cette situation inconsciente l'apaisait.

La sœur de Matt âgée de huit ans s'approcha de lui et étendit sa serviette de bain à ses côtés pour s'y allonger. Le soleil était encore assez haut, ils pouvaient profiter de la plage avant du bateau pour se détendre encore pendant une bonne heure avant que la nuit ne commence à tomber.

Ils s'approchaient du Lough Derg. Le lac étroit s'étirait sur une longueur de quarante kilomètres. Il était bordé de petits ports permettant aux plaisanciers de s'arrêter où bon leur semblait. C'est à Mountshannon que la famille Walsh avait choisi de s'arrêter pour y passer la nuit.

Au crépuscule, le bateau approcha le port de plaisance situé au bas du village. Ils accostèrent, Matt sauta du bateau sur le quai pour y accrocher les amarres. Puis la joyeuse petite famille se rendit au village en quête d'un bon repas. C'est sur le pub Cois na hAbhna qu'ils jetèrent leur dévolu, un bar-restaurant situé sur la route principale traversant Mountshannon. L'ambiance y était bonne et chaleureuse. Après un repas copieux, ils retournèrent vers le petit port, celui-ci était relié au village par une route de campagne plutôt sombre et mal éclairée en cette nuit d'été. Un muret de pierres, derrière lequel se trouvait une prairie parsemée d'aulnes, bordait la route.

Matt fut soudain pris d'une sensation de froid. Il leva la tête et aperçut la silhouette d'un homme pansu au loin enjamber le muret de pierres bordant le chemin. Derrière le muret, il distingua malgré l'obscurité de la nuit la forme d'une camionnette garée à l'abri des arbres. Des frissons le parcoururent des pieds à la tête lorsqu'il vit sur l'épaule de l'homme pendre ce qui avait tout l'air d'être un corps enveloppé dans un tissu épais ou enroulé dans de la moquette. L'homme et la charge sur son épaule formaient un tout, une silhouette opaque dont les contours étaient entourés d'un halo de lumière bleue. Ses parents et sa sœur ne semblaient pas perturbés par cet événement qui se déroulait à une dizaine de mètres devant eux. Matt tenta de les prévenir, mais une force intérieure l'empêcha de s'exprimer. Bien conscient de faire partie d'un rêve qu'il croyait contrôler, il se sentait impuissant face à ses mouvements. Il décida de se laisser mener par ce qui lui arrivait par crainte de se réveiller. Matt conclut qu'il était le seul à assister à cette scène s'étant « superposée » à son souvenir d'enfance. Il ne pouvait qu'observer cette silhouette ne semblant pas prêter attention à la famille. Cette scène ne se déroulait pas à l'instant présent, elle faisait partie du passé. D'après Matt, d'un autre jour, voire d'une autre année.

Arrivée au port, la silhouette bifurqua à droite sur un ponton d'amarrage flottant et avança jusqu'à un bateau tout aussi opaque et dont on devinait la forme grâce aux contours dessinés par le halo de lumière bleue. Matt s'arrêta en observateur, sa famille continua d'avancer droit vers leur embarcation amarrée à un autre ponton. La forme était désormais plus nette. Il s'agissait bien d'un homme de forte corpulence. Matt fut à nouveau pris de frissons lorsque celui-ci jeta le corps enroulé dans ce qui semblait être de la moquette, sur la poupe comme un vulgaire sac de pommes de terre. L'atterrissage lourd du corps ne produisit aucun son. De toute évidence, l'être ne se savait pas observé et agissait comme s'il était seul.

L'homme détacha les amarres et sauta dans le bateau. Matt remarqua sur la proue opaque du navire un numéro d'immatriculation *K485*. Il se détachait de l'obscurité et était lisible grâce au halo de lumière bleue qui l'entourait. De cette même façon, il put lire le nom du vaisseau, inscrit à l'arrière *Red-tailed hawk*, alors qu'il terminait ses manœuvres avant de s'éloigner sur les eaux du Lough Derg sans laisser de sillage.

Soudain, Matt sentit une vive douleur sous une phalange de son annulaire, elle fut de courte durée. Il regarda ses doigts, rien ! Il releva la tête et l'étrange bateau avait disparu. Il se retourna vers le quai et rejoignit le navire sur le ponton où ils avaient accosté plus tôt dans la journée. Ses parents et sa sœur étaient déjà sur l'embarcation dont la cabine intérieure était éclairée, il s'y précipita et referma la porte derrière lui, à double tour. Sa mère qui venait d'allumer la bouilloire lui demanda s'il souhaitait un thé, il acquiesça d'un sourire crispé. Il rejoignit sa famille autour de la table fixée au sol de la cabine, entourée de banquettes. La sœur de Matt posa une boîte de Monopoly sur la table et commença à la déballer.

Une longue conversation s'engagea à propos de ce qu'ils envisageaient de faire le lendemain. Le père de Matt avait sorti une carte du réseau fluvial irlandais qu'il posa sur la table au-dessus du plateau de jeu. Il pointait du doigt les différentes étapes prévues demain sur leur parcours. Matt, épuisé, s'étendit sur la banquette de la partie living-room du bateau. La voix de son père s'atténua peu à peu. Ses paupières de plus en plus lourdes se fermèrent, il tomba dans un sommeil profond.

25

— Monsieur… monsieur ! Comment vous sentez-vous ? Vous allez mieux ?

Matt sentait des mains posées sur ses épaules le secouant. Il était assis la tête baissée en avant. Il ouvrit les yeux et réalisa qu'il se trouvait sur un sol gris en vinyle contre la paroi de la cabine d'ascenseur. Le bruit et l'odeur de la station de métro l'aidèrent à se rappeler pour quelle raison il se trouvait là. Il redressa la tête. Pour faire face à la personne qui lui secouait les épaules.

— Ah monsieur ! Enfin, vous êtes revenu à vous ! dit Garry en souriant.

Matt sourit en retour.

— Qu'est-ce qu'il s'est passé ? Je me suis évanoui ?

— Oui dès que les portes de l'ascenseur se sont fermées ! J'ai remarqué que vous n'aviez pas l'air bien, je vous ai rattrapé juste à temps !

Matt se redressa en s'appuyant contre la paroi de la cabine, Garry pressa le bouton d'ouverture des portes et le bouton *STOP* afin de bloquer l'ascenseur. La vieille dame à l'entrée avait cessé d'appuyer avec sa canne sur le bouton d'appel. Elle venait d'assister au rétablissement de Matt à l'intérieur de la cabine.

— Ce n'est pas la super forme aujourd'hui ! Ça doit être le décalage horaire et la fatigue, s'exclama Matt.

— Voulez-vous que j'appelle les urgences ? dit Garry en prenant le pouls de Matt. Votre pouls semble normal !

La vieille dame sortit de son sac un bonbon en forme de tranche d'orange enveloppé dans un emballage en plastique transparent et le tendit à Matt.

— Tenez, sucez ça ! Du sucre, ça vous fera du bien !

— Merci madame !

Matt le déballa et le mit dans sa bouche. Il se tourna vers Garry.

— Non pas besoin de déranger les urgences, merci ! Je me sens bien. Je dois absolument retrouver mon épouse au plus vite, sinon elle va me reprocher pendant des années d'avoir gâché notre séjour à New York ! En tout cas merci !

Sur ce, il s'éloigna de Garry et de la vieille dame. Une rame de métro venait de faire son entrée dans Bowling Green Station.

— Il n'y a pas quoi, prenez soin de vous ! répondit Garry.

Matt fit un dernier signe de la main puis passa sa MetroCard qu'il venait de sortir de son portefeuille, dans le lecteur de carte pour rejoindre le quai de la station, il monta dans la rame. Les haut-parleurs terminaient leur annonce : *Next stop, Wall Street Station…* Matt s'agrippa à la barre la plus proche.

À son arrivée à Wall Street Station, une rame était à l'arrêt sur l'autre voie, elle cachait la vue du quai d'en face, là où il avait perdu Kate de vue. Il quitta son train et suivit les indications d'un panneau le dirigeant vers un passage souterrain permettant de rejoindre l'autre quai. La rame menant à Bowling Green avait désormais quitté la station, une dizaine de personnes attendaient déjà la suivante.

Un homme d'une soixantaine d'années aux cheveux longs et à la moustache en fer à cheval jouait *Black Bird* des Beatles sur sa guitare acoustique. Il était coiffé d'un Stetson, vêtu d'une veste et d'un jean usés. Il portait à ses pieds des santiags. Il s'était installé contre un mur en retrait au pied de l'escalier qui menait à la sortie de la station, son étui de guitare grand ouvert attendait les pièces et les billets des usagers.

Aucun signe de Kate ! Matt s'approcha du cowboy et jeta deux pièces d'un dollar dans l'étui.

— Bonjour ! Auriez-vous vu passer une dame avec de longs cheveux roux, elle fait à peu près ma taille et porte une robe légère par hasard ?

L'homme s'arrêta de jouer.

— Robe verte à fleurs et sac à main jaune ?

— C'est ça !

— Elle est montée dans une rame, il y a un quart d'heure !

— Merci monsieur ! répondit Steve, surpris que le cowboy ait pris connaissance de Kate malgré les foules de gens que brassaient les stations de métro.

Matt s'éloigna en levant le pouce. Le cowboy lui sourit en retour et se remit à gratter sa guitare. Le quai se remplit de monde et une rame ne tarda pas à arriver. Matt décida de la prendre pour retourner à Battery Park.

Kate a dû retourner à Battery Park pour m'y attendre quand elle a réalisé que je n'étais plus sur le quai de Wall Street Station ! C'est quoi mon problème ? Tout ce que j'avais à faire c'était de rester sur place, ici, et de ne pas bouger !

26

Un signal sonore provenant de l'ordinateur portable d'Emily lui signala que le dossier de Matt était à présent complet. Les agents en intervention à Battery Park avaient terminé de le remplir avec les éléments obtenus grâce à l'IRM en cellule de prélèvement.

Une paire de sneakers sous-titrés *Matthew Walsh Sneakers* apparut sur son écran. Emily réduisit l'image et la sauvegarda dans le dossier *Matthew Walsh - Mestengo Duvall 50/50* dans lequel le fichier *Matthew Walsh Portrait* se trouvait déjà. Ensuite, elle glissa le dossier dans celui nommé *Mestengo Duvall*, qui comprenait les données des quarante-neuf autres Coballs. Depuis l'application *FIFTY*, elle importa le dossier *Mestengo Duvall*, son ordinateur portable chargea le fichier et une fenêtre s'ouvrit sur son écran :

Mestengo Duvall Sneakers prêtes !

Emily brancha sa clé USB attachée à son trousseau de clés et enregistra le fichier contenant la fiche technique complète de la future paire de Mestengo, qui permettra d'en lancer la production. Il comprenait aussi des photos de la nouvelle paire de baskets, sous tous les angles avec les teintes de couleurs les plus vendeuses pour ce modèle. Une fiche détaillée du quadragénaire, modèle fictif, issu des données prélevées sur la cinquantaine de Coballs. Et enfin, un prévisionnel commercial.

Ouvrir ce fichier était pour l'instant impossible, même Emily n'en avait pas la possibilité. Il était protégé par un mot de passe qu'elle recevra au début la réunion prévue le lendemain à onze heures. Elle découvrira la paire de Mestengo en même temps que toutes les personnes qui seront présentes.

27

Kate traversa le hall somptueux de la gare du Grand Central Terminal. Elle aperçut, en haut des marches sur le balcon est-nord-est de l'édifice, le logo de Apple indiquant qu'une de leur boutique s'y trouvait. Elle s'y rendit et y acheta un chargeur pour son téléphone portable. Puis elle retourna dans le hall.

L'heure du brunch approchait. Kate, qui avait une idée approximative de l'endroit où se trouvait l'hôtel, devina vers quelle sortie se diriger pour quitter le terminal et rejoindre Lexington Avenue ! Elle traversa un marché couvert fourmillant de monde situé à l'intérieur de la gare. Sur l'enseigne à l'entrée, on pouvait lire *GRAND CENTRAL MARKET*. Le marché consistait en une salle d'une dizaine de mètres de largeur et d'une centaine de mètres de longueur à vue d'œil. Sa fonction principale devait être à l'origine un lieu de passage pour les voyageurs se rendant à la gare ou la quittant. Les étals, tous très attrayants, étaient disposés de chacun des côtés du passage.

Au bout du marché, on pouvait apercevoir la sortie donnant accès à Lexington Avenue par une double porte. Les odeurs de fromage, de pain frais, de charcuterie fine et d'épices valsaient avec fougue sous les narines de Kate. Difficile de résister à ces effluves appétissants lorsque l'on a le ventre creux à cette heure de la journée. Elle succomba, elle n'avait rien mangé depuis le petit-déjeuner qu'elle avait partagé avec Matt, mis à part ce mini-cookie accompagnant le latte qu'elle avait commandé au coffee shop de Battery Park.

Réduire le stress en me goinfrant, c'est de loin mon meilleur anxiolytique ! pensa-t-elle.

Son ventre lui ordonna de s'arrêter devant le stand qui proposait des pains frais, des pâtisseries, des sandwiches, des salades, des fromages, des fruits et légumes frais, ainsi que des spécialités gastronomiques. Elle commanda un *Turkey Club Sandwich,* à emporter. Celui-ci était copieusement garni de tranches de dinde et de jambon cru sec, de feuilles de laitue et de tranches de tomates, le tout couvert de mayonnaise et maintenu dans du pain brioché grillé.

Elle quitta ensuite le marché et poursuivit son chemin en direction de l'hôtel. En marchant, elle effeuilla l'emballage de son sandwich et de ses deux mains le porta à sa bouche pour y croquer goulûment dedans.

Hmmm, c'est vraiment délicieux !

Kate se délectait de son sandwich et fermait les yeux à chaque bouchée. Elle n'en oubliait pas pour autant Matt et avançait d'un pas rapide sur le trottoir de Lexington Avenue. Arrivée à l'angle de la 44e Rue, elle aperçut Eugene, le portier de l'hôtel. Elle emballa le reste de son sandwich et le rangea dans son sac à main. Puis, elle s'approcha de l'hôtel.

— Madame Walsh, comment allez-vous ? demanda Eugene. Corinne, la réceptionniste m'a informé de votre petite mésaventure avec votre mari. J'en suis navré ! J'espère que cela ne va pas gâcher votre première journée à New York. Que s'est-il passé ?

— Oui, quelle histoire ! C'est mon mari, il s'est trompé d'arrêt ! En nous rendant à Bowling Green Station ce matin pour rejoindre Battery Park. Il s'est endormi dans la rame. Lorsqu'elle s'est arrêtée à Wall Street Station, il s'est réveillé subitement et a quitté notre wagon pour rejoindre le quai. À peine était-il sorti que les portes se sont refermées. Je n'ai pas eu le temps de réagir. Il m'a prise de court et je savais que notre arrêt, afin de nous rendre à Battery Park, était le suivant !

— Oh non, quel dommage ! Ce genre de situation est assez courante. Je prends le métro tous les jours pour venir travailler. Pas plus tard que le mois dernier, dans la rame que j'empruntais, une dame qui accompagnait sa mère âgée s'est retrouvée seule sur le quai. Alors qu'elle était en pleine conversation téléphonique, elle a quitté le wagon en pensant que sa mère la suivait. C'était mon arrêt aussi, je descendais au même moment. Lorsqu'elle a réalisé l'absence de sa mère, elle s'est tournée vers la rame inquiète, mais c'était déjà trop tard. Je lui ai suggéré d'appeler sa mère sur son portable. C'est une passagère bien intentionnée qui a répondu à la place de la mère paniquée. Elle a proposé à la dame de l'attendre avec sa mère sur le quai de la station suivante. Cela tombe sous le sens, mais avez-vous essayé de joindre votre mari par téléphone ?

— J'avais mon portable avec moi cependant la batterie était morte. Et cerise sur le gâteau, je me suis rendu compte ce matin que je n'avais pas amené mon chargeur dans mes valises. Je viens juste d'en acheter un à Grand Central. Je suppose que vous n'avez pas eu des nouvelles de mon mari ?

— Non, je suis désolé, je n'ai pas eu l'occasion de le croiser, mais allez demander à la réception, dit-il en ouvrant une porte du hall d'accueil à Kate.

— Merci !

— Il n'y a pas de quoi.

Les trois réceptionnistes étaient occupées au téléphone. Corinne aperçut Kate entrer dans le vestibule. Elle leva la main vers elle pour lui faire signe de venir. Kate s'approcha du bureau de Corinne en pleine conversation avec un client au téléphone.

— C'est noté madame, une table pour deux personnes à vingt heures… Je vous en prie, à tout à l'heure.

Puis elle raccrocha le combiné pour s'adresser à Kate.

— Madame Walsh, c'est un plaisir de vous revoir. Je suis navrée, mais pour l'instant nous n'avons pas eu de nouvelles de votre mari.

— Vraiment ? N'a-t-il pas laissé de messages ?

— Non, madame.

Elle ouvrit le tiroir devant elle en dessous de son clavier d'ordinateur et en sortit une carte de visite verte avec le logo du Shamrock Arms Hotel d'un côté. De l'autre côté ? Un bon pour une boisson au bar de l'hôtel avait été tamponné.

— Tenez ! Installez-vous sur la terrasse du bar. Je pense, du moins je l'espère, que votre mari ne va pas tarder, dit Corinne en tendant le bon à Kate.

Kate prit le bon pour le bar.

— Merci, Corinne, mais je vais plutôt monter dans ma chambre et l'y attendre, répondit Kate.

Corinne sortit un deuxième bon du tiroir.

— En voici un second. Dès qu'il rentrera, vous pourrez en profiter ensemble. Et n'hésitez pas à commander une coupe de champagne ! dit-elle en souriant.

— C'est gentil de votre part, répliqua Kate. Tenez-moi au courant s'il y a du nouveau.

Puis elle s'éloigna du bureau de la réception en direction des ascenseurs. Elle pressa le bouton d'appel, un ascenseur se trouvant déjà au rez-de-chaussée s'ouvrit.

28

Arrivé à Bowling Green Station, Matt remarqua en descendant de la rame qu'un escalier descendait au lieu de monter. Intrigué, il lut sur le panneau se trouvant au-dessus *use underpass to other platform*. Il réalisa son erreur, un passage souterrain permettait de rejoindre le quai afin de pouvoir retourner à Wall Street Station.

Kate a dû l'emprunter, c'est pour ça que je ne l'ai pas trouvé tout à l'heure !

Matt s'empara de son portable qu'il avait presque oublié et se dirigea vers l'escalier menant à Battery Park. Il monta les marches d'escalier en fixant l'écran des yeux à la recherche d'un signal Wi-Fi. Il ne tarda pas à trouver celui du réseau public. À sa grande déception, aucun signal sonore ne retentit de celui-ci. Il espérait un message de Kate même s'il savait que son portable n'avait plus de batterie. Il vérifia sa boîte mail alors qu'il s'avançait dans Battery Park en direction des guichets du ferry. Aucun mail concernant Kate ou l'hôtel dans lequel le couple séjournait.

À l'approche des guichets de Statue Cruises, il remarqua que le seul libre était celui avec la mention : *Customer service.* Il portait le numéro huit. Un homme roux moustachu d'apparence négligée malgré l'uniforme de la compagnie de ferry qu'il portait était affairé à compter des pièces de monnaie le nez collé à son comptoir. Matt l'interpella.

— Bonjour, monsieur, désolé de vous déranger !

L'homme redressa la tête, il portait une paire de lunettes à double foyer qui donnait l'impression que ses yeux étaient minuscules, disproportionnés par rapport au reste de son visage.

— Oui ? Je vous écoute.

— Je suis à la recherche de mon épouse et…

Matt n'eut pas le temps de finir sa phrase que le guichetier l'interrompit.

— Matthew Walsh ?

— Oui, c'est ça ! Matt se réjouit.

— Votre épouse est passée ici. Kate, n'est-ce pas ?

— Oui, tout à fait !

— Elle vous cherchait, elle voulait savoir si vous étiez passé prendre les tickets pour le ferry.

L'homme se redressa et se pencha sur son comptoir en dirigeant son regard vers la terrasse du coffee shop se situant dans le parc.

— Ensuite, elle est partie s'installer à la terrasse du coffee shop, là-bas. Ajouta-t-il en pointant son doigt en direction du petit kiosque.

— Merci beaucoup monsieur ! Je vais aller voir si elle est toujours dans les parages.

Matt ne s'attarda pas et se précipita vers la terrasse. Mais Kate ne semblait pas s'y trouver, même pas aux alentours. Il se rendit au comptoir du coffee shop et s'adressa à la serveuse qui terminait de servir une cliente.

— Monsieur, bonjour ! Qu'est-ce que je vous sers ?

— Bonjour. Je suis à la recherche de mon épouse.

— Oui, une dame avec un problème de portable. Plus de batterie ?

— Tout à fait !

— Je l'ai laissée passer un appel ici, je crois qu'elle a contacté l'hôtel où vous séjournez. D'après ce que j'ai compris, elle est retournée à votre hôtel, je pense.

— Merci madame !

Matt quitta le coffee shop et se mit à courir en direction de Bowling Green Station. À présent, il avait connaissance d'un passage reliant les deux quais et il n'était plus nécessaire d'emprunter l'ascenseur…

29

Une dame frêle aux cheveux grisonnants, vêtue en uniforme du personnel de chambres du Shamrock Arms Hotel, quitta la chambre 807. Le dos courbé, elle se mit à pousser son chariot de nettoyage dans le couloir de l'hôtel. Kate apparut à l'angle du couloir et salua la dame qui venait de quitter sa chambre. Celle-ci lui répondit en esquissant un sourire.

Kate entra dans sa chambre à l'aide de la carte magnétique. Elle posa son téléphone portable sur la coiffeuse et brancha le nouveau chargeur qu'elle venait déballer à côté du miroir. Ensuite, elle relia le câble du chargeur à son portable qui se mit à vibrer. Elle patienta pendant une minute, lorsque celui-ci indiqua cinq pour cent de batterie, elle tenta de le mettre en marche. Le logo d'Apple apparut sur l'écran, puis le clavier à dix chiffres avec le message *Entrer le code PIN de la carte SIM.* Kate y entra l'année de son mariage. *Code PIN de la carte SIM incorrect. Il vous reste 2 essais.*

Non, ce n'est pas possible ! pensa-t-elle, agacée.

Elle tenta à nouveau. *Code PIN de la carte SIM incorrect. Il vous reste 1 essai.* Elle prit une grande inspiration et réessaya, certaine qu'il n'existait pas d'autre code. *Carte SIM bloquée.*

— Oh non ! Eh merde ! s'écria-t-elle.

De rage, elle jeta son portable sur le lit, il rebondit et termina sa chute sur la moquette de la chambre. Elle se dirigea au bout du double lit tiré à quatre épingles et se laissa tomber en arrière, les bras étendus en forme de croix. Elle poussa un long soupir et ferma les yeux.

Elle se remémora la scène de séparation, lorsqu'elle et Matt s'étaient perdus de vue à Wall Street Station. Les bruits de la ville étaient à peine audibles derrière le double vitrage des fenêtres. Elle appréciait ce moment de calme qui fut de courte durée. Son ventre la rappela à l'ordre en gargouillant. Elle s'assit et prit son sac à main posé au pied du lit pour en sortir le reste de sandwich et le croqua à pleine dent.

Elle remarqua sur la coiffeuse que la dame de ménage avait laissée deux bouteilles d'eau minérale avec deux verres. Elle s'empressa d'en remplir un à ras bord et le but d'un trait. Elle s'en servit un deuxième et n'en but que la moitié et replaça le verre sur la table de nuit avant de s'asseoir sur le bord de son lit. Une fois son sandwich terminé, elle prit le combiné du téléphone et appela la maison de ses parents.

— Allo, Maman ?

— Kate, je ne m'attendais pas à ce que tu me rappelles aussitôt ! Comment vas-tu ?

— Ça va, il fait un temps magnifique. Tout va bien !

— Tout va bien, vraiment ? Oh, je connais ce ton, tu es sûre ? demanda Lauren.

— Oui, j'en suis certaine, je voulais prendre des nouvelles des filles. Comment vont-elles ?

— Elles viennent de sortir dans le jardin avec papa. Ils vont aller cueillir de la rhubarbe pour que je leur fasse une tarte. Tu veux que je les appelle ?

— Non, je te remercie, ne les dérange pas. Je rappellerai ce soir pour leur parler.

— D'accord. Vous avez déjà visité un monument à New York ?

Kate avait compris, d'après la conversation avec sa mère, que Matt ne les avait pas appelés. Elle ne voulait en aucun cas les inquiéter pour l'instant.

— Non pas pour l'instant. Nous avons prévu de visiter la statue de la Liberté et Ellis Island cet après-midi.

— Ah c'est bien ! Si tu as le temps pendant que tu es à Ellis Island. Pense au frère de ton arrière-grand-père qui s'y est arrêté avant de s'installer aux États-Unis. Joseph Boyle, son nom, doit figurer sur le *Wall of Honor*.

— Grand-père m'en a parlé en effet, la semaine dernière lorsqu'on lui a rendu visite. Il a déjà rencontré la descendance de Joseph lors de son séjour à Chicago avec oncle Michael, il y a cinq ans.

— Tout à fait, Michael avait pris plein de photos.

Soudain, Kate entendit retentir la sonnette de la maison de ses parents en arrière-plan.

— Oh, on vient de sonner à la porte. Il faut que je te laisse ! s'exclama Lauren.

— Oui, je viens d'entendre la sonnette. Je te rappelle dans la soirée. À plus tard, je t'embrasse !

— D'accord, je t'embrasse bien fort aussi et passe le bonjour à Matthew !

Kate raccrocha et s'approcha d'une fenêtre de sa chambre dont les rideaux étaient grands ouverts. Elle regarda dans la rue en contrebas. Les gens qui marchaient sur les trottoirs paraissaient minuscules. Elle redressa la tête et du regard suivit l'immeuble situé en face de l'hôtel jusqu'à en atteindre son point culminant, la pointe du Chrysler Building.

Mais où peux-tu bien être Matt ? Quand te décideras-tu à rentrer à l'hôtel ? pensa-t-elle, songeuse.

30

Matt quitta la station par la sortie qui se trouvait non loin de l'angle de la 42e Rue et de Lexington Avenue, non content de se retrouver à l'endroit où il se tenait plus tôt dans la journée avec Kate. Il traversa la rue et prit la direction de l'hôtel en longeant Lexington Avenue. Une fois le Chrysler Building passé, il s'arrêta à la boutique AT&T que l'homme-sandwich de chez Guiliano's leur avait indiquée. Il acheta deux cartes SIM prépayées. Un chargeur pour le téléphone de Kate. Puis, il reprit sa route vers le Shamrock Arms Hotel.

À l'approche de l'hôtel, il aperçut Eugene de l'autre côté de la rue occupé à décharger le coffre d'une voiture de clients venant d'arriver. Il entra dans le hall de la réception et s'approcha de Corinne, la réceptionniste avec qui, ils avaient discuté ce matin avant de quitter l'hôtel, elle le reconnut et s'adressa à lui :

— Bonjour, monsieur Walsh ! Votre épouse nous a tout raconté, elle vous attend dans votre chambre.

Matt lâcha un grand soupir de soulagement et s'écria.

— Dieu merci ! en souriant à Corinne.

Puis il se précipita vers l'ascenseur.

Kate se rafraîchissait en se passant de l'eau sur le visage dans la salle de bain, lorsque soudain elle entendit le mécanisme de la porte se déverrouiller. Elle s'essuya brièvement à l'aide d'une serviette de bain et ouvrit la porte de la salle de bain. Matt se tenait devant elle. Le couple, soulagé de s'être retrouvé, se serra dans les bras. Kate prit le visage de Matt entre ses mains.

— Mais enfin que s'est-il passé ? Qu'est-ce qu'il t'a pris ?

— Je ne sais pas… C'est la fatigue, je me suis levé trop tôt ! J'étais persuadé que nous étions arrivés à Bowling Green Station !

Ils se regardèrent droit dans les yeux avec silence et se mirent à rire à gorge déployée. Un rire mitigé, entre nervosité et joie. Ils avancèrent jusqu'au double lit et s'assirent sur son bord.

— Et moi… comme une idiote, j'ai fait ce que tu m'as dit ! Je suis revenue à Wall Street Station et tu n'y étais pas !

— En fait, une rame est arrivée juste après que la tienne a quitté la station. Je me suis précipité dedans !

— Pourquoi ? Tu pensais que ta rame irait plus vite que la mienne ? dit Kate avec sarcasme.

— Mais non, pas du tout ! répondit-il en riant. Je comptais te rattraper sur le quai de Bowling Green et bien sûr tu n'y étais plus ! Du coup, j'ai essayé de retourner à Wall Street Station et je suis sorti de la station pour rejoindre l'autre quai.

— Tu n'as pas pris le passage souterrain qui relie les deux quais ?

— Non ! Je n'avais pas remarqué qu'il y en avait un. Je croyais qu'il fallait que je quitte la station et que je me rende sur le trottoir d'en face pour reprendre le métro dans le sens inverse ! Mais ne trouvant pas l'autre entrée de la station, j'ai décidé de prendre l'ascenseur réservé aux personnes handicapées.

— Je devais déjà être à Wall Street Station !

— Bref, lorsque je me suis approché de l'ascenseur un technicien de la MTA m'a interpellé. Je pensais qu'il allait me faire une leçon de morale ! Mais il m'a proposé de m'accompagner dans l'ascenseur après que je lui ai raconté notre mésaventure. Ensuite, je ne me souviens de rien, j'ai fait un malaise à peine entré dans la cabine.

— Non, ce n'est pas possible ! s'exclama Kate en se couvrant la bouche de la main, pour contenir le rire prêt à s'en échapper.

— Ah ! Tu trouves que c'est marrant ! dit Matt d'un rire contenu puis il enchaîna, lorsque l'ascenseur est arrivé à la station, j'ai repris connaissance et le technicien m'a aidé à me relever. Une vieille dame qui se tenait devant la sortie de l'ascenseur m'a offert un bonbon pour le sucre, m'a-t-elle dit ! Mais je me sentais déjà beaucoup mieux. J'ai sauté dans la première rame que j'ai vue et je me suis tout de suite rendu à Wall Street Station. De là, j'ai emprunté le passage souterrain en espérant te trouver sur le quai d'en face. Tu n'y étais pas ! Mais un vieux cowboy avec une guitare m'a dit t'avoir vue !

— Ah bon ? Kate réfléchit deux secondes. Ah oui, c'est vrai, je l'ai croisé dans le couloir souterrain de cette station. D'ailleurs, je t'y ai cherché, comme je ne t'ai pas trouvé, je me suis rendu à Battery Park. Je suis passé au guichet des ferrys puis je suis allé prendre un café au coffee shop dans le parc où j'ai pu contacter l'hôtel grâce à l'employée qui s'est montrée très compréhensive.

— Oui, je me suis aussi rendu à Battery Park. Et j'ai discuté avec les mêmes personnes que toi. Le moustachu roux du guichet huit.

— Mais oui, c'est ça !

Le visage de Kate s'illumina. Elle trouvait la situation amusante.

— Puis la serveuse qui t'a prêté le téléphone. Mais tu avais déjà une bonne avance sur moi à ce stade !

— C'est bizarre quand même. Combien de temps es-tu resté dans cet ascenseur ?

— Je ne sais pas, je ne m'en souviens pas… Pas longtemps, je pense… Je n'ai pas regardé l'heure. Pendant que j'étais inconscient, j'ai fait un rêve qui m'a paru bien long.

— Tiens ? Et quel genre de rêve ?

— Un souvenir d'enfance, bien loin de Manhattan ! En Irlande ! Je ne sais pas si je t'ai déjà raconté cette croisière que j'ai faite sur la rivière Shannon, il y a des années avec mes parents et ma sœur sur un bateau de plaisance. Je devais avoir treize ans.

— Oui, je m'en souviens ! Tu m'en avais parlé au début de notre rencontre. D'ailleurs, tu nous avais promis de nous y emmener avec les filles pour une balade en bateau. Enfin, c'est assez étonnant que tu aies rêvé de cette croisière dans une telle situation ?

— En effet, c'était agréable, mais vraiment étrange !

Matt évita de mentionner la partie sombre qui lui donna des frissons jusqu'au haut de sa nuque.

— Bon ! L'essentiel, c'est que nous nous soyons retrouvés et qu'il nous reste encore une bonne partie de la journée devant nous !

Matt sortit de la poche de son bermuda ses achats de la boutique A&T.

— Regarde !

Il présenta à Kate deux cartes SIM et un chargeur téléphonique.

— Oh génial ! Mais j'ai déjà acheté un chargeur, je me suis arrêtée à Grand Central pour en acheter un. Il y avait un Apple Store.

— Ce n'est pas grave, tu en auras deux !

Matt changea la carte SIM de son téléphone portable et l'alluma, il entra le code PIN fourni avec la carte. Pendant que Kate alla chercher à son tour son portable.

— Tiens ! dit-elle en le lui tendant. J'ai eu un petit souci en essayant de le rallumer. Ma carte SIM s'est bloquée, je ne sais pas pourquoi. Je suis pourtant certaine d'avoir entré le bon code PIN, notre année de mariage.

Kate précisa ce dernier détail en espérant que Matt dans la foulée en confirme l'année, mais il l'oubliait systématiquement.

— Ah bon ? On réglera ça à notre retour en Irlande.

Matt remplaça la carte SIM par la nouvelle. Il rangea celle bloquée dans son portefeuille et redémarra le téléphone portable de Kate. Il y entra ensuite le PIN fourni avec la carte. Il plaça les deux portables l'un à côté de l'autre, puis rendit à Kate son portable.

— C'est bon ! Nos cartes sont activées et le signal réseau est au maximum. Je t'envoie un SMS, pour que tu ajoutes mon numéro temporaire dans tes contacts, dit Matt, en lisant le support de carte SIM de Kate sur lequel se trouvait son nouveau numéro.

— Nous pourrons nous appeler sans problème durant notre séjour ?

— Tout à fait !

Le téléphone de Kate émit un signal sonore indiquant qu'elle avait reçu le SMS de Matt.

— Et je peux appeler ma mère avec ?

— Tu peux recevoir ses appels, mais tu ne peux pas l'appeler. Les appels émis doivent être locaux. En revanche, tu peux lui envoyer des SMS. Je nous ai pris chacun une carte *Unlimited Data* qui fonctionnera pendant trente jours, il n'y avait pas plus court en durée.

— Je lui envoie un SMS tout de suite pour l'en informer… et si on allait manger ? enchaîna Kate.

— Allons-y ! Ensuite, on ira au Rockefeller Center et à Central Park. On se garde la Statue de la Liberté et Ellis Island pour demain matin.

Sur ce, le couple quitta la chambre d'hôtel.

31

Mercredi 9 août 2023, 10 h 50

Emily entra dans la salle de réunion « Mont Rainier ». Elle tenait un mug de la main droite et de l'autre, un ordinateur portable. Elle s'avança au fond de la salle et posa ses affaires sur une table ovale de couleur marron clair en peuplier mesurant cinq mètres de longueur. Le logo de Duvall y était gravé en son centre. La table était entourée par des fauteuils de bureau en cuir de la même teinte que la table, montés sur des roulettes. Devant chaque fauteuil, à un demi-mètre du bord de la table, se trouvait un bloc de prises escamotables comprenant une prise électrique, deux ports USB et un port HDMI. Les murs à l'exception de celui situé au fond de la salle étaient couverts de béton brut ciré. Des panneaux lumineux d'une largeur d'un mètre et espacés chacun de cinquante centimètres montaient du sol au plafond. Sur chacun d'eux se trouvait une forêt de peupliers faux-trembles au feuillage jaune. Au fond de la salle de réunion, un mur d'écrans recouvrait la surface, le logo

Duvall y était diffusé avec en arrière-plan le mont Rainier.

Emily s'assit sur l'un des fauteuils proches du mur du fond et brancha son ordinateur portable au port HDMI. Son écran d'accueil était désormais retransmis sur le mur d'écrans de la salle de réunion. Elle inséra ensuite la clé USB de son trousseau de clés et cliqua sur le fichier *Fifty Mestengo*. Une fenêtre de l'application *FIFTY* s'ouvrit avec le message suivant :

Mestengo Duvall Sneakers prêtes !
- Mot de passe requis -

Emily lança ensuite l'application *Duvall Visio*, une fenêtre avec vue sur la salle de réunion apparut sur le mur d'écrans et prit la place de son écran d'accueil.

Maura entra dans la salle munie d'un bloc-notes et d'un crayon, elle était suivie de Steve. Tous deux s'installèrent à la table ovale, face à Emily.

— Vous n'auriez pas croisé Clara dans les couloirs par hasard ? demanda Emily.

— Elle est partie chercher de l'eau, elle ne devrait pas tarder, répondit Maura.

Clara entra dans la salle de réunion avec quatre bouteilles d'eau minérale, qu'elle distribua à ses collègues puis elle s'installa au côté d'Emily.

De son ordinateur portable, Emily glissa la fenêtre ouverte de l'application *FIFTY* dans celle de *Duvall*

Visio. Elle était désormais visible de tous sur le mur d'écrans avec la vue sur la salle de réunion. Une troisième fenêtre s'ouvrit lorsque Dave de Duvall Rockford se connecta, il était accompagné de son directeur des achats. Ils se trouvaient tous les deux dans une salle de réunion similaire à celle de chez Duvall NYC. Enfin, ce fut au tour de John Duvall de faire son apparition depuis son bureau situé à Olympia. Il était en compagnie de Peter Thompson le chef de projet qui avait été chargé de l'implantation du centre de Duvall NYC, le même qui avait accueilli Steve lors de son entretien. Le mur d'écrans de la salle de réunion était à présent sectionné en quatre parties. La visioconférence pouvait commencer.

Une fois les présentations terminées, John proposa de commencer la réunion, en donnant la parole à Emily.

— Merci John. Bien ! Nous allons découvrir ensemble le tout dernier modèle Duvall Mestengo destiné, je vous le rappelle, à une clientèle masculine, âgée de quarante à quarante-cinq ans. Exerçant une activité physique d'une intensité modérée, voire soutenue. Ce modèle sera disponible à la vente, dès cet automne.

Emily agrandit la fenêtre *FIFTY*, elle couvrait désormais les trois quarts du mur d'écrans. Les fenêtres des participants à la réunion avaient rétréci et occupaient l'espace restant du mur d'écrans. Elle vérifia sa boîte mail et ouvrit le message envoyé par l'application *FIFTY* à onze heures, il contenait le mot de passe permettant l'ouverture du fichier de présentation du nouveau modèle de chaussures.

32

À l'issue de la présentation, tous les participants à la visioconférence s'accordèrent sur le fait que la nouvelle paire de Mestengo était la meilleure paire de sneakers homme qui avait vu le jour jusqu'à présent et qu'elle allait rencontrer un vif succès.

John Duvall ne pouvait que se féliciter de la réussite et du bon déroulement de l'implantation du nouveau centre de recherche Duvall au cœur de New York. Il était tout à fait satisfait de la cohésion des équipes et des qualités humaines de chaque employé.

Cinq modèles avaient vu le jour dans le nouveau centre de recherche. Les ventes mondiales avaient augmenté de plus de dix pour cent en comparaison avec des modèles créés avant la mise en place du centre de recherche Duvall NYC. À New York, l'entreprise Duvall avait aussi connu une augmentation de vingt-cinq pour cent de ses ventes dans la boutique située à Times Square.

Le choix de réunir des données sur des personnes d'ethnicités si diverses avait fait la différence. Un investissement financier exceptionnel et risqué, pour l'entreprise Duvall. Mais qui s'était avéré payant et qui devrait pouvoir assurer la pérennité de la compagnie pour les années à venir.

Ils discutèrent ensemble des derniers points à améliorer dans divers secteurs. John annonça que l'unité responsable de la santé et de la sécurité au travail allait être renforcée afin d'assurer une meilleure protection pour les employés en interne et pour les intervenants extérieurs, c'est-à-dire les agents « préleveurs » et les Coballs.

Enfin, John félicita toute l'équipe présente à la réunion pour le bon fonctionnement des opérations. Puis, il complimenta Steve pour son initiative consistant à prendre la place d'un Coball. Afin de mieux appréhender les effets du gaz anesthésiant et de mieux comprendre la période d'inconscience du sujet, durant cette courte durée.

— Steve va expérimenter les effets du gaz anesthésiant ce vendredi et il nous fera part de son ressenti lors de la prochaine réunion ! dit John.

Emily décida d'intervenir.

— John, d'ailleurs à ce sujet au niveau légal vis-à-vis des touristes anesthésiés, qu'en est-il ?

— Le cabinet d'avocats basé à Seattle avec qui nous travaillons depuis la création de Duvall Sport Co. et dont une branche se trouve à New York n'a jamais été aussi impliqué avec notre entreprise dans un projet tel que celui du centre de recherche souterrain basé à New York. Ils ont pris en compte l'anesthésie à laquelle sont soumis les Coballs et qui pourrait, éventuellement, nous être préjudiciable. Ils ont étudié les différents angles sur lesquels une personne pourrait nous poursuivre et qui sont les suivants. Tout d'abord, il ne s'agit pas d'un enlèvement, la personne empruntant l'ascenseur le fait de son plein gré. Ensuite, il n'y a pas de dommage corporel causé à autrui. La personne est inconsciente lorsque nos agents la prennent en charge. Ils font preuve d'une grande délicatesse et la traitent avec le plus grand soin durant cette perte de connaissance. Le gaz anesthésiant utilisé est inoffensif, il s'agit de celui servant à endormir les patients dans les blocs opératoires. Il a juste été agrémenté d'un parfum mentholé afin que nos techniciens chargés des installations dans les ascenseurs puissent détecter d'éventuelles fuites. Enfin, la personne anesthésiée a l'impression d'avoir fait une simple syncope vasovagale lors de son réveil. Nous le savions déjà, mais nos agents nous l'ont confirmé, les touristes repartent toujours en bonne santé et avec le sourire ! De plus, les statistiques démontrent que vingt pour cent de la population mondiale sera victime un jour d'un malaise vagal au cours de sa vie. Il s'agit d'un événement bénin ne laissant aucune séquelle !

— Merci, John, il fallait que je vous pose la question en tant que DRH, il est important que j'en sois informée.

— Oui, c'est tout à fait normal. Il faut que toute l'équipe soit au courant et je vous remercie de m'avoir posé cette question. Emily, n'hésitez pas à prendre contact avec notre cabinet d'avocats, je vous enverrai leurs coordonnées par mail. Dave, je te rappelle en fin d'après-midi pour que l'on discute des chiffres pour lancer la production Mestengo dès demain !

— Ok John ! répondit Dave.

— Sur ce, mesdames et messieurs, je vous souhaite une excellente fin de journée !

Tout le monde répondit à l'unisson.

— Au revoir John !

Puis sa fenêtre disparue du mur d'écrans, ainsi que celle de Dave. Emily referma son ordinateur portable et débrancha le câble HDMI.

— Bon, allons déjeuner ! lança Steve.

Ils quittèrent tous les quatre la salle de réunion. Maura prit soin de l'éteindre avant de refermer la porte.

33

Vendredi 11 août 2023

Steve avait été informé qu'il devait se rendre à la salle douze en tenue décontractée, pour être soumis à l'anesthésie par le gaz qu'il avait demandé. Il était arrivé à son bureau vers 8 h 00 comme il en avait l'habitude pour vérifier ses mails. Comme chaque vendredi, il avait fait le point sur la semaine venant de se dérouler avec les différents services de Duvall NYC et les avait informés des directives à suivre pour la semaine prochaine.

Vers neuf heures, il se rendit à la salle de sport que l'entreprise Duvall avait mise à la disposition des employés, pour y faire une séance de musculation afin de garder la forme. Il prit ensuite une douche et enfila un survêtement, deux pièces de couleur bleu marine et une paire de baskets blanches qui se trouvaient dans son casier. Lorsqu'il fut prêt, il quitta les vestiaires de la salle de sport.

La salle douze se trouvait à deux portes de la salle de sport. Steve entra dans la pièce, elle était de petite taille et il eut l'impression de pénétrer dans un cube, les murs mesuraient trois mètres de hauteur par trois mètres de largeur. Ils étaient recouverts de béton ciré et l'on y retrouvait à nouveau sur chacun d'eux de grands panneaux lumineux permettant de compenser le manque de lumière naturelle. Cette fois-ci, il n'y avait pas d'affiches, les panneaux étaient blancs. Au centre du plafond se trouvait une bouche d'aération et aux quatre coins de celui-ci, Steve remarqua des caméras. Contre le mur situé à la gauche de l'entrée, il y avait du mobilier médical. Au milieu de la salle, un fauteuil semblable à ceux que l'on retrouve chez le dentiste et enfin contre le mur du fond, un écran de contrôle tactile de vingt-quatre pouces.

Deux personnes vêtues d'une blouse blanche attendaient Steve, chacune d'elles portait un masque raccordé par un tube à une mini-bouteille d'oxygène attachée par une sangle à leur ceinture. Steve les salua d'un mouvement de tête et s'adressa à Clara.

— Je ne m'attendais pas à te voir ici ! Tu ne m'as rien dit lors de la réunion mercredi.

— Je sais, secret professionnel ! dit-elle en riant. Tu es prêt ?

Steve d'un mouvement des mains présenta sa tenue de sport de la tête aux pieds.

— Je suis prêt et je porte ma tenue décontractée comme on me l'a demandé !

— Alors, installe-toi sur le fauteuil si tu le veux bien, lui dit Mark.

Steve s'exécuta.

— Bon, nous ne sommes pas dans un ascenseur comme tu l'avais souhaité ! Nous nous trouvons ici dans la salle où les techniciens s'entraînent pour installer les systèmes de diffusion de gaz anesthésiant dans les ascenseurs ainsi que les caméras à reconnaissance faciale. Clara leva sa main en pointant vers le haut. Tout se trouve dans le faux plafond, là ! Je vais t'expliquer maintenant la suite des événements. Mark et moi-même sommes équipés d'une mini-bouteille d'oxygène similaire à celle que portent les agents en charge des Coballs.

Clara n'avait nullement l'intention de donner plus de détails à Steve. De toute façon, il ne se souviendrait de rien à son réveil. Elle activa son oxygène depuis son masque lui couvrant le nez et la bouche, puis fit le geste *OK* de la main à Mark qui s'était positionné à côté de l'écran de contrôle sur le mur du fond, un masque à oxygène sur le visage. Il posa le bout de son index sur l'écran tactile.

Une forte odeur d'alcool mentholé emplit la pièce. Cela n'échappa pas à Steve qui se tourna vers Clara, totalement perplexe. Il leva son index vers son nez afin de lui en faire part.

— Mais… Clara…

Il sentit soudain son corps se détendre et s'enfoncer dans le fauteuil qui n'était, en fin de compte, pas si rigide que cela, comme il l'avait ressenti lorsqu'il s'y était installé. Sa main se posa sur l'accoudoir. Le visage de Clara et le plafond commencèrent à tournoyer au-dessus de sa tête. Il se sentit fatigué à un tel point que ses paupières se fermèrent. Steve tomba dans un profond sommeil…

34

Une odeur de pancake et de bacon frit lui envahit les narines. Il ouvrit les yeux et reconnut la tapisserie recouvrant les murs de sa chambre d'enfant lorsqu'il passait ses vacances chez ses grands-parents à Mapleton Springs dans le Vermont. Steve se leva, il descendit pieds nus les escaliers en bois grinçant dans son pyjama bleu, couvert de motifs de cowboys et d'indiens à cheval.

Il entra dans la cuisine, sa grand-mère vêtue d'un tablier terminait la vaisselle dans l'évier. Il s'installa à la table sur une chaise en pin massif avec des accoudoirs, que son grand-père avait fabriquée. Devant lui l'attendait une assiette avec des pancakes et des tranches de bacon, accompagnée d'un grand verre de lait.

Il regarda par la fenêtre où une tarte aux pommes encore fumante refroidissait sur son rebord et au travers de laquelle on apercevait une prairie s'étendant jusqu'à l'orée d'une forêt d'érables. La couleur rouge orangé du feuillage des arbres annonçait l'approche de l'hiver.

Steve avala son petit-déjeuner et débarrassa la table. Il déposa son assiette, son verre et ses couverts dans l'évier.

— Merci mon petit cœur. Tu as assez mangé ? lui dit sa grand-mère en lui passant une main dans ses cheveux châtains.

— Oui Grandma. C'était délicieux ! Dis-moi ? Est-ce que je peux aller dehors avec Grandpa ?

— Mais bien sûr ! Avant tout, va te brosser les dents et fais ta toilette.

— Grandma, merci !

Steve la serra dans ses bras et quitta la cuisine en courant. Il monta les marches de l'escalier aussi vite qu'il put et se dirigea dans la salle de bain. Après s'être soulagé, il se brossa les dents et se mouilla le visage avec un gant de toilette en prenant soin de bien se frotter derrière les oreilles et le cou.

Grandma vérifie toujours que ces parties-là soient bien propres ! pensa-t-il.

À cet âge-là, l'hygiène ne faisait pas partie de ses priorités. Il termina de se sécher le visage et retourna dans sa chambre pour ôter son pyjama. Il se vêtit d'un t-shirt blanc et d'une salopette à jambes courtes de couleur vert sapin. Puis il enfila des chaussettes blanches et se chaussa d'une paire de Converse bordeaux. Il se coiffa de sa vieille casquette usée Mickey Mouse, suspendue au portemanteau fixé sur la porte de sa chambre. Puis, il retourna à la cuisine en glissant sur la rampe de l'escalier.

— À plus tard, Grandma, dit-il, en quittant la cuisine par la porte donnant sur la prairie.

— À tout à l'heure pour le déjeuner. Fais bien attention à toi et ne t'approche pas des chiens !

— D'accord ! répondit-il en claquant la porte derrière lui.

Des papillons aux ailes orange marquées de traits noirs avec des points blancs sur les extrémités virevoltaient au-dessus de la prairie. Le ciel bleu était couvert par des cumulus de beau temps. Une brise légère qui sentait la pâquerette mélangée à l'herbe coupée caressait le visage de Steve.

Il aperçut au loin son grand-père lui faire signe. Il était vêtu d'une salopette couleur moutarde et d'une casquette verte. Il portait des lunettes de soleil de type aviateur et s'apprêtait à monter sur son tracteur derrière lequel une remorque était attachée avec une dizaine de bottes de paille. Il s'interrompit et s'accroupit lorsqu'il aperçut Steve au loin se mettre à courir vers lui. Il le prit dans ses bras, se redressa et le jeta en l'air avant de le reposer au sol.

— Est-ce que grand-mère sait que tu es sorti ?

— Oui, je lui ai demandé… Tu fais quoi, Grandpa ?

— Je m'apprêtais à partir, je dois aller livrer cette paille chez les Henry. Tu veux venir ?

— Oh oui, je veux bien !

— Ensuite, on ira ramasser du bois.

Le vieil homme reprit Steve dans ses bras et s'approcha du tracteur.

— Tiens, assieds-toi là !

Il posa Steve sur l'unique siège passager de la cabine du tracteur, une assise de tabouret matelassée fixée sur son aile gauche. Il s'installa au volant et démarra le tracteur. Ils quittèrent la propriété familiale et longèrent pendant trois kilomètres la forêt d'érables jusqu'à un croisement. Sur la gauche se trouvait la ferme des Henry accessible par un petit chemin de terre. Une fois les ballots de paille livrés, ils reprirent le chemin jusqu'à l'intersection. Au lieu de prendre à droite pour retourner à la ferme des Morgan, le tracteur s'engagea sur le chemin en face s'enfonçant dans la forêt d'érables.

Steve n'avait jamais été ramasser du bois avec son grand-père aussi loin. C'est au bout de la prairie de la ferme que tous deux le ramassaient d'habitude, à l'orée de la forêt d'érables. Steve adorait faire ça, mais ce qu'il préférait par-dessus tout c'était de ramasser des feuilles d'érable pour sa collection. Elles étaient toutes si différentes les unes des autres. Leurs couleurs et leurs nervures l'intriguaient et l'émerveillaient en même temps. Ses parents lui avaient offert un herbier dédié à sa collection. Les feuilles qu'il appréciait le plus étaient celles que son père, représentant en matériel agricole chez John Deere, lui ramenait durant ses déplacements. L'une d'elles provenait du Boston Public Garden, une autre de l'île d'Orléans à côté de Québec City, il en avait même une de Central Park à New York. Il était fier de montrer sa collection lorsqu'il y avait des invités à la maison, chaque feuille était datée et son lieu de provenance était noté.

Steve eut un moment de lucidité et réalisa qu'il était toujours en plein rêve, mais celui-ci ressemblait à un souvenir oublié, un moment de sa vie vécue. Il lui arrivait de se remémorer des souvenirs de cette période de son enfance, il suffisait d'une odeur familière pour qu'il soit à nouveau transporté dans la ferme de ses grands-parents où il adorait passer ses vacances. Cette sortie dans la forêt en tracteur avec son grand-père c'était une première, un souvenir dont il n'avait pas connaissance et qui semblait bien réel. La tenue de son grand-père et son tracteur correspondaient à ceux qu'il avait connus dans le passé. Tous ces détails, les voix de ses grands-parents qu'il croyait avoir oubliés, les odeurs, la sensation du vent sur son visage dégageait en lui un sentiment heureux, mais il commençait cependant à trouver cette situation inquiétante. Il tenta de s'extraire de son sommeil, mais en vain. Ses paupières refusaient de s'ouvrir.

Tant pis, je vais me laisser porter, voyons ce que me réserve la suite !

Steve se replongea dans son rêve.

Les rayons du soleil se frayaient un passage à travers le feuillage des érables. Une dizaine de minutes plus tard, ils atteignirent une clairière où le grand-père de Steve gara le tracteur avec la remorque.

— Ici, ça sera parfait !

Steve remarqua tout de suite à côté de la clairière un cimetière de voitures rempli de modèles rouillés des années 30 et en partie dévoré par la végétation sur un terrain boisé et pentu.

— Oh Grandpa… Je peux aller voir s'il te plaît ?

— Oui, mais fait bien attention de ne pas te blesser, il y a plein de rouille. C'est dangereux !

— Oui ! Je ferai attention, je te le promets !

Le grand-père descendit du tracteur et attrapa Steve des deux mains pour le poser sur le chemin de terre. Il détacha une vieille tronçonneuse Stihl attachée à l'avant de sa remorque, la démarra et s'attaqua au premier tronc trouvé sur le sol à côté de la clairière.

Steve quant à lui se mit à courir vers les voitures abandonnées. Trois Ford T étaient alignées à l'entrée du cimetière sauvage. Leurs toitures étaient rongées par le temps et envahies par les ronces, Steve les contourna tant bien que mal. Derrière se trouvait une trentaine de carcasses de voitures éparpillées parmi les érables. Cinq voitures étaient dans un état de délabrement avancé, les autres avaient encore une carrosserie plus ou moins en bon état.

L'une d'elles attira le regard de Steve et sortait du lot tout en bas de la pente. Il descendit en suivant un petit sentier et en prenant soin de ne pas mettre ses pieds sur un vieux morceau de métal coupant. Il y avait beaucoup moins de ronces à cet endroit de la forêt. Il reconnut une

Buick. De loin, la carrosserie paraissait intacte, mais la peinture d'origine avait disparu et la tôle était de couleur rouille dans son intégralité.

Soudain, le ciel s'assombrit alors qu'il s'approchait du véhicule abandonné. La douceur du climat automnal laissa place à un froid glacial, des frissons envahirent le corps de Steve, il sentit une présence derrière lui. Il se retourna et aperçut sur le petit sentier la silhouette d'un homme tirant un corps par les jambes en se dirigeant vers lui. Le tout constituait une forme opaque, entourée d'un halo de lumière bleue se déplaçant sans un bruit sur le chemin couvert de feuilles mortes. Il était impossible pour Steve d'en distinguer un visage ou un vêtement. Son cœur s'arrêta de battre. Pétrifié par la peur, il n'eut pas le temps de réagir. Il ferma les yeux alors que l'entité était en train de lui traverser le corps. Il eut l'étrange sensation qu'un bloc de glace venait de lui passer au travers. Le froid était insoutenable, mais ce désagrément fut de courte durée. Sa température corporelle remonta aussi vite qu'elle avait baissé.

Sa première pensée fut de prendre ses jambes à son cou et de rejoindre son grand-père en hurlant le plus fort possible. Mais Steve, de nature curieuse, décida de rester, car il voulait en savoir plus. Il se retourna, l'entité avançait toujours vers la Buick située en contrebas. À la grande surprise de Steve, la voiture avait retrouvé sa couleur d'antan, elle était à présent de couleur bordeaux foncée. L'homme avait lâché sa prise et s'était placé à l'arrière du véhicule dont il ouvrit le coffre. Il en sortit ce qui semblait être une couverture qu'il plaça sur son épaule. Il ramassa le corps posé sur le sol et se pencha pour le placer à l'intérieur du coffre, lorsqu'il se redressa, la couverture ne semblait plus se trouver sur son épaule. Enfin, il referma le coffre et se tourna vers Steve qui se figea. La silhouette sans visage se dissipa dans l'air et la Buick redevint la carcasse qu'elle était, couverte de rouille. Steve sentit à nouveau la chaleur du soleil passer à travers le feuillage des érables, la sensation de froid avait disparu.

Au loin, il entendit le bruit de la tronçonneuse de son grand-père. Steve remonta la pente en courant vers la clairière, il ne souhaitait pas traîner dans les parages. Arrivé sur le chemin, il vit son grand-père les bras chargés de bûches se dirigeant vers la remorque. Steve monta dans la cabine du tracteur en prenant soin de bien refermer la porte derrière lui. Il s'installa dans le fauteuil monté sur ressorts de son grand-père, bien plus confortable que l'assise de tabouret servant de siège pour le passager. Il jeta un dernier regard vers le cimetière de voitures, intrigué et effrayé par ce qu'il venait de voir et ressentir. Il s'adossa dans le fauteuil, ferma les paupières et commença à s'assoupir, bercé par le bruit du moteur de la tronçonneuse que son grand-père venait de redémarrer.

35

Steve ne reconnut pas le confort du fauteuil du tracteur, il se trouvait désormais en position inclinée. Ce qui n'était pas pour autant déplaisant.

Mais... bien sûr... la salle 12... ça me revient !

Il ouvrit ses yeux, il était à présent allongé dans un fauteuil de dentiste. Il reconnut les visages de Clara et Mark vêtus chacun d'une blouse blanche l'observant de chaque côté du fauteuil. Clara prenait son pouls.

— Clara... Mark... Dit-il avec un sourire décontenancé.

Il posa sa main sur son front, le regard perdu.

— Comment vas-tu, Steve ? Comment te sens-tu ? dit Mark.

— Si tu me poses la question, c'est que je suis en pleine phase de réveil et que vous m'avez déjà anesthésié ?

— Tout à fait, c'est terminé ! dit Clara.

Steve regarda l'heure sur sa montre.

— J'avais un doute et je n'en reviens pas ! C'est surprenant ! Je me souviens d'être en train de lacer mes baskets sur le banc du vestiaire de la salle de sport, ensuite je ne me souviens de rien… Et toi ? Je ne savais pas que tu t'occuperais de l'anesthésie, tu ne m'as rien dit lors de la réunion ? dit-il en s'adressant à Clara.

— Surprise du chef ! Et tu l'as déjà mentionné avant de t'endormir, cela prouve qu'il y a bien une phase « oubli » avant la perte de conscience, répondit-elle en souriant.

— Ah bon ? Je l'ai déjà dit ? Oui, je confirme que je ne m'en souviens pas du tout. Je réalise qu'il s'est passé une quinzaine de minutes pendant lesquelles j'étais absent. Rassurez-moi, j'étais bien habillé de la tête aux pieds lorsque je suis entré dans la salle douze ?

Clara et Mark rirent à gorge déployée.

— Oui, ne t'inquiète pas, répondit Clara en posant sa main sur son bras. Tu es arrivée ici à dix heures précise, nous t'avons installé dans le fauteuil puis nous avons activé le gaz anesthésiant sorti par ce conduit.

Clara pointa la bouche d'aération fixée au centre du plafond.

— Durant ton sommeil artificiel, il n'y a rien à signaler, enchaîna Mark. Rythme cardiaque, OK… Respiration, OK. Et comment te sens-tu ? La tête lourde ?

— À ma grande surprise, je me sens bien ! Aussi bien qu'après ma séance de musculation. Est-ce que j'ai bougé pendant mon sommeil ? Est-ce que j'ai parlé ?

— Non, tu es resté calme, répondit Clara. Ton rythme cardiaque a augmenté pendant deux minutes, peu de temps avant ton réveil. Pour l'instant, nous ne t'avons « infligé » que l'anesthésie administrée aux Coballs. Il ne s'agissait que d'une mise en bouche. Nous pourrons renouveler l'expérience si tu le souhaites. Cette fois dans une cellule de prélèvement, avec ascenseur, appareil IRM et prise de sang.

— Prise de sang ?

— Oui, nous prélevons une goutte de sang, cela nous permet d'avoir le groupe sanguin et une empreinte génétique. Ces données sont ensuite intégrées dans *FIFTY*. En général, les agents piquent sous une bague pour que la marque du prélèvement reste discrète.

— Bon, me voilà rassuré. Je me sens bien !

— Tiens-nous au courant si tu as des effets secondaires ou pas, d'ici la fin de la journée.

— C'est d'accord, merci à tous les deux. À plus tard, il faut que je file !

— OK, pas de soucis !

Steve quitta la salle douze pour retourner aux vestiaires de la salle de sport. Il quitta sa tenue décontractée pour retrouver son complet avant de rejoindre son bureau. Il devait remplir un rapport sur son expérience qui se résuma à :

RAS – Effets du gaz anesthésiant sur les Coballs comme nous l'avions supposé - S. Morgan.

Deuxième Partie

Mapleton Springs

1

Vendredi 11 août 2023, 18 h 30

Steve venait de rentrer chez lui. Il accrocha sa veste de complet à côté de son miroir dans le hall d'entrée et jeta son trousseau de clés dans le bol posé sur la desserte. Il se déchaussa, puis desserra sa cravate et se dirigea vers son réfrigérateur pour y décapsuler une bouteille de bière. Il s'installa ensuite sur la banquette du renfoncement d'une fenêtre de son salon, une sorte de rituel qu'il répétait chaque fin de semaine lorsqu'il ne sortait pas avec ses collègues. Sa fenêtre donnait sur le détroit de l'East River qui, à cette heure de la journée, avait pris une teinte abricot avec des nuances de lilas. Les mêmes couleurs se reflétaient sur la fine couche de nuages en dentelle recouvrant le ciel.

Steve sortit son portable de sa poche et sélectionna l'album *Harvest Moon* de son application musicale. Les premières notes de musique grattées par Neil Young sur sa guitare acoustique se diffusèrent dans l'appartement depuis la barre de son, fixée sur le mur juste en dessous du téléviseur. *Harvest Moon* le ramenait toujours dans ses pensées à la ferme de ses grands-parents située dans le Vermont où il se rendait chaque été lorsqu'il était plus jeune.

Soudain, le rêve qu'il avait eu dans la salle douze lui revint en mémoire. Il fut pris de frissons lui remontant le long du cou, lorsqu'il se rappela la silhouette, le corps et la vieille Buick.

Il posa sa bouteille sur le rebord de la fenêtre et se précipita vers son bureau.

Il faut absolument que je note tout cela, avant que j'oublie ! pensa-t-il.

Il prit son bloc-notes dans le tiroir de son bureau, un crayon gris qui se trouvait dans son mug *Best Dad Ever* posé sur son bureau. Et il retourna s'installer sur la banquette de la fenêtre, puis il commença à noter.

Rêve salle 12 – 11 août 2023

- Grandpa et Grandma, la ferme des Morgan, Mapleton Springs
- Tracteur John Deere/Grandpa, remorque, ballots de paille
- Forêt d'érables, feuillage : vert, jaune, orange
- La ferme des Henry
- Intersection ferme des Henry (Direction vers la forêt)
- La clairière et le chemin dans la forêt d'érables
- Cimetière de voitures
- 3 Ford T
- Silhouette fantomatique, noire, opaque, halo bleu
- Homme tirant par les deux bras un corps inerte léger
- Buick de couleur bordeaux foncée, rouillée, année ~~1930~~ 1940
- Corps déposé dans le coffre de la Buick

Steve vérifia sur Google l'année de sortie du modèle de la Buick dont il avait rêvé et qu'il croyait des années trente, mais qui se révéla être des années quarante, d'après ses recherches. Concernant la couleur bordeaux foncée, elle correspondait à un Royal Maroon. Une peinture produite à l'époque par la compagnie Rinshed-Mason à Détroit.

Ce rêve doit bien avoir une signification, j'ai toutes les informations qu'il me faut pour pouvoir déterminer une date approximative. Si d'après ce que j'ai rêvé, il s'est bien passé ce que je pense ! Concernant le lieu, j'ai une idée précise de l'endroit où cela se trouve ! Bon, je crois qu'un week-end à la campagne s'impose !

Le père de Steve avait revendu la plus grande partie des terres agricoles entourant la ferme familiale après le décès de sa mère il y a sept ans, son père était lui décédé dix ans auparavant.

Les parents de Steve vivaient eux à Burlington dans le Vermont. Sa famille avait décidé de garder la ferme et les bâtiments qui se trouvaient autour, le tout était entouré d'un terrain boisé de trois hectares. Un ruisseau traversait la propriété de long en large et permettait le renouvellement de l'eau d'un lac, abondant en truites, occupant un demi-hectare du terrain. Un véritable havre de paix, plein de souvenirs où toute la famille de Steve pouvait se rendre, quand il le désirait.

Steve avait une sœur installée à Montréal, quant à son frère c'est à Boston qu'il avait choisi de vivre. Le père de

Steve avait deux frères et une sœur, lesquels avaient donné naissance à quatre filles et trois garçons. Autant de cousines et de cousins avec qui Steve, sa sœur et son frère avaient gardé des liens forts. Ils se retrouvaient tous une fois par an pour une cousinade à la ferme des Morgan, à Mapleton Springs. Cela leur permettait de se remémorer les bons moments qu'ils avaient passés à la ferme quand ils étaient plus jeunes, avec leurs grands-parents.

Shirley, une des cousines, avait créé un site privé pour la ferme familiale dont la mise à jour se faisait par tous les membres de la famille. Une section était consacrée à la cousinade qui avait lieu chaque année au printemps. Une autre section permettait de vérifier la disponibilité de la ferme pour y séjourner. C'est sur cette section que Steve se rendit. Il n'avait pas la garde de ses enfants ce week-end et la ferme était libre, d'après le calendrier du site familial.

Demain, je peux partir à l'aube pour me rendre à la ferme ! Six heures de route en voiture, ça devrait le faire ! Juste à cause d'un rêve ? s'interrogea Steve. *Non, j'ai besoin de me changer les idées, un week-end à la campagne me fera le plus grand bien ! Je pourrai vérifier que tout va bien là-bas,* se convainquit-il.

Il bloqua les dates sur le site pour samedi et dimanche.

Au fond de lui, il pensait que ce rêve était bien trop réel. Il ne pouvait résister à l'envie d'aller voir s'il y avait bien une vieille Buick rouillée dans un coin de cette forêt du Vermont et d'en ouvrir le coffre. S'il ne le faisait pas, il y penserait jour après jour, jusqu'à ce que cela devienne une obsession. Il fallait évacuer cela de son esprit.

Au pire, ce cimetière de voitures n'a jamais existé... et tant mieux ! Affaire classée ! Juste un rêve stupide !

Il sortit son portable de sa poche de pantalon, cliqua sur *Google Maps* et entra *Mapleton Springs, Vermont.* Il zooma sur l'écran du bout de ses deux doigts et repéra le lieu où se trouvait la ferme de ses grands-parents. Il modifia le calque pour passer de la version « plan » à celle de « satellite ». Il survola la ferme des Henry voisine de la ferme des Morgan, en face de laquelle se trouvait le chemin s'enfonçant dans la forêt d'érables. Il lui fut difficile de le suivre, tant le feuillage de la forêt était épais. Il crut bien apercevoir une clairière à un moment, mais il était difficile d'affirmer qu'il s'agissait bien de celle de son rêve. Aucun signe de voitures abandonnées non plus.

Le portable de Steve se mit à vibrer, le prénom *Shirley* apparut sur l'écran.

— Salut, Shirley, comment vas-tu ?

— Bien ! Et toi ?

— Pas trop mal !

— Je viens de voir que tu as réservé la ferme pour ce week-end.

— Oui en effet, j'ai besoin de me changer les idées.

— Tu as raison, ça te changera de New York ! Je peux te demander un petit service ?

— Je t'écoute.

— Il y a une nouvelle section sur le site, peut-être ne l'as-tu pas remarquée ?

— Celle avec les recettes de Grandma ?

— Non, une autre intitulée : *La ferme au fil du temps*. C'est un album de photos sur lequel la maison de la ferme apparaît avec ses alentours, je les ai classées par années et par saisons. Je profite pour demander à ceux s'y rendant de juste prendre des photos afin d'alimenter l'album. C'est juste amusant de voir les changements au fil des années, la végétation qui pousse, la peinture sur les bâtiments, la famille qui change. D'ailleurs, j'ai retrouvé une caisse contenant plein de photos que Grandpa et Grandma avaient laissées dans le grenier. Tu verras, j'ai mis ces photos sur le site. Il y en a datant des années trente. Bref, est-ce que ça te dérangerait ?

— Pas du tout Shirley ! Au contraire, c'est une bonne idée.

— OK, je te remercie ! Je ne te dérange pas plus longtemps, passe un excellent week-end Steve. Je t'embrasse !

— Moi aussi, on se voit bientôt de toute façon. Bon week-end !

Steve se rendit sur le site familial et il trouva la section *La ferme au fil du temps*.

En effet, les photos étaient classées par année, à partir de 1932. Une photo unique en noir et blanc avait été ajoutée cette année-là. Elle montrait une famille se tenant devant une maison en bois de taille moyenne et dont on apercevait, dépassant de la toiture, une cheminée en pierres. Des outils agricoles étaient posés contre une barrière attenante à la maison et deux chevaux de trait s'abreuvaient dans un bac en bois.

Toutes les années n'étaient pas disponibles, elles se faisaient plus régulières à partir des années soixante-dix.

Steve se rendit dans chaque section et une photo en particulier attira son attention. Elle avait été prise en 1943, en couleur, ce qui étonna Steve. Mais sa stupéfaction prit une tout autre dimension lorsqu'il aperçut à droite de la photo, l'avant d'une Buick 1940 couleur bordeaux foncée. Il n'en crut pas ses yeux !

Il faut absolument que j'appelle mon père !

— Allo ?

— Steve, quelle surprise !

— Comment ça va papa ?

— Bien, nous terminions juste notre dîner. Ta mère nous a cuisiné des darnes de saumon.

— Embrasse-la pour moi ! Je t'appelle juste pour un renseignement.

Steve entendit son père s'adresser à sa mère.

— *C'est Steve, il t'embrasse !*

— *Ah ? Rien de grave, j'espère ? Bonjour Steve !* répondit-elle.

— Elle t'embrasse aussi, dis-moi ce que tu souhaiterais savoir ?

— Tu sais que Shirley a fait un blog sur la ferme de Grandpa et Grandma.

— Oui, je suis au courant.

— Elle y a ajouté des photos, il n'y a pas longtemps.

— Ah bon ? Tu sais ça fait au moins deux mois que je ne me suis pas rendu sur ce site.

— Ma question concerne une photo qui date de 1943.

— 1943 ?

— Oui, Shirley a retrouvé une caisse pleine de photos dans le grenier de la ferme. Et elle les a ajoutées au site de la famille.

— Ah oui ! Je serai ravi de les voir.

— Tout est sur le site, si tu veux y jeter un œil plus tard. Pour en revenir à cette photo, j'ai remarqué qu'il y avait une voiture dessus à côté de la ferme.

— Tu m'as dit… 1943, ça doit être une Buick ?

— Oui !

Steve était excité à l'idée que son père en avait la connaissance et qu'il sut tout de suite de quelle voiture il s'agissait.

— Je m'en souviens ! La première voiture, que mes parents ont pu s'acheter, neuve, je n'étais pas encore né quand ils l'ont achetée. Mais je l'ai bien connue, car ils l'ont gardée plus de trente ans. Mon père en était fier, elle était de couleur Royal Maroon comme il aimait le préciser, une sorte de bordeaux foncé en fait ! Je devais avoir quinze ans quand ils s'en sont débarrassés. J'ai appris à conduire dans cette voiture dès l'âge de douze ans, quand elle voulait bien démarrer !

— Quand tu dis « débarrasser », c'est à dire ? Vous l'aviez abandonnée ?

— Non pas du tout, je ne sais pas si tu te souviens des Henry. Ils avaient la ferme après la nôtre ?

— Oui bien sûr.

— Et bien, leur fils unique qui devait avoir une dizaine d'années de plus que toi, faisait de la mécanique et proposait ses services aux gens de Mapleton Springs. Tu ne l'as pas connu ?

— Je le connaissais de vue.

— Mon père voulait remplacer la Buick qui commençait à lui jouer des tours pour un nouveau modèle. Il a demandé au fils des Henry, Tom, ce qu'il en pensait ? Celui-ci a proposé trois cents dollars à ton grand-père pour la racheter, il a accepté !

— Ah d'accord ! Est-ce que tu te souviens si dans les environs, il y avait une sorte de dépotoir pour vieilles voitures ?

— Oui bien sûr ! Juste devant la ferme des Henry, il y avait un petit chemin de terre qui traversait la forêt, Tom y amenait les épaves de voitures qu'il ne pouvait plus réparer, à cette époque c'était tolérer d'abandonner des véhicules dans des cimetières sauvages. On allait jouer là-bas avec les copains de temps à autre. Je pense qu'il existe toujours, seuls les locaux en ont connaissance.

— Écoute papa, je te remercie vraiment beaucoup pour toutes ces infos.

— Mais il n'y a pas de quoi.

— J'espère que ton dîner n'a pas refroidi !

— Ne t'inquiète pas, j'étais arrivé au dessert.

— Je vous embrasse tous les deux, je te rappelle bientôt !

— Moi aussi je t'embrasse, prends soin de toi !

Steve raccrocha et s'empressa de résumer ce que son père venait de lui dire en le notant sur son bloc-notes. Ces nouvelles informations le rassurèrent, son déplacement à la ferme ne sera pas vain.

- *Tom Henry, voisin et garagiste à Mapleton Springs*
- *Âgé de la cinquantaine*
- *Buick Royal Maroon acheté par grand-père en 1943*
- *Vendu vers 1973 à Tom Henry*

Steve regarda le cadran de sa montre, les aiguilles indiquaient 20 h 16. Il se dirigea vers son réfrigérateur et sortit les restes d'une double portion de beignets de porc, sauce aigre-douce et de riz cantonais qu'il avait commandée la veille. Il attrapa au passage une autre bouteille de bière. Il réchauffa les restes dans une assiette au micro-ondes et s'installa sur son canapé en buvant sa bière. Il éteignit la musique et alluma son téléviseur. Une série y était diffusée à propos d'un ancien policier de San Francisco tourmenté par des troubles obsessionnels compulsifs. Il se délecta de ses restes de la veille.

C'est encore meilleur, réchauffé ! pensa-t-il.

Il passa ensuite un appel à Anna, son ex-épouse pour parler avec ses deux fils. Vers 23 h 30, il sentit la fatigue le gagner et décida d'aller se coucher.

2

Samedi 12 août 2023, 6 h 30

L'alarme de Steve retentit. Il sentit l'odeur du café provenir de la cuisine. La veille, il avait réglé sa machine à café pour qu'il s'écoule à partir de 6 h 25. Il débarrassa l'assiette et les couverts sales qui traînaient sur la table du salon, ramassa les deux bouteilles de Boston Lager vides pour les ranger dans le bac prévu à cet effet sous l'évier.

Les effluves de café le mirent de bonne humeur, il pensa non sans excitation au week-end qui l'attendait. Il se doucha, s'habilla et retourna dans la cuisine pour prendre son petit-déjeuner. Il attrapa ensuite son sac de sport rangé au-dessus de l'armoire de sa chambre et y rangea sa trousse de toilette et des vêtements pour le week-end. Il ajouta son sac de couchage enroulé dans un sac en toile compact ainsi qu'un drap et son oreiller. Le lit sur lequel il dormait à la ferme alors qu'il était encore un petit garçon était toujours dans la même chambre. C'est là que Steve dormirait ce week-end.

Il prit les clés de son Lincoln Navigator posées sur sa table de chevet, puis dans le hall d'entrée il enfila son bomber vert-kaki et quitta son appartement.

La circulation, en ce samedi matin, était plutôt calme en quittant New York, il était encore tôt. Elle commença à être plus chargée aux alentours de huit heures. Vers midi, il s'arrêta dans un fast-food de Montpelier, la capitale de l'état du Vermont se trouvant sur son trajet. Elle était située à une heure de voiture de Mapleton Springs. Steve ne s'attarda pas et reprit la route.

Il arriva à Mapleton Springs par la Vermont Route 100 et fit un arrêt à l'épicerie locale pour y acheter des provisions. Il se sentait chez lui lorsqu'il revenait ici, tout le monde se connaissait et s'appelait par son prénom. Ensuite, il se rendit à la ferme familiale des Morgan. Il gara son SUV devant la grande barrière en bois de l'entrée, sa montre indiquait 14 h 05. Le drapeau rouge de la boîte aux lettres en métal sur laquelle le nom *MORGAN* avait été peint en noir était levé. Steve récupéra le courrier et le passa en revue. Des publicités d'agences immobilières, une facture d'eau, une facture d'électricité, le prospectus d'une pizzeria locale. Steve composa la combinaison à quatre chiffres du cadenas maintenant le portail fermé : *1855*. Elle correspondait à l'année de construction de la première maison sur le terrain de la ferme par les Morgan originaires d'Irlande. Les fondations de celle-ci se trouvaient désormais sous l'emplacement d'une grange. Une fois le portail ouvert, il s'engagea sur le chemin couvert de graviers menant au cœur de la ferme où se trouvait la maison. Sur la gauche se trouvait un vieux puits en pierres, protégé par une toiture à doubles pans recouverte de tuiles en chêne. Avec le temps, les bardeaux étaient devenus gris et étaient recouverts en partie de mousse végétale.

Steve descendit de sa voiture en prenant son sac de sport posé sur la banquette arrière. Il se dirigea vers le puits et s'accroupit à côté. De ses deux mains, il aplatit les herbes hautes qui se trouvaient à la base du puits. Il passa sa main sur la pierre semblant plus claire que les autres, celle-ci vacilla. Du bout de ses doigts, il l'extirpa de son emplacement. Il se baissa pour regarder dans la cavité. Puis il y glissa sa main et en extrait un sachet en plastique transparent contenant une clé à gorges d'un aspect rouillé, mais lissé par une utilisation régulière. Steve replaça la pierre dans sa cavité et les herbes hautes devant. Il ramassa son sac et se dirigea vers la porte d'entrée de la maison.

Une fois à l'intérieur, il prit une grande inspiration et expira l'air contenu dans ses poumons en fermant les yeux. La vieille maison sentait les souvenirs de son enfance. Il vérifia que le courant et l'eau fonctionnaient et rebrancha le réfrigérateur. Il rangea ensuite les provisions du week-end dans la cuisine et se rendit à l'étage, pour ranger ses affaires dans la chambre de son enfance. Il enveloppa le matelas du drap qu'il avait amené, déroula son sac de couchage pour le poser dessus et y ajouta son oreiller. Une étrange sensation le saisit lorsqu'il repensa au rêve de la veille, dans la salle 12.

Dire qu'hier matin, j'ai ouvert les yeux dans cette même chambre !

3

Steve referma la porte d'entrée avec la clé à gorges rouillée avant de rejoindre son véhicule. Il quitta la ferme et rejoignit la route. Il prit la direction opposée à celle par laquelle il était arrivé et se dirigea vers la ferme des Henry, visible depuis la ferme de ses grands-parents malgré la distance qui les séparait. À l'approche de la ferme, il remarqua un panneau d'agence immobilière avec la mention *À vendre* inscrite dessus suivie du nom de l'agent immobilier et de son numéro de téléphone. Il stoppa son véhicule à l'intersection située au niveau de la ferme des Henry. À droite, le chemin de terre qui menait dans la forêt d'érables était toujours là. D'après les sillons dessinés de chaque côté, il devait être emprunté de façon régulière et assez large pour accueillir tout type de véhicule. Steve eut une pensée pour son grand-père à ce moment-là, il repensait aux souvenirs joyeux partagés avec lui. C'était un fermier passionné par son travail et fier de son exploitation agricole fondée à l'origine par son grand-père et qui par la suite lui avait été transmise par son père. Steve se tourna vers la ferme des Henry à gauche de l'intersection. Des terrains en friche entouraient leur maison qui semblait avoir été entretenue durant toutes ces années. Sur la droite, une grange en bois avait été peinte en rouge à l'exception des volets et des portes, dont les contours avaient été peints en blanc. La toiture quant à elle était grise, recouverte de zinc. Derrière la grange, un hangar en tôles de fer ondulées avec de vieilles enseignes rouillées de station-service et de marques d'huile de moteurs.

Ça devait être le garage de Tom ! pensa Steve qui n'y avait jamais prêté attention dans le passé.

Soudain, le klaxon d'une voiture retentit. Steve regarda dans son rétroviseur. Un vieux pick-up rouge de chez Ford des années quatre-vingt avec à son volant un vieil homme portant un chapeau de paille attendait pour passer. Steve leva sa main droite pour s'excuser, puis il sortit le bras gauche de la fenêtre de sa Lincoln pour lui signaler qu'il pouvait le doubler. Mais le pick-up resta immobile. Steve braqua alors son volant à droite pour s'avancer jusqu'à l'entrée du petit chemin de terre et libérer la route goudronnée. Il jeta un rapide coup d'œil à son rétroviseur, à sa grande surprise la voiture rouge avait disparu ! Il arrêta son véhicule, ouvrit la portière et monta sur le marchepied de son SUV. Il lança un regard vers la droite, en direction de la route se prolongeant sur un bon kilomètre, il ne vit rien ! Il en fit de même à gauche, la route était déserte, enfin il regarda en direction de la ferme des Henry, le chemin était vide… Steve remonta dans sa voiture.

Qu'est-ce qui vient juste de se passer ? pensa-t-il, abasourdi.

Puis, il redémarra son SUV et recentra son attention sur le chemin s'enfonçant dans la forêt d'érables. Il avança en roulant au pas, au bout de cinq kilomètres, il reconnut la clairière. Il gara sa voiture à l'endroit où s'était garé son grand-père avec son tracteur et sa remorque. Il descendit de son véhicule et se dirigea vers le petit sentier toujours présent, mais couvert par la végétation. Les premières carcasses de voitures abandonnées étaient déjà visibles. Le sentier était sinueux. Steve remarqua que les ronces avaient englouti une grande partie des véhicules. Les trois Ford T, gardiennes du cimetière de voitures, étaient bien présentes. Il prit soudain conscience que tout cela était bien réel !

Si les Ford T existent et qu'elles ne sont pas le fruit de mon imagination, alors je devrais peut-être m'inquiéter de la suite des événements ?

Il sursauta et se retourna pour vérifier qu'il était bien seul. Aussi idiot que cela puisse paraître, il ne souhaitait pas se retrouver en face du fantôme de son rêve ! Il resta un instant immobile et tendit l'oreille. Il n'entendit que le sifflement des oiseaux, le ronflement d'un tracteur. Au loin, le vrombissement des réacteurs d'un avion haut dans le ciel. Un mouvement sur la droite attira son attention, deux écureuils montaient le long d'un tronc d'érable en sautillant.

Il reprit sa descente, une dizaine de mètres plus loin, il reconnut la forme de la Buick. Elle était beaucoup moins accessible que dans son rêve, les ronces l'avaient engloutie. Le long du sentier sur la droite, un hêtre mort était allongé au sol. De ses deux mains, il cassa la plus grosse branche pointant vers le ciel, en montant sur le tronc de l'arbre et en la tirant jusqu'à ce qu'elle cède. Elle était bien sèche et solide, il l'élagua pour en faire un bâton.

Parfait pour me frayer un chemin jusqu'à l'arrière de la Buick !

Steve aplatit les ronces au sol en tapant dessus avec son bâton de toutes ses forces. En peu de temps, il forma un chemin qui le mena droit au coffre de la Buick. Du bout de son outil de fortune, il repoussa les dernières ronces rendant l'ouverture du coffre impossible. Une fois le coffre bien dégagé, il repéra la poignée rouillée du coffre de la Buick, elle ressemblait à celle d'une porte de chambre froide de la même époque. Il sortit un mouchoir en coton de sa poche et l'enroula autour de sa main. Puis, il empoigna la poignée et tenta de l'actionner, elle ne bougea que d'un demi-centimètre. Il avait beau essayer à droite ou à gauche, rien à faire. Soit la rouille l'avait grippée, soit le coffre avait été fermé à clé de façon volontaire. Il rangea son mouchoir dans sa poche, prit son bâton par l'extrémité, en le tenant comme une rame de bateau par les deux mains et il commença à donner de grands coups sur la poignée, elle céda au bout du cinquième coup. Le coffre s'entrouvrit à moitié, Steve du bout de son bâton le poussa afin que son ouverture soit complète.

L'intérieur de celui-ci était poussiéreux et tapissé de toiles d'araignées. Les restes d'un plaid en tartan étaient visibles sous une couche de feuilles mortes et de boue séchée et semblaient recouvrir une masse. Steve avait repéré un arbuste semblable à du buis à côté de la Buick. Il en arracha une branche au feuillage épais et commença à balayer les feuilles et la terre séchée recouvrant le plaid à moitié dévoré par les mites. Steve s'immobilisa, un *holy shit !* s'échappa de sa bouche. Il reconnut l'extrémité des os de deux genoux collés l'un contre l'autre. Les condyles fémoraux semblaient à peine tenir sur le bout des fémurs et des tibias. Il épousseta l'endroit approximatif où devait se trouver la tête par rapport aux jambes pliées. Il découvrit une forme bombée couverte par le tartan, qu'il n'eut aucun mal à écarter. Steve aperçut la partie supérieure d'un crâne sur lequel à sa grande surprise, il restait encore du cuir chevelu. En continuant d'écarter poussières et feuilles mortes, il parvint à dégager la totalité du crâne. Il reposait, penché sur la droite contre la banquette arrière de la Buick. Steve remarqua que les vêtements de la victime étaient en meilleures conditions que le tartan. Un pendentif qui devait être en or du fait de son côté doré, brillant intact, était attaché autour des restes d'un col blanc. Le col faisait partie d'un chemisier rose pâle à rayures blanches dont Steve ne pouvait que devinait la partie basse encore couverte par le tartan.

Un uniforme de serveuse de diner[1] *!* pensa-t-il.

Il approcha sa main du pendentif, le saisit et reconnut Saint-Christophe et l'Enfant Jésus sur son épaule. Il le retourna, sur le dos du médaillon, était inscrit :

Janet ~ April 12 th, 1979

À l'aide de son portable, il prit des photos du squelette, du médaillon, du haut d'uniforme de restaurant, de la couverture en tartan, de la Buick et de son emplacement dans le cimetière de voitures.

Steve décida d'en rester là pour le moment, il ne souhaitait pas souiller davantage le lieu ou déplacer des indices supplémentaires pouvant être précieux pour les besoins de l'enquête, même après tant d'années. Il referma le coffre et se mit en quête d'un matériel qui pourrait protéger cette partie de la carrosserie et les restes de la pauvre Janet. Il trouva dans une Ford T une bâche en plastique dépassant d'une fenêtre. Elle était déchirée, mais assez grande pour l'usage qu'il souhaitait en faire. Il retourna à l'arrière de la Buick et recouvrit le coffre avec la bâche. À l'aide de son bâton, il tira des ronces se

[1] Restaurant américain informel. Souvent long et étroit car fabriqué à l'origine dans un wagon de train.

trouvant sur le côté de la voiture afin de cacher tant bien que mal la Buick. Puis il retourna à la clairière pour rejoindre son véhicule et quitta la forêt d'érables.

4

Steve décida de se rendre à la station de police de Mapleton Springs, il y connaissait l'officier Stan Roy. Un ami d'enfance parfois en service le samedi.

Steve et Stan avaient grandi ensemble à Mapleton Springs et étaient restés en contact. Ils s'étaient retrouvés plus d'une fois dans la même classe durant leur scolarité. Les années universitaires les avaient séparés pendant un temps. À présent adultes, ils se voyaient à l'occasion du Pumpkin Chuckin' Festival, célébré chaque année, au mois d'octobre.

Stan avait choisi de servir sa communauté en rejoignant les forces de l'ordre de Mapleton Springs. Steve, quant à lui, avait commencé sa carrière dans la police à Springfield dans le Massachusetts. Il avait ensuite choisi de la poursuivre à New York au sein de la NYPD avant de rejoindre le BCI.

Mapleton Springs était une petite ville de six cents habitants. La station de police faisait partie d'un complexe comprenant une caserne de pompiers, un service d'urgence médicale et enfin un service de sauvetage en montagne. La ville était située au pied du mont Mansfield, le plus haut pic de l'état du Vermont où se trouvait la station de ski, *Mapleton Springs Mountain Resort*.

Steve quitta la Vermont Route 100 et gara son Navigator en face du bâtiment où l'on pouvait lire *POLICE* en lettres capitales. Il poussa la porte de la station. En face de lui, derrière le comptoir se tenait assise une policière en uniforme occupée à taper sur le clavier de son ordinateur. Steve connaissait son visage, mais ils ne s'étaient jamais côtoyés par le passé. Le nom inscrit sur son badge ne lui était pas familier : *K. JOHNSON*.

— Bonjour madame.

— Bonjour, monsieur. Puis-je vous être utile ?

— Je suis de passage à Mapleton Springs et je souhaiterais savoir si mon ami Stan Roy est de service aujourd'hui.

— Oh Stan ? Non, il n'est pas à la station aujourd'hui, mais il est de garde. Voulez-vous que je le contacte de votre part ? Qui dois-je annoncer ?

— Non, ne vous donnez pas cette peine. J'ai son numéro, je vais essayer de l'appeler, je vous remercie !

Steve quitta la station de police et s'installa au volant de son SUV. Il retrouva le numéro de Stan dans ses contacts sur l'écran tactile de son véhicule et appela son ami en Bluetooth.

— Bonjour, Stan Roy, à l'appareil !

— Bonjour, Stan… c'est Steve !

— Ah, Steve, comment vas-tu ? Nouveau numéro ?

— Oui, j'ai changé il y a peu de temps. Euh, je suis de passage à Mapleton Springs et je souhaiterais savoir s'il serait possible que l'on se rencontre ce matin. Je suis désolé de te contacter à la dernière minute, mais ça concerne une affaire plutôt urgente.

— Urgente ? OK, bien sûr. Je suis de garde chez moi. Écoute, tu n'as qu'à passer me voir ! Tu sais où j'habite.

— Toujours près de Little River ?

— C'est ça !

— OK, j'arrive, à tout de suite !

Cinq minutes plus tard, Steve gara son véhicule le long du trottoir face à la maison de Stan. Dans l'allée du garage, il croisa son épouse Mary qu'il connaissait depuis l'enfance, accompagnée de leur fille. Ils échangèrent quelques mots, puis elle partit faire ses courses. Un SUV noir de police était garé devant le garage. Stan sortit sur le porche de sa maison, les deux hommes se donnèrent une accolade amicale.

— Content de te voir Steve !

— Moi de même.

Stan l'invita à le suivre dans la cuisine dans laquelle se trouvait un îlot central avec quatre tabourets.

— Je t'offre un café ?

— Je veux bien, merci. Ah, le calme de la campagne ! Qu'est-ce que c'est reposant !

— Ça doit te changer de New York !

Stan remplit deux mugs de café et les posa sur l'îlot, devant Steve. Il amena ensuite un sucrier et un pichet de lait.

— Alors, cette affaire urgente ?

— Oui, c'est particulier, je te préviens ! dit Steve en sucrant son café. Il m'est arrivé un événement peu banal vendredi, celui-ci m'a amené à Mapleton Springs aujourd'hui pour procéder à une vérification.

— Tu es sur une enquête ?

— Non, pas vraiment cependant j'ai fait une découverte requérant l'intervention de la police. Ce qui explique la raison pour laquelle je t'ai contacté aujourd'hui.

Stan regarda Steve d'un air dubitatif, en tournant sa cuillère à café dans son mug.

— Ici à Mapleton Springs ?

— Oui, je vais t'expliquer.

— Je t'écoute !

— J'ai fait un rêve cette semaine. Un rêve qui ressemblait à un souvenir d'enfance. Ça se passait dans la ferme de mes grands-parents.

— Celle juste avant la ferme des Henry ?

— Tout à fait. Dans ce rêve, je devais avoir une douzaine d'années et j'étais parti avec mon grand-père pour aller ramasser du bois en tracteur, avec une remorque. Nous nous sommes arrêtés à la ferme des Henry pour y livrer de la paille.

— Tiens à propos des Henry.

— Oui ?

— Leur ferme a été mise en vente par Tom le fils unique des Henry. Il n'habite plus à Mapleton Springs depuis une vingtaine d'années et il louait la ferme à des particuliers n'étant pas issus du monde agricole jusqu'à présent. Ceux-ci ont quitté la région il y a peu de temps.

— J'ai vu en effet un panneau d'agence immobilière, à l'entrée de leur ferme ce matin.

— Mais continue ton histoire, je t'en prie.

— Une fois la livraison de paille terminée, nous avons quitté la ferme des Henry afin d'aller ramasser du bois. Mon grand-père a pris le chemin situé en face de la ferme des Henry, celui traversant la forêt d'érables. Nous nous sommes arrêtés dans une clairière à côté de laquelle se trouvait un cimetière de voitures. Celui de Tom qui à une époque tenait un garage d'entretien et de réparation de véhicule sur la propriété de ses parents. Mon père me l'a confirmé hier. Toujours dans mon rêve, je quitte mon grand-père occupé à couper du bois et je vais voir les vieilles voitures. C'est alors que je suis pris d'une sensation de froid, comme cela ne m'était jamais arrivé dans un rêve. Une silhouette de forme humaine apparaît, il me semble que c'était un homme. Il traîne un corps derrière lui sur le sentier où je me trouve. Celui-ci s'intéresse à une voiture en particulier et s'en approche pour ouvrir le coffre. Il y place un corps dedans, puis il disparaît !

— Il disparaît ? Il repart ?

— Non, il s'évapore !

— Laisse-moi deviner la suite, le coupa Stan. Tu es venu ce week-end jusqu'à Mapleton Springs pour venir vérifier si tout cela était bien réel. Ça se comprend. Déformation professionnelle, je suppose !

— Écoute la suite, la voiture où le corps a été placé était une Buick de 1940 de couleur Royal Maroon.

— Royal Maroon ?

— Oui, bordeaux foncé. Figure-toi que j'ai appris grâce à une ancienne photo prise dans la ferme de mes grands-parents et par mon père, que la voiture avait appartenu à mon grand-père et qu'il l'avait par la suite vendue à Tom Henry. Cela faisait trop d'éléments que je ne pouvais pas ignorer. J'ai quitté New York tôt ce matin, j'ai fait un saut chez mes grands-parents et là je reviens du cimetière de voitures.

— Quoi déjà ? Et tu viens me voir à propos de ça !

Le sourire de Stan s'effaça à la vue du visage grave de Steve. Il sentait que son ami était sérieux et qu'il allait devoir écourter son week-end, après tout il était de garde.

— Oui, je voulais en avoir le cœur net. J'ai été vérifier le coffre de la Buick.

— Et ?

— J'ai découvert des restes humains !

— Dans la Buick ?

— Oui, j'ai aussi une identité.

— Tu plaisantes ?

— Pas du tout, il y avait un pendentif gravé et des vêtements en lambeaux. J'aurais pu m'adresser au poste de police, mais je préférais que tu sois le premier averti.

— En es-tu certain, Steve ? Quels genres de restes humains ?

— Des ossements et du cuir chevelu. Regarde !

Steve posa son portable sur le plan de travail, devant son ami. Il fit défiler les photos qu'il avait prises à l'arrière de la Buick. Stan les regarda avec ses mains posées à plat de chaque côté du téléphone puis il se tourna vers Steve, bouche bée.

— Il faut qu'absolument tu m'emmènes là-bas ! On prend ma voiture de service !

— OK !

Steve emmena Stan sur le lieu de la macabre découverte, lequel ne put que constater les dires de son ami. Steve connaissait la suite des événements lorsqu'une personne portée disparue était retrouvée !

Stan en informa son supérieur, puis il commença à boucler le périmètre avec les bandes de plastique jaune. Un véhicule de police se plaça devant chaque entrée du chemin menant à la clairière. Une équipe de la police scientifique de Waterbury avait été contactée et elle serait sur place dès le lendemain.

Steve et Stan en étaient venus à la même conclusion et ne se faisaient pas d'illusions quant à l'identité de la personne qui serait suspectée en premier lieu, Tom Henry.

5

Le lendemain matin, Steve réunit ses affaires et récupéra les provisions qu'il avait amenées la veille. Une fois le coffre de son SUV chargé, il prit des photos de l'extérieur de la maison et des alentours de la ferme. Il retourna dans la maison pour prendre une photo de la chambre de son enfance et de la fenêtre de la cuisine dont la vue donnait sur la prairie s'étendant jusqu'à la forêt d'érables. Puis il referma la porte d'entrée à double tour et rangea la clé dans la cache du puits. Enfin, il quitta la propriété en prenant soin de refermer la barrière derrière lui avec le cadenas.

Il comptait faire un arrêt à la ferme des Henry, mais il se ravisa lorsqu'il vit au loin qu'un véhicule de police bloquait l'entrée. Le lien entre la découverte de restes humains et Tom Henry avait dû être officialisé. L'accès à la ferme de Tom n'était désormais plus possible et des fouilles allaient y être organisées. Des badauds s'étaient garés sur les bas-côtés de la route, rendant la circulation difficile dans cette direction.

Steve quitta la ferme familiale avec un pincement au cœur. Cette affaire l'avait remué, la possibilité qu'un monstre eût vécu si proche de sa famille l'effraya. Le souvenir du labrador de ses grands-parents qu'il adorait, Bowie, lui revint soudain en mémoire, celui-ci avait un jour disparu. Le grand-père laissait toujours Bowie en liberté, il avait pris pour habitude de traîner dans l'enceinte de la ferme. Il était devenu un membre à part entière de la famille Morgan. Un jour, il n'avait plus donné signe de vie. Steve devait avoir quatorze ans. Son grand-père lui avait raconté qu'il était fort possible que le malheureux labrador eût été victime d'un accident de chasse ou qu'une voiture l'eût peut-être percuté, il avait pu finir dans un des fossés bordant la route.

À présent, Steve émit une tout autre hypothèse concernant la disparition du chien familial. Il avait peut-être croisé la route de Tom Henry qui pour assouvir ses pulsions meurtrières s'en serait pris au pauvre Bowie. Aux yeux de Steve, si Tom Henry était reconnu coupable, il deviendrait le croque-mitaine officiel de Mapleton Springs. Cependant, jusqu'à preuve du contraire, il était toujours innocent. Si en revanche il était coupable d'avoir placé le corps de Janet dans le coffre de la Buick et avec le nombre d'années s'étant écoulées depuis. Il était fort possible qu'il ait fait d'autres victimes, s'il était encore vivant. Ou dans le meilleur des cas, il ne s'agissait là que de son unique victime. Un « accident »…

Durant le trajet de retour vers New York, Steve s'interrogea sur ce rêve qui lui avait permis de résoudre cette histoire macabre.

Serait-ce là le résultat d'effets secondaires ? Une réaction au gaz anesthésiant de chez Duvall ?

Clara lui avait affirmé qu'il avait été créé avec les mêmes composants que ceux utilisés en milieu chirurgical. Steve n'ayant pas subi d'anesthésie générale depuis l'âge de cinq ans lorsqu'il s'était fait opérer de l'appendicite. Trop jeune pour se rappeler de quoi que ce soit, il n'avait pas matière à comparer. Cette anesthésie aurait-elle révélé des prédispositions médiumniques ancrées en Steve ?

Troisième Partie

Irlande

1

Vendredi 18 août 2023

Deux jours après leur retour de New York en Irlande, les Walsh se préparaient pour se rendre au mariage de l'amie de Kate qui avait lieu ce week-end à l'hôtel Woodstock près d'Ennis, dans le comté de Clare. Kate prépara les robes de Julia et Ashley ainsi que la sienne. Elle avait pris soin de les acheter juste avant leurs vacances à New York. Il ne lui restait plus qu'à aller récupérer son chapeau et les rubans pour la coiffure des filles en début d'après-midi chez la chapelière à Sandyford. Ensuite, elle devait être de retour pour 15 h 30. L'heure à laquelle la coiffeuse devait passer chez eux pour s'occuper des Walsh. Matt quant à lui ressortit le costume trois-pièces qu'il avait porté au mariage de son frère un an auparavant. Il lui allait comme un gant. En fouillant les poches de son gilet, il retrouva des reçus du bar à peine lisible, lui rappelant le terrible mal de tête qu'il avait eu le lendemain du mariage. Et, dans la foulée, il repensa à la situation embarrassante dans laquelle il s'était retrouvé. En fin de soirée, il avait rejoint le groupe des convives fumeurs tous aussi éméchés que lui à l'extérieur de la salle de réception. Il leur avait maintenu qu'il pouvait sauter au-dessus de cinq chaises Chiavari couchées au sol. Encouragé par ses compagnons de fortune, Matt se sentant d'une forme olympique avait décidé de faire le grand saut. Gonflé par les pintes de *black stuff*[1] qu'il eût bu tout au long de la soirée, il avait pris un élan démesuré par rapport à la taille de l'obstacle. C'est à reculons qu'il avait terminé dans la fontaine située à l'entrée de la salle de réception attenante au château où avait lieu le repas du mariage. Les quatre doubles portes étaient restées grandes ouvertes afin que les convives puissent profiter de la vue sur le parc et la magnifique fontaine. À cette heure avancée de la nuit, tout le monde dansait dans cette partie de la salle changée en piste de danse. La majorité des danseurs assistaient au spectacle improvisé par Matt, des invités le rejoignirent dans le bassin de la fontaine.

Kate, beaucoup moins amusée, s'était empressée d'aller raisonner Matt pour qu'il cesse ses pitreries. L'eau froide de la fontaine aida Matt à reprendre ses esprits et le poussa à rejoindre sa chambre d'hôtel accompagné de Kate.

De retour à Dublin, son costume était allé faire un tour au pressing de son quartier et en était ressorti comme neuf. Il n'avait pas eu le temps de rétrécir, car il était

[1] Argot irlandais pour Guinness.

encore bien humide lorsqu'il l'y avait déposé. Il sortit les chaussures qui avaient aussi fait un passage dans l'eau de la fontaine un an auparavant. Il leur trouva un air défraîchi.

Dommage ! Ce sont celles qui s'assemblent le mieux à mon costume, il faut que je m'en rachète une paire, toutes les autres sont bien trop ternes pour un mariage, pensa-t-il.

— Je vais chez la chapelière Matt ! s'écria Kate du hall d'entrée.

— Attends-moi !

— Pourquoi ?

— J'ai besoin de chaussures, tu peux me déposer au centre commercial et m'y récupérer ?

— Bon d'accord, dépêche-toi ! Je te rappelle qu'on a rendez-vous ici à 15 h 30, la coiffeuse doit passer !

Matt s'empressa de défaire son costume et enfila un jean, un t-shirt et les sneakers qu'il avait achetés à New York. Il prit son portefeuille, le glissa dans la poche arrière droite de son jean, accrocha sa montre à son poignet et dévala les escaliers. Il passa la tête dans l'encadrement de la porte du salon.

— Les filles, nous allons faire des courses, nous serons de retour dans une heure. N'ouvrez à personne et ne répondez pas au téléphone !

— OK, pap' ! répondirent-elles en cœur, les yeux scotchés à l'écran de télévision qui diffusait *Harry Potter et les reliques de la mort*.

Kate déjà installée dans la voiture attendait Matt, il la rejoignit en claquant la porte d'entrée derrière lui.

La porte de la maison des Walsh s'ouvrit à 15 h 23.

— Julia, Ashley, nous sommes rentrés ! cria Kate. Sarah est avec nous.

Les filles coururent dans le hall d'entrée. Matt monta les escaliers deux par deux avec un sac de chez Zara à la main.

— Bonjour Sarah, dirent Julia et Ashley.

— Bonjour, vous avez bien grandi depuis la dernière fois !

Sarah tenait une mallette de coiffure sur roulette à la main et se tourna vers Kate.

— Où veux-tu que je m'installe ?

— La salle à manger, ça serait bien ! dit Kate en posant une boîte ronde à chapeau sur la commode de l'entrée.

— D'accord.

Sarah se dirigea vers la salle à manger en tirant sa mallette. Julia et Ashley observaient la scène avec attention, elles avaient hâte de découvrir ce que contenait la mallette pleine de tiroirs et de loquets à bascule.

Une fois les coupes de cheveux terminées pour la famille Walsh. Ils achevèrent de préparer leurs valises et les regroupèrent dans le hall d'entrée. La petite famille prit un repas copieux et regarda un film avant d'aller se coucher. Trois heures de route les attendaient le lendemain. Ils devaient se présenter à l’hôtel Woodstock pour récupérer les clés de leur chambre à 11 h 30.

2

Samedi 19 août 2023, 7 h 00

L'alarme du portable de Matt retentit. Il se rendit dans la salle de bain de leur chambre en suite. Kate réveilla les filles et descendit préparer le petit-déjeuner pour toute la famille. Elle prit son thé avec deux toasts et termina par un fromage blanc agrémenté de fruits. Puis elle remonta dans sa chambre pendant que les deux sœurs se délectaient de leurs céréales multicolores et d'un jus de canneberge.

Matt sortit de la salle de bain une serviette autour des hanches, en se séchant les cheveux à l'aide d'une autre.

Kate sortit du tiroir de sa commode trois bonnets de douche et se rendit sur le palier à l'entrée de la seconde salle de bain pour y accrocher deux des bonnets sur la poignée de porte. Elle se pencha sur la rampe du palier et dit à haute voix.

— Les filles ! Je vous ai mis les bonnets de bain sur la poignée de la porte de la salle de bain.

— D'accord ! répondit Julia de la cuisine.

— Et n'oubliez pas de débarrasser vos bols et vos verres et de les ranger dans le lave-vaisselle !

— Oui maman ! répondirent-elles en cœur.

Kate retourna dans sa chambre en enfilant son bonnet de bain et se rendit dans la salle de bain dont les miroirs étaient encore couverts de buée.

Matt quant à lui avait terminé de s'habiller. Il se donna un dernier coup de peigne pour bien plaquer ses cheveux sur le côté en arrière en se regardant dans le miroir placé au-dessus de la commode. Puis il quitta sa chambre, il croisa Julia et Ashley dans l'escalier.

Dans la cuisine, l'odeur du café flottait, Matt remplit le mug que Kate lui avait préparé à côté de la cafetière et il enclencha le poussoir du grille-pain d'où deux tranches de pain de mie dépassaient. Il prit rapidement son petit-déjeuner se résumant à un café au lait, deux toasts badigeonnés de beurre et de confiture de myrtille et un bol de muesli. Quand il eut terminé, il débarrassa le comptoir de la cuisine.

Matt se rendit ensuite dans le hall d'entrée pour prendre son trousseau de clés. Il aperçut Kate sur le palier qui aidait la cadette à terminer de s'habiller, elle lui lança un sourire qu'il lui rendit. Il ouvrit la porte d'entrée et amena les deux valises qu'il rangea dans le coffre du Sportage. À son retour, Julia et Ashley suivies de Kate descendirent l'escalier, arrivées en bas, elles tendirent à Matt deux sacs à dos de tailles moyennes, bien remplis. Il les agrippa par la poignée et laissa pendre ses bras le long de son corps en baissant les épaules et en courbant le dos, jusqu'à ce que les sacs touchent le sol.

— Mais qu'est-ce qu'il y a dans ces sacs ? On ne part que deux jours !

— Il faut bien qu'on s'occupe ! On a des magazines, des bonbons et nos doudous ! Ah oui, et nos tablettes aussi, répondirent-elles, en rigolant.

— Bon, je crois qu'on est prêt à partir. Tu as pris l'enveloppe Kate ?

— Oui ! répondit-elle en la faisant dépasser de son sac à main. Les prénoms des futurs étaient inscrits mariés dessus : Liam et Suzanne.

— Alors, allons-y !

Matt plaça les deux sacs à dos sur les sièges arrière où les deux sœurs s'installèrent. Puis il alla vérifier la ceinture de la cadette. Pendant ce temps, Kate rangea sa boîte à chapeau et sa veste dans le coffre de la voiture à côté des valises.

— Matt, tu n'as pas pris ta veste ?

— Tu as raison, j'ai oublié ! Je retourne la chercher, dit-il en claquant la porte arrière du Sportage.

— Zut, j'ai oublié le vanity-case ! enchaîna Kate.

— Je m'en occupe, va t'installer.

— N'oublie pas ma trousse de maquillage. Je l'avais préparée, elle doit être posée sur notre lit et prend aussi le sèche-cheveux.

— Il y en aura un à l'hôtel !

— Oui, mais il n'est pas aussi bien que le mien.

Matt rouvrit la porte d'entrée de la maison, il monta les escaliers pour se rendre dans leur chambre. Il prit le vanity-case grand format se situant dans l'armoire, y plaça la trousse de maquillage de Kate posée sur le lit. Il courut dans la salle de bain, plaça le vanity-case à côté de la vasque et y rangea shampoing, gel douche, déodorant, dentifrice, brosses à dents et parfums. Il s'accroupit pour prendre le sèche-cheveux rangé dans le placard sous le lavabo. Alors qu'il se redressait face au miroir, il aperçut par-dessus son épaule un homme aux cheveux blancs. Les muscles de son corps se contractèrent de la tête aux pieds, entraînant une courte inspiration de surprise, il se retourna en brandissant le sèche-cheveux… personne ! Il s'avança dans la chambre puis se précipita jusqu'au palier et marqua un temps d'arrêt, une main posée sur la rampe et l'autre levée avec son arme de fortune, il tendit l'oreille, pas un bruit et aucun signe du vieil homme dans les environs.

Matt se ressaisit, il retourna dans la salle de bain récupérer le vanity-case contenant les produits de beauté non sans jeter à nouveau un regard dans le miroir. Seule la fenêtre de la chambre était visible au-dessus de son épaule à l'endroit où se tenait l'homme. Il se rendit ensuite dans la salle de bain des filles pour y prendre leurs brosses à dents. Il dévala les escaliers puis attrapa sa veste accrochée au portemanteau dans le vestibule. Il quitta le hall d'entrée et referma la porte d'entrée derrière lui. Il ouvrit le coffre du SUV et y rangea le vanity-case, le sèche-cheveux et sa veste.

— Tu as pris nos brosses à dents papa ? demanda Julia.

— Oui, dit-il en refermant le coffre.

Matt s'installa dans le SUV.

— Tu en as mis du temps, lui dit Kate en souriant. Matt, tu es tout pâle ! Tu es sûre que ça va ?

— Oui, tout va bien ! répondit-il en actionnant le bouton de démarrage du SUV.

Ils empruntèrent la M50 avant de bifurquer à gauche sur la N7 en direction de Limerick. Une fois la ville de Naas atteinte, ils s'engagèrent sur l'autoroute M7. Cela faisait maintenant une heure trente qu'ils roulaient depuis qu'ils avaient quitté Stepaside.

— Papa j'ai envie de faire pipi ! dit Ashley.

— Oui, moi aussi, enchaîna Julia.

— OK, on va faire une pause ! Il y a une station-service à Moneygall, je pense que nous n'en sommes pas loin.

À peine avait-il terminé de prononcer sa phrase qu'un panneau signalait une sortie pour Moneygall et Toomevara. Il activa son clignotant et engagea le véhicule sur la bretelle de sortie d'autoroute. Un autre panneau rouge et blanc indiquait *Barack Obama Plaza*, il s'agissait du nom de la station-service que Matt avait mentionné peu de temps avant qu'il ne quitte l'autoroute.

Elle avait été nommée ainsi, car l'arrière-arrière-arrière-grand-père du côté de la mère de Barack Obama était originaire de Moneygall, Falmouth Kearney. Il avait quitté son village natal à l'âge de dix-neuf ans pour émigrer aux États-Unis en 1850. Barack Obama accompagné de Michelle n'avait pas manqué lors d'un voyage officiel en Irlande de faire un arrêt à la maison de ses ancêtres située dans la rue principale de Moneygall. Le propriétaire d'une célèbre chaîne de fast-food irlandaise, en homme d'affaires aguerri, avait fait construire une aire de repos avec station-service qu'il nomma *Barack Obama Plaza*. Elle était située à mi-chemin entre Dublin et Limerick. Outre les fast-foods et coffee shops, on pouvait trouver à l'intérieur de la station un petit musée dédié à l'histoire reliant Barack Obama au petit village Irlandais.

Matt parqua le SUV à l'arrière de la station où une entrée menait aux toilettes.

— Je vais nous acheter des boissons.

— OK. J'amène les filles aux toilettes et on se rejoint à la voiture.

Une fois ses achats terminés, Matt s'en retourna au parking. Sa famille l'attendait sur un banc devant leur voiture.

— Tiens ton thé, dit-il à Kate. Et voici pour vous les filles.

Il tendit à Julia et Ashley deux canettes de Club Orange.

— Merci. Dis-moi, tu as vu l'heure ? demanda Kate.

— Il y avait pas mal de monde ! J'ai dû faire la queue, mais je n'étais pas si long que ça ?

— Mais non, je te parle de l'heure. Il est 9 h 10, on va arriver à l'hôtel trop tôt !

— Oui, en effet. Et il ne donne les clés de la chambre qu'à partir de 11 h 30.

— Et si on allait se prendre un brunch au coffee shop de la station pour tuer le temps ?

— Non, j'ai mieux, on va prendre les routes de campagne. On peut passer par Killaloe pour rejoindre l'hôtel Woodstock à Ennis.

— Bonne idée ! J'adore cette route, elle est si pittoresque et on ne l'a pas empruntée depuis si longtemps. Les filles vont adorer ça.

— OK, allons-y alors ! Je boirai mon café dans la voiture.

— Moi, aussi.

Sur ce, le couple rejoignit leurs filles déjà installées dans le SUV.

3

Ils quittèrent l'autoroute M7 à la sortie vingt-sept, sortie sur laquelle le panneau indiquait *Killaloe*. Une dizaine de minutes plus tard, ils se retrouvèrent sur le Killaloe Bridge qui enjambait la rivière Shannon. Julia et Ashley furent surprises par la beauté du paysage. Elles prirent des photos avec leurs téléphones portables. Au bout du pont, Matt tourna à droite vers Tuamgraney. La route était magnifique, bordée de haies feuillues d'aubépine et de chèvrefeuille. D'un côté, des prairies parsemées de frênes centenaires de l'autre, le Lough Derg, un lac imposant et sauvage alimenté par les eaux de la rivière Shannon.

Arrivée à l'entrée du village de Tuamgraney, la route se séparait en deux sens uniques qui contournaient un petit parc et imposaient aux utilisateurs en provenance de Killaloe de tourner à gauche. Matt s'exécuta. À l'intersection, un panneau marron pointant vers la droite indiquait la direction d'un château d'après le symbole, avec l'inscription : *An Scairbh ~ Scarriff* et en dessous une ancre y était représentée avec l'inscription : *B.Uí Bheoláin ~ Mountshannon.* À la lecture du nom *Mountshannon*, Matt sentit sa vue se troubler. Il leva son pied de l'accélérateur. Une sensation de ralenti l'envahit suivie de fourmillements derrière la nuque. Il se gara sans plus attendre sur le trottoir libre, à gauche de la route. Il sentit une main se poser sur son épaule.

— Matt, qu'est-ce qu'il t'arrive ? Ça ne va pas ? dit Kate en lui agrippant l'épaule.

Incapable de répondre, il se contenta de secouer la tête pour signaler à Kate qu'il ne se sentait pas très bien ! Il coupa le moteur et tira le frein à main. Sentant qu'il allait perdre conscience, il tenait à ce que tout le monde soit hors de danger. Il entendit à nouveau Kate l'appeler, mais sa voix s'atténua. La main de Kate le secouait et l'accompagna lorsqu'il perdit connaissance pour lui éviter de se cogner. Son torse était désormais contre le volant et sa tête pendait au-dessus du tableau de bord. Les filles abasourdies, silencieuses, assistaient à la scène depuis leurs sièges arrière.

Kate garda son sang-froid, elle enleva sa ceinture et descendit de la voiture pour se rendre du côté conducteur. Elle ouvrit la portière de Matt et le redressa contre son siège. Soudain, tout à coup, Matt prit une grande inspiration et ouvrit grand les yeux. Kate le tenait par les deux épaules.

— Matt, ça va ? demanda à nouveau Kate, le regard inquiet.

Il secoua la tête.

— Oui… oui, ça va.

Kate lui détacha sa ceinture.

— Viens, tu vas prendre l'air. Julia, passe-moi la bouteille d'eau !

Kate attrapa la bouteille que lui tendait Julia derrière le siège de Matt. Elle le tira contre elle pour faire passer son bras droit au-dessus de ses épaules et afin de l'aider à s'extraire de la voiture.

— Merci, mais ça va ! Ne t'inquiète pas !

Matt quitta le véhicule en se tenant à Kate.

— On revient tout de suite les filles, dit-elle en claquant la portière. Viens, on va marcher par là.

Ils empruntèrent le trottoir longeant les maisons. Matt retira son bras des épaules de Kate et lui prit la main en marchant.

— Je t'assure que je vais bien, c'était juste un petit malaise.

— Ça devient inquiétant. Il faut absolument que tu fasses une IRM, avec ce qu'il t'est arrivé à New York dans l'ascenseur, ça n'est pas normal !

— Mais non ! C'est certainement dû à un manque de sucre.

— Mais…

Matt interrompit Kate.

— OK, je prendrai rendez-vous chez le docteur la semaine prochaine !

— Tu me le promets ?

— C'est promis !

— Passe-moi les clés, je vais reprendre le volant. Tiens, bois de l'eau. Les filles ont plein de bonbons dans leurs sacs, si tu insistes, elles t'en donneront ! dit Kate en riant.

Matt sourit et tendit les clés du SUV à Kate, il avala une grande gorgée d'eau puis ils retournèrent tous les deux vers le véhicule.

4

Vers 11 h 30, ils arrivèrent sur le parking déjà bien chargé de l'hôtel Woodstock situé à l'écart d'Ennis. En déchargeant leur voiture, ils aperçurent au loin les futurs mariés en pleine séance de photographie sur le terrain de golf avoisinant l'hôtel.

— Oh regarde Matt ! Ils ont l'air si mignons.

— Ça me rappelle nous. Il y a quelques années, répondit-il, non sans une certaine nostalgie.

— Maman, je peux aller les prendre en photo avec Ashley ? demanda Julia.

— Non, on ne va pas les déranger. On va aller installer nos affaires dans la chambre que l'on a réservée.

— Oh oui, je veux voir ma chambre, s'exclama Ashley en sautillant.

Matt vida le coffre du SUV et referma la voiture. Il empoigna les deux valises et Kate s'occupa des vestes, du vanity-case et de la boîte à chapeau.

La famille Walsh se dirigea vers l'entrée de l'hôtel où se trouvait la réception. À l'entrée, un jeune homme les attendait les mains croisées derrière le dos. Il était vêtu d'un chapeau haut de forme et d'une longue veste de couleur vert sapin sous laquelle on apercevait un gilet gris, son pantalon de la même couleur se terminait sur une paire de chaussures vernies noires sur laquelle le soleil se reflétait.

À leur approche, il décroisa ses bras et salua la famille Walsh en ôtant son chapeau. Ses mains étaient enveloppées d'une paire de gants blancs en satin. Il replaça son chapeau sur sa tête et agrippa la poignée de la porte vitrée à double battant.

— Bienvenue à l'hôtel Woodstock, dit-il.

— Merci, répondit en cœur la famille Walsh.

Julia laissa s'échapper un rire étouffé de sa bouche en se la couvrant de la main. Elle détourna son regard vers sa petite sœur qui semblait émerveillée, comme si elle venait d'arriver à l'entrée de Disneyland.

Le hall de réception était spacieux, clair, bien éclairé et fleuri de bouquets de fleurs de lys blanches. Il y avait des espaces détentes composés de fauteuils, de canapés et de tables de salon. Le tout posé sur d'épais tapis d'une teinte beige. Au fond du hall se trouvait un large comptoir en merisier. Au-dessus de celui-ci, un balcon laissait entrevoir l'étage supérieur de l'hôtel.

Les Walsh se dirigèrent vers le comptoir de la réception derrière lequel deux employés en uniforme leur souhaitèrent à leur tour la bienvenue. Matt s'occupa des formalités pour leur réservation. Il tendit l'une des cartes magnétiques pour l'ouverture de leur chambre à Kate et en garda une. Puis ils se dirigèrent vers le couloir que lui avait indiqué la réceptionniste pour rejoindre la chambre.

Celle-ci était décorée dans les mêmes tons que le hall d'accueil, la fenêtre offrait une vue sur le terrain de golf. Il y avait un lit double et deux lits simples, les uns à côté des autres. Julia et Ashley se déchaussèrent et se mirent à sauter d'un lit à l'autre. Kate prit le vanity-case et se rendit dans la salle de bain en refermant la porte derrière elle. Matt posa les bagages. Il se déchaussa puis il se laissa tomber en arrière sur le lit double. Julia évita de justesse de poser son pied sur son estomac, en sautant.

— Pardon papa ! dit-elle en sautant à nouveau sur son lit.

Matt cligna des yeux, la chambre se mit à tournoyer autour de lui.

Oh non, ça ne va pas recommencer ! pensa-t-il.

Puis ses paupières lourdes se fermèrent. Matt tomba dans un profond sommeil.

Matt se retrouva derrière le volant d'un utilitaire qu'il connaissait bien, son oncle en conduisait un à une époque. Un Transporter, de type T3 de chez Volkswagen, dont le tableau de bord était poussiéreux et qui devait bien dater de la fin des années quatre-vingt. Il était seul, le ciel était sombre. Il se trouvait dans un de ces rêves lucides, fréquents lorsque l'on décide de faire une sieste en plein après-midi. Conscient qu'il était allongé sur le lit de sa chambre d'hôtel et qu'il s'apprêtait à assister au mariage de Liam et Suzanne.

Son véhicule à l'arrêt se trouvait à l'intersection où il avait fait son malaise plus tôt dans la journée. Le décor manquait de vie, pas un chat dans les rues. Aucune voiture ne circulait ou n'était stationnée le long des trottoirs, comme c'était le cas ce matin lorsqu'ils étaient arrivés à Tuamgraney. Car c'est bien là qu'il se trouvait à cet instant, dans son rêve. Il n'y avait aucun doute à ce sujet !

Les maisons, les arbres, les jardinières fleuries, tout était devenu gris, terne et monotone. Devant lui, un panneau indiquait que Mountshannon se trouvait à droite, les autres panneaux avaient disparu. Il se rappela que c'est le dernier nom qu'il avait lu tout à l'heure avant son étourdissement.

Le moteur du T3 ronronnait. Il enclencha la vitesse, agrippa le large volant des deux mains et braqua à droite, en direction de Mountshannon ! Tout à la fois intrigué et excité par ce rêve pourtant sombre, voire lugubre. Secoué de gauche à droite, il était loin du confort de son SUV. Il appuya sur la pédale d'embrayage du bout de son pied gauche et passa la deuxième vitesse avec difficulté.

Ça manque d'huile tout ça ! pensa-t-il.

Il poussa la pédale d'accélérateur à fond puis embraya la troisième vitesse, accéléra de nouveau et enchaîna sur le rapport de vitesse finale. Le pied collé au plancher, le T3 ne dépassa pas les 60 km/h. À peine avait-il quitté Tuamgraney qu'il se trouvait déjà à l'entrée d'un autre village, Scarriff où une bifurcation se présenta à lui et au milieu de laquelle se dressait un panneau indiquant Mountshannon à droite. Il donna un grand coup de volant pour y diriger le T3. Un crissement de pneus retentit malgré la vitesse modérée à laquelle il se déplaçait. Il s'éloignait peu à peu de Scarriff, la route était désormais entourée de chaque côté par des prairies protégées par des haies d'aubépines, pas une seule vache ou un mouton à l'horizon. La route sinueuse jusqu'à présent était désormais longue et droite. Les prairies traversées par la route étaient de plus en plus boisées. Un panneau signala enfin l'entrée du village de Mountshannon.

Mais que vais-je bien pouvoir y trouver ? se demanda-t-il.

Alors qu'il s'approchait du cœur du village, tout lui revint en mémoire. Il pila au milieu de la route ! Des souvenirs pleins de couleurs fusaient dans ses pensées.

Mais oui, bien sûr, comment ai-je pu oublier ? Mes parents, ma sœur, les vacances sur le bateau et notre arrêt au petit port de Mountshannon.

Puis il fut saisi d'une sensation désagréable, le rêve de New York qu'il avait eu durant son malaise vagal lui revint soudain. Il redémarra le T3 et prit la direction du port de plaisance sur le Lough Derg.

À l'approche du port, le ciel commença à s'assombrir. Il arrêta le véhicule devant le quai du port desservant des pontons flottants. Conscient que tout cela n'était qu'un rêve, il chercha du regard le bateau de ses parents, mais celui-ci n'y était pas. Un seul bateau était amarré, celui de son autre rêve qu'il avait eu à New York. Cette fois, il n'était pas opaque, il n'avait pas un halo de lumière bleue autour et il pouvait le distinguer dans sa totalité d'une manière précise. Son cœur se mit à palpiter lorsqu'il aperçut le numéro d'immatriculation *K485* à l'avant de la coque du bateau et à l'arrière, le nom *Red-Tailed Hawk*. Il ravala sa salive et pensa non sans une petite appréhension : *Mais au fait, à qui appartient ce T3 ?*

Les mains agrippées au volant, il se retourna pour regarder à l'arrière du véhicule utilitaire. Et là sur le sol de la cabine se trouvait un tapis enroulé qui semblait contenir un corps, le tout était maintenu par des bandes de ruban adhésif renforcé.

Son cœur se mit à palpiter, il se retourna à nouveau afin de saisir la poignée de la porte et sortir au plus vite de ce « corbillard ». Mais il fut stoppé dans son élan, la lumière d'une torche plaquée contre la vitre de sa portière depuis l'extérieur l'éblouit et le tétanisa. Elle était tenue par la silhouette d'un homme de forte corpulence dont il ne pouvait distinguer le visage. Matt, pétrifié, remarqua qu'il manquait un doigt à la main tenant la torche. Il cligna des yeux pour essayer de quitter ce cauchemar, sa vue se troubla. Il parvint à garder ses yeux fermés, la lumière passait à travers ses paupières.

Lorsqu'il les rouvrit, il réalisa soulagé, que la lumière provenait du plafonnier de sa chambre d'hôtel. Il n'était plus dans le siège d'un vieux T3, mais en position allongée, le corps étendu sur un lit king size avec les jambes pendantes au sol. Il se redressa soudain, une goutte de sueur perla sur son front. Kate sortit de la salle de bain.

— C'est libre ! dit-elle en ôtant son bonnet de douche et en resserrant la ceinture de son peignoir blanc molletonné avec le nom de l'hôtel brodé dessus.

Matt, le cœur palpitant, regardait Kate se diriger vers la penderie de la chambre d'hôtel. Julia, assise sur le bord du lit, coiffait les cheveux de sa sœur assise en tailleur sur l'épaisse moquette de la chambre.

Il sortit un caleçon et un t-shirt blanc de sa valise et se précipita dans la salle de bain en refermant la porte derrière lui. Matt se dévêtit, entra dans la baignoire et se plaça debout face au pommeau de douche fixé au mur. Il referma le rideau et ouvrit le robinet d'eau froide au maximum. Le choc thermique de l'eau au contact de son corps lui contracta les muscles. Matt en eut le souffle coupé et il se mit à inspirer et expirer en simulant une hyperventilation. Une fois que sa respiration reprit un rythme normal, il se versa du shampoing sur les cheveux et commença à se masser la tête.

Quel rêve absurde ! De toute évidence, je ne suis pas un meurtrier, à qui peut bien appartenir cette camionnette ? Ce rêve avait l'air si réel. Bon en attendant, je dois me préparer pour le mariage.

Il termina de se doucher et rejoignit Kate dans la chambre.

5

Dimanche 20 août 2023

Matt tendit les clés à Kate.

— Tu es sûre ? lui dit-elle.

— Oui, c'est mieux comme ça avec ce qu'il s'est passé à l'aller. Je préfère…

Matt, par souci de sécurité, ne préférait par reprendre le volant pour l'instant, à cause des incidents de la veille : étourdissement et cauchemar. Il avait aussi trop abusé de l'*open-bar* de l'hôtel, sa bouche était encore pâteuse et son mal de tête modéré.

Kate prit les clés et s'installa au volant du SUV. Julia et Ashley étaient déjà installées à l'arrière du véhicule. Matt s'installa côté passager et prit deux cachets d'ibuprofène, il en gardait toujours dans la boîte à gants.

— Tiens !

Kate lui tendit la bouteille d'eau se trouvant sur la portière, côté conducteur, lorsqu'elle le vit prendre la boîte de médicament.

— C'est pour… Tu sais…

— Oui, je sais ton mal de tête !

— Mais, euh non ! Tu peux parler moins fort, s'il te plaît ?

— Crois-moi ! Ton haleine matinale est un bon indicateur, elle en dit long sur la quantité d'alcool que tu as ingurgité hier. À ta place, je ne ferais plus partie de ce monde, je ne sais vraiment pas comment tu fais.

Cela étant dit, elle alluma la radio. Matt se posa les mains sur les tempes en fronçant les sourcils et baissa le son, trop fort à son goût. Kate, lunettes de soleil sur les yeux, se mit à rire. Puis ils quittèrent l'hôtel en direction d'Ennis afin de rejoindre Shannon et Limerick. Kate ne souhaitait pas emprunter les routes de campagne pour rentrer à Dublin, à la place, elle choisit de prendre l'autoroute.

Alors qu'ils passaient devant le Bunratty Castle, l'attraction touristique locale incontournable, Kate s'écria en pointant le château.

— Les filles, Matt, regardez !

Bien qu'ils l'aient déjà vu maintes fois, c'était systématique, il ne fallait pas le rater ! Les filles lancèrent un regard rapide. Kate regarda Matt, il s'était fabriqué un cousin de fortune avec sa veste d'été et dormait paisiblement, un sourire aux lèvres.

Il a l'air d'être apaisé, un rêve agréable ! pensa-t-elle.

Matt avec l'aide de sa sœur débarrassa la table du petit-déjeuner, sa mère descendit sur le quai, prête à détacher les amarres tandis que son père aux commandes du bateau faisait chauffer le moteur diesel.

Aujourd'hui, les parents de Matt avaient décidé de se rendre à Killaloe et de revenir vers le nord du Lough Derg afin de rejoindre Banagher avant la fin de la journée. Robert, le père de Matt, fit un signe à sa mère Orla. Elle s'empressa de détacher les deux amarres et agrippa une perche pour éloigner le bateau du quai et permettre à Robert de manœuvrer de manière plus aisée. Ils s'éloignèrent peu à peu du port de plaisance de Mountshannon. Robert barra à tribord et longea les berges du lac à une distance respectable.

La famille Walsh, installée sur les banquettes à l'arrière du bateau, observait le paysage opposé aux berges. Le bateau passa devant une île buissonneuse de deux cent cinquante mètres de long suivi d'une deuxième plus petite d'à peine cent mètres. Enfin, le bateau se rapprocha d'une troisième île plus imposante d'un demi-kilomètre de long et de deux cents mètres de largeur. Elle était couverte d'arbustes et d'herbe. Au centre de l'île se trouvait un bosquet composé de sorbiers des oiseleurs de trois mètres de hauteur. Derrière se trouvaient les restes d'une tour ronde d'une vingtaine de mètres de hauteur. Au pied de la tour se trouvaient les ruines de ce qui devait être un ensemble ecclésiastique avec des croix celtiques plus ou moins droites.

Alors que le bateau s'approchait de l'île. Matt fut à nouveau pris d'une sensation froide, à la limite du supportable.

Comme dans le premier rêve que j'ai eu dans l'ascenseur à New York quand nous nous approchions du quai du port de Mountshannon ! pensa-t-il.

Il était de nouveau conscient que ceci n'était qu'un rêve, mais encore trop proche de la réalité.

Un quai sur pieux d'une vingtaine de mètres de long permettait aux bateaux d'accoster sur l'île sans endommager leurs coques en les gardant à distance des berges. Un bateau de couleur sombre y était amarré. Matt le reconnut et en eut la chair de poule. Pétrifié, il tenta de prévenir son père de ne pas s'approcher de l'île. Mais aucun mot ne sortit de sa bouche, il était incapable de bouger ses lèvres. Il réalisa que son père regardait droit devant lui et n'avait pas l'intention de faire un arrêt sur l'île vers laquelle leur bateau de plaisance approchait.

Matt pouvait désormais distinguer le halo de lumière bleue entourant le bateau opaque comme dans son précédent rêve à l'exception qu'il faisait jour, le matricule du bateau était K485. Il sentit son cœur palpiter lorsqu'il aperçut la silhouette de l'homme à forte corpulence s'avancer sur le quai, vers le bateau amarré. La même silhouette qu'il avait croisée à Mountshannon, à deux reprises. La première fois lorsqu'il se trouvait au port de plaisance avec ses parents et sa sœur et qu'ils étaient de retour du pub. La deuxième fois lorsqu'il était au volant du T3 et que l'étrange silhouette avait pointé sa torche contre la vitre de la portière côté conducteur. Cette fois-ci, la silhouette ne portait pas de corps, mais elle tenait dans chaque main une pelle et une longue barre en fer, à priori une barre à mine.

Au moment où la famille passa devant le bateau amarré au quai, le sombre individu détachait les amarres de son bateau et s'apprêtait à embarquer. Le père de Matt poursuivait sa navigation et ne semblait pas avoir remarqué l'individu ou bien même le bateau à quai. Matt se retourna et vit que celui-ci quitta l'île et fonçait droit sur eux à vive allure. Matt tenta à nouveau de prévenir son père, mais en vain, il était paralysé. Le K485 s'approchait à grande vitesse et il avait désormais froid de la tête aux pieds. Son sang se glaça lorsque le bateau les traversa puis poursuivit sa route. Lui qui avait craint pour sa famille, était à présent rassuré de voir que tout le monde se portait bien et que personne n'avait rien remarqué. Son corps regagna une température supportable et le bateau qui venait de les traverser, avait quant à lui viré à bâbord. Robert emprunta la même trajectoire, le K485 avait déjà disparu au loin. Matt, soulagé, s'assit sur la banquette, il pencha sa tête en arrière. Sa sœur Fenula posa sa main sur son épaule et le secoua.

— Maaattt, réveille-toi ! dit Fenula.

La voix de sa sœur avait mué, pour des raisons qu'il ne comprenait pas.

On dirait la voix de Kate, mais que ferait-elle sur le bateau ?

Il écarquilla les yeux, ouvrit grand la bouche, se redressa et poussa un petit cri. Il entendit Kate, Julia et Ashley pouffer de rire en cœur.

— Matt ! Tu veux un café ? Ça fait cinq minutes que nous sommes garés à la station-service et que l'on attend que tu te réveilles, dit Kate.

En effet, il était de retour à la station-service Barack Obama Plaza à Moneygall. Il se frotta les yeux, puis la bouche de peur d'avoir laissé échapper de la bave durant son sommeil.

— Oh non… J'ai encore fait un rêve, c'est vraiment bizarre ! dit-il d'un air sérieux.

— Quoi encore ? Tu veux dire… sur le bateau, comme à New York ? Ce n'est pas grave, ça arrive de faire deux fois le même rêve.

— J'étais encore avec mes parents et ma sœur. Mais hier, j'en ai fait un aussi à l'hôtel, pendant que tu étais dans la salle de bain. Et ce truc avec le panneau Mountshannon avant de se rendre à l'hôtel. Ça commence à faire beaucoup tout ça, sans parler du côté réaliste de ces rêves ! Je ne t'ai pas tout dit, mais il y a une part sombre dans ces rêves qui me donne la chair de poule quand j'y pense.

Elle lui massa la nuque lorsqu'elle réalisa qu'il ne plaisantait pas et que son angoisse était bien réelle.

— Allez, viens ! On va aller prendre un café et tu me raconteras tout ça !

6

Les Walsh arrivèrent chez eux vers quatorze heures. Ils déchargèrent la voiture. Kate avait écouté Matt avec beaucoup d'attention lors de leur pause à la station-service et durant le retour. Elle était d'accord avec lui, cet enchaînement de rêves, ce malaise à New York et à Tuamgraney en se rendant au mariage hier, il y avait vraiment de quoi s'inquiéter ! Kate, cartésienne, pensa à un problème au cerveau, une tumeur peut-être ? Mais elle se garda bien de le dire à Matt. Demain, elle lui prendra un rendez-vous chez leur médecin. Par la suite, elle espérait qu'il pourrait obtenir un autre rendez-vous pour une IRM, ce qui pouvait prendre des mois à Dublin.

Matt alla prendre une douche et enfila une tenue décontractée avant de se rendre sur l'ordinateur situé dans son bureau, adjacent à la suite parentale. Lui aussi s'était bien gardé de dire à Kate qu'il était persuadé qu'il s'agissait de sortes de rêves médiumniques dont le malaise vagal dans l'ascenseur à New York aurait été l'élément déclencheur.

Pourquoi à ce moment-là ? Peut-être que l'esprit du défunt, celui du corps transporté par l'homme à Mountshannon, essayait de me faire passer un message ? Mais comment s'était-il retrouvé à New York ? Pourquoi m'aurait-il choisi ? Pourquoi moi ? Comment aurait-il pu faire le lien entre moi et Mountshannon ?

Aussi irrationnel et insensé que cela puisse paraître, Matt décida d'effectuer des recherches sur internet avec les éléments qu'il avait pu retenir de ses rêves.

Il pianota dans le moteur de recherche : *Mountshannon, bateau, disparition.*

Pour l'instant, ces éléments pourraient suffire ! pensa-t-il.

Et en effet, ils étaient suffisants, il obtint : *Environ 12 600 résultats* d'après Google. Les liens des premières pages pointaient tous vers des sites d'informations journalistiques et radiophoniques irlandais : *The Clare Champion*, *The Irish Times*, *The Irish Examiner*, *The Irish Independent*, *Clare FM*, *Newstalk*, *Tipp FM*, *Irish Mirror*, *Limerick Leader*. Il y avait aussi un lien vers le site du *New York Times*.

Les liens hypertextes avaient des titres évocateurs, Matt n'était pas en train de perdre la tête.

- Disparition inquiétante d'un Américain en villégiature à Mountshannon…

- Les recherches continuent !

- Toujours aucune trace de Alan Monroe et de son bateau...
- Disparition mystérieuse à Lough Derg !
- Le disparu du Lough Derg, l'enquête est au point mort...
- Une partie de pêche qui tourne au drame à Mountshannon...

Il ouvrit plusieurs articles, ceux-ci faisaient état de la disparition de Alan Monroe dans le Lough Derg. Un homme âgé de cinquante-cinq ans, de nationalité américaine, originaire des Hamptons à Long Island dans le comté de New York. Il avait fait fortune dans l'industrie du textile en créant une maille, aérée, offrant un tissu ne se froissant pas après le lavage. Cette invention avait conquis les fabricants de polos ; les golfeurs et les joueurs de tennis étaient friands de cette matière. « La maille Monroe » et « Le métier à tisser mécanique Monroe » avaient été brevetées. La famille Monroe vivait depuis des redevances gagnées grâce à ces deux inventions.

Monsieur Monroe avait fait l'acquisition d'une propriété en Irlande à Mountshannon afin d'y passer des vacances, quatre ans avant sa disparition. Il était déjà bien connu de ses habitants. Il s'y rendait avec sa famille une fois par an, au printemps. Il y revenait parfois seul pour y pratiquer la pêche sur le Lough Derg. La propriété comprenait un cottage de pierre, composé d'une dizaine de pièces sur deux étages. La bâtisse datait du début des années 1800 et avait été rénovée par des artisans locaux, lorsque Monroe l'avait rachetée. Il y avait aussi fait construire un double garage dans le même style que le cottage. Le tout était situé sur un terrain de trois hectares, boisé avec une vue imprenable sur le Lough Derg.

Monsieur Monroe aurait d'après les articles, disparus, entre le 9 et le 12 août 1993. Son bateau ordinairement amarré au port de plaisance de Mountshannon, aussi.

Le facteur fut le premier à signaler son absence inhabituelle à la police à la suite d'éléments inquiétants, découverts sur la propriété de monsieur Monroe. En effet, il lui remettait tous les jours en fin de matinée son courrier ainsi que son journal quotidien auquel il était abonné, l'Irish Times. Ils en profitaient pour partager un thé ensemble.

Le lundi 9 août 1993, alors que le facteur faisait sa ronde habituelle et s'était arrêté chez monsieur Monroe. Il avait remarqué que la porte droite du garage était restée grande ouverte et que l'unique véhicule de monsieur Monroe, un Land Rover acquis en Irlande pour un usage local, était garé à l'intérieur. Il n'y prêta pas trop attention et se contenta de poser le courrier et le journal au pied de la porte d'entrée de la demeure de Monroe, celui-ci étant absent. Le facteur avait aussi noté que le bateau de Monroe n'était pas amarré au port de Mountshannon ce jour-là lors de sa tournée. Il en avait conclu qu'il était parti pêcher, sa propriété n'étant qu'à deux kilomètres du port de plaisance. Deux jours plus tard, voyant que les journaux et le courrier n'avaient pas bougé devant la porte de Monroe et que la porte du garage était toujours grande ouverte, le facteur commença à s'interroger et l'inquiétude le gagna. Il décida de sonner à la porte de la demeure avec plus d'insistance que les jours précédents. N'ayant pas de réponse, il agrippa la poignée de la porte qui, à sa grande surprise, était ouverte. Le vestibule était éclairé par un plafonnier. Il se mit à la recherche de Monroe, mais la maison était vide tout comme le garage. Le facteur s'était époumoné à appeler Monroe en vain, puis il avait quitté la propriété pour se rendre à la Garda station de Mountshannon et signaler son absence inhabituelle. Le jour même, madame Monroe avait aussi contacté la police locale afin de manifester son inquiétude vis-à-vis de son mari qui ne donnait plus de nouvelles, depuis plusieurs jours. Elle n'arrivait pas à le joindre malgré toutes ses tentatives effectuées depuis chez eux aux Hamptons. Les Gardaí s'étaient rendus sur place et constatèrent que l'absence de monsieur Monroe était suspecte.

Monsieur Monroe avait été vu pour la dernière fois au pub du village dans la soirée du vendredi 6 août 1993. Les Gardaí avaient contacté les autorités fluviales qui répertoriaient chaque bateau s'arrêtant dans les ports de plaisance, le long de la rivière Shannon et les lacs qu'elle desservait. Mais aucun enregistrement du passage du bateau *Red-tailed Hawk* portant l'immatriculation K485 n'avait été trouvé. La police scientifique avait été dépêchée sur place, à la propriété des Monroe. Les fouilles et les relevés d'empreintes de la maison, du garage, du véhicule de Monroe n'avaient rien donné. Un appel à témoin et un avis de recherche avaient été lancés la même semaine. Des recherches impliquant la police, l'armée et les locaux avaient été organisées dès le treize août. Soit une semaine après la dernière fois que monsieur Monroe aurait été aperçu. Celles-ci couvraient la campagne avoisinante de Mountshannon. Les eaux du Lough Derg de Banagher à Killaloe.

Des membres de la famille de monsieur Monroe, ses deux meilleurs amis et deux détectives privés de New York avaient fait le déplacement depuis les États-Unis pour participer aux recherches. De gros moyens avaient été mis en place. Madame Monroe avait offert une prime de cinquante mille livres irlandaises, ce qui représenterait aujourd'hui près de soixante-trois mille euros, à quiconque retrouverait Alan Monroe ou aurait une piste concrète pour faire avancer les recherches.

Lough Derg et Mountshannon n'avaient jamais été aussi animés auparavant. Le lac et ses berges grouillaient de monde. Après deux semaines de recherches infructueuses, les autorités avaient décrété qu'elles devaient y mettre fin. Un arrêt trop précipité, du point de vue de la famille Monroe.

Les enquêteurs s'étaient mis d'accord sur la conclusion possible suivante : Monsieur Monroe aurait décidé d'aller pêcher le lundi 9 août 1993. C'était un début de journée ensoleillée, malgré les orages accompagnés de grêle annoncés par *Met Éireann*[1] dans cette partie du pays, sur

[1] Service météorologique national irlandais.

la chaîne de télévision nationale le matin même. Monsieur Monroe n'aurait pas eu connaissance de cette information et se serait fait surprendre par les orages qui auraient survolé le Lough Derg en fin d'après-midi, ce jour-là. La violence de ces orages avait été hors norme d'après les locaux. Monsieur Monroe aurait tenté de rejoindre le port de plaisance, mais n'y serait pas parvenu. Son bateau aurait pu heurter un objet non identifié, peut-être un rocher comme ceux que l'on trouve aux abords des îles du Lough Derg. Le bateau aurait coulé avec monsieur Monroe prisonnier à son bord. C'était la supposition la plus plausible concernant sa disparition et elle figurerait sur le rapport de police. Monroe fut déclaré porté disparu et ces conclusions furent relayées aux médias.

Ce n'est que six ans plus tard que le bateau de Monroe fut retrouvé grâce à un plaisancier de Killaloe, monsieur Mac Namara qui sondait le lac une fois par semaine. Il avait fait connaissance de madame Monroe durant les premières recherches et ils avaient gardé contact depuis. Celui-ci avait quadrillé le Lough Derg et cherchait l'épave du bateau durant le week-end en sondant le lac lorsqu'il partait pécher. Madame Monroe lui finançait son équipement de sondage quand cela était nécessaire ainsi que ses frais de carburant. Le fils des Monroe, quant à lui, envoyait chaque année un nouveau modèle de sondeur

Lowrance à Mac Namara. Le même qu'il utilisait sur son bateau aux Hamptons.

Tout le monde fut surpris d'apprendre que l'épave ne se trouvait qu'à cinq kilomètres du port de Mountshannon, à une vingtaine de mètres de profondeur au sud des berges de Red Island.

Une première inspection par les plongeurs de la police fluviale n'avait rien donné, ils n'avaient pas retrouvé de squelette dans le bateau. Des moyens furent mis en place pour extraire l'épave des eaux du Lough Derg et celle-ci fut examinée. Les enquêteurs remarquèrent que la coque avait été percée de l'intérieur, de part en part à l'aide d'une perceuse ou d'une chignole, six trous larges étaient visibles.

L'affaire prit une tout autre tournure, il ne s'agissait plus d'une disparition accidentelle, mais peut-être d'un suicide ou d'un meurtre. Aucune empreinte exploitable n'avait été retrouvée, le trousseau de clés d'Alan Monroe était resté sur le contact.

Un canot de sauvetage autogonflable et une rame, énumérés sur la liste d'équipement sécuritaire obligatoire sur les bateaux de plaisance, avaient disparu. En revanche, les deux bouées étaient restées à leurs emplacements et les quatre gilets de sauvetage de l'inventaire étaient tous là. Le bateau fut ensuite rapatrié sur la propriété appartenant toujours à la famille Monroe et bâché pour les besoins de l'enquête. Il ne s'agissait plus à présent d'une simple disparition, l'épave était désormais une pièce à conviction. Cette découverte ne permit pas d'élucider les causes de la mort d'Alan Monroe. L'affaire avait été de nouveau classée.

Matt chercha dans un nouvel onglet l'adresse et le numéro de téléphone de la station de police de Mountshannon, mais il réalisa que celle-ci était fermée depuis 2013. Il continua ses recherches sur internet, et tomba sur le lien du site du *Garda National Bureau of Criminal Investigation - An Garda Síochána.*

— Maaaatttttt !

— Quoooooiii ?

— Tu veux un thé ? demanda Kate depuis le rez-de-chaussée.

— Non merci ! répondit Matt.

Il se replongea dans le fil de sa pensée. En naviguant sur le site *www.garda.ie*, il trouva les coordonnées de la station de police de Scarriff dont Mountshannon était à présent sous la juridiction. Matt composa le numéro depuis son téléphone portable. Il ne savait pas vraiment comment exposer à la personne qu'il allait avoir à l'autre bout du fil, ce qu'il avait vécu et l'avait mené à cet appel !

— Scarriff Garda Station, je vous écoute !

— Euh… Bonjour… Je m'appelle monsieur Walsh, je vous contacte au sujet d'une affaire datant d'une vingtaine d'années ayant eu lieu à Mountshannon. Est-ce que je pourrais parler à un inspecteur s'il vous plaît ?

— Monsieur, c'est dimanche. S'agit-il d'une urgence ?

— Non, pas vraiment. En fait, mon appel concerne une disparition datant de 1993, à Mountshannon.

— Je suis désolée monsieur, mais aujourd'hui je ne peux traiter que les urgences. Je vais devoir écourter notre appel.

— Mais…

— Je vais vous donner les coordonnées de la personne à contacter. Si la disparition a eu lieu il y a plus de dix ans, le dossier a été transféré au bureau criminel d'investigation de Dublin, le GNBCI, ils ont une cellule qui ne s'occupe que de ça.

— D'accord, je vous écoute ! répondit Matt en prenant une feuille de son imprimante et un crayon posé sur son bureau.

L'agente à l'autre bout du fil lui donna les coordonnées de la cellule traitant les dossiers des personnes portées disparues, au GNBCI basé à Dublin, puis elle ajouta :

— Cependant, je pense qu'il vaut mieux attendre lundi pour les appeler.

— Vous avez raison ! Je vais attendre demain, je vous remercie, madame !

— Monsieur, est-ce que je peux juste avoir votre nom, prénom et adresse, s'il vous plaît ?

— Oui, bien sûr.

Matt n'avait rien à se reprocher, bien au contraire cette affaire lui tenait à cœur. Il éprouvait beaucoup d'empathie pour madame Monroe et encore plus pour le pauvre Alan qui ne méritait pas ce destin funeste. Une fois les informations concernant son identité transmises à la Garda, il la remercia à nouveau et raccrocha.

7

Lundi matin. Matt survola les dossiers qu'il avait en cours et contacta ses clients pour ne prendre aucun retard dans son travail.

Vers 10 h 30, il appela le bureau criminel d'investigation de Dublin.

— GNBCI, je vous écoute ?

— Bonjour, est-ce que je pourrais parler au responsable des personnes portées disparues ?

— Oui, est-ce que cela concerne une personne disparue dans le comté de Dublin ?

— Non, en fait elle aurait disparu à Mountshannon, dans le comté de Clare.

— Est-ce que c'est arrivé cette année ?

— En 1993.

— Ne quittez pas, je vous passe la personne qui s'occupe de la province de Munster.

Matt fut placé en attente, celle-ci fut de courte durée.

— Inspecteur Carl Benson à l'appareil, je vous écoute.

— Monsieur Benson, bonjour ! J'ai cru comprendre que vous vous occupiez des personnes portées disparues ?

— C'est bien cela, pour les comtés de la province de Munster. Mais à qui ai-je l'honneur ?

— Matthew Walsh. Je vous appelle, car je pense que j'ai en ma possession des éléments qui pourraient résoudre une affaire concernant une personne ayant disparu en 1993 dans le comté de Clare.

— Intéressant. De quels genres d'éléments parlons-nous ?

— Eh bien, j'ai été victime d'un étrange phénomène.

— Que voulez-vous dire par étrange phénomène ?

— Euh, c'est un peu gênant, mais j'ai fait des rêves ! répondit Matt en toussotant.

— Vous êtes médium ?

— Non pas du tout, je suis avocat à la base. C'est la première fois que cela m'arrive et je vous rassure, mon appel est très sérieux.

— Bien, en tant qu'avocat vous savez que notre appel est enregistré ?

L'appel n'était pas en cours d'enregistrement, mais Benson ne souhaitait pas perdre de temps avec les personnes qui appelaient pour de faux témoignages. C'était sa façon à lui de mettre en garde son interlocuteur.

— D'accord, pas de problème !

— De quelle affaire s'agit-il ?

— Monsieur Alan Monroe.

— Alan Monroe, Mountshannon ? Je connais bien le dossier. Vous avez toute mon attention, monsieur Walsh, serait-il possible que l'on se rencontre ? Est-ce que je peux passer chez vous ?

Matt hésita, il n'en avait pas discuté avec Kate et ne voulait pas l'inquiéter. Il savait qu'elle était contre le fait qu'il contacte la police pour une histoire de rêves.

— Je préfèrerais éviter que l'on se rencontre chez moi. Je peux cependant passer cet après-midi dans vos bureaux, si cela est possible ?

— Oui, bien sûr monsieur Walsh ! Est-ce que quatorze heures vous conviendraient ?

— C'est parfait !

— Vous savez où se situent nos bureaux.

— Oui, à Phoenix Park ?

— C'est cela ! Demandez l'inspecteur Benson, à l'accueil.

— C'est noté, merci. À tout à l'heure !

— À toute l'heure ! Monsieur Walsh.

Matt se présenta à l'accueil et demanda, monsieur Benson. La personne à la réception l'invita à s'asseoir sur un banc en pin massif verni, dans le hall d'accueil. Cinq minutes plus tard, un homme trapu d'une soixantaine d'années se présenta à Matt. L'homme de taille moyenne était chauve et avait une moustache rousse taillée en guidon. Il portait une paire de lunettes rondes posée sur le bout de son nez et dont les verres étaient teintés de jaune.

Il était vêtu d'une chemise blanche avec les manches retroussées jusqu'au coude, laissant apparaître le tatouage d'une croix celtique sur l'un de ses avant-bras. Il portait un pantalon et un gilet en tweed de couleur gris foncé d'où une chaîne dépassait du gousset. Un holster en cuir marron dans lequel se trouvait un Walther P99 [1] était attaché à son épaule gauche. À ses pieds, une paire de bottines en cuir noire.

Il tendit la main vers Matt.

— Monsieur Walsh, je suis ravi de vous rencontrer !

— De même ! répondit Matt.

— Suivez-moi !

Monsieur Benson précéda Matt, ils empruntèrent un escalier en granite menant à une grande salle où se trouvait une quarantaine de bureaux en open space.

Des Gardaí en uniforme portant des casques de standardiste étaient occupés à répondre aux appels téléphoniques. Ils pianotaient sur des claviers d'ordinateur, les yeux rivés sur trois écrans plats.

À droite de la salle, cinq bureaux en espace clos étaient alignés en espace clos. Chaque bureau était séparé par des murs en briques rouge foncé. Leur façade vitrée comportait une porte en verre par laquelle l'accès se faisait.

Carl Benson pénétra dans le deuxième bureau où une plaque avec son nom et sa fonction était collée sur la porte transparente.

[1] Pistolet semi-automatique.

— Asseyez-vous. Je vous en prie, dit Benson à Matt en refermant la porte du bureau.

— Merci.

Benson s'installa derrière son bureau, il sortit un dictaphone du tiroir. Il enclencha le bouton *REC* et le posa à côté de son ordinateur portable, face à Matt.

— Monsieur Walsh, merci de vous être déplacé jusqu'à nous. Je vais pour des raisons légales enregistrer notre conversation.

Matt acquiesça d'un hochement de tête. Benson tapa sur la touche espace de son clavier pour stopper l'économiseur d'écran de son ordinateur, il entra son mot de passe avant de cliquer sur l'icône *Garda Síochána.*

— Je vais avoir besoin de deux ou trois renseignements vous concernant avant de commencer cet entretien. Est-ce que vous êtes d'accord avec cette procédure ? Ensuite, je prendrai votre déposition.

— Oui, pas de problème. Je vous rappelle que je ne vous ai pour l'instant parlé que de rêves que je crois médiumniques.

— J'ai bien compris. Nous pensons que dans les cas de personnes portées disparues et dans les affaires non élucidées chaque information compte. À ce jour durant les dix dernières années, nous avons pu résoudre quatre affaires grâce à des médiums. Votre appel nous importe beaucoup. D'autant plus que l'affaire Alan Monroe reste un mystère total ! Je vous écoute, nom et prénom s'il vous plaît ?

— Walsh, Matthew.

— Date de naissance ?

— 12 juin 1981 à Dublin.

— Marié ?

— Marié, deux enfants.

— Votre adresse ?

— 12 Brookfield Lane, Stepaside, Dublin 18.

— Un numéro sur lequel nous pouvons vous joindre ?

— Voici ma carte.

Matt lui tendit sa carte professionnelle sur laquelle figurait son numéro de portable. Benson l'entra sur son ordinateur portable avant de le replier. Il croisa ses mains et les posa sur son bureau.

— Bien, je vous écoute, monsieur Walsh !

— Alors voilà ! Je vais reprendre depuis le début. Cet été, je suis parti à New York avec mon épouse Kate, au mois d'août. Durant mon séjour alors que j'empruntais un ascenseur pour me rendre dans une station de métro.

— Vous voulez dire un ascenseur pour les personnes handicapées ?

— Oui, c'est une longue histoire. Ce n'est vraiment pas dans mes habitudes d'utiliser ces ascenseurs ! Mais là, il y avait urgence. Mon épouse et moi-même nous sommes perdus de vue le second jour de notre arrivée à New York. Je suis descendu à la mauvaise station de métro et elle ne m'a pas suivi.

— Elle a refusé de vous suivre ?

— Tout s'est passé très vite, je m'étais endormi et l'annonce du haut-parleur de la rame m'a sorti de mon sommeil. Je me suis précipité sur le quai de la station en pensant que mon épouse me suivait. Les portes se sont refermées derrière moi, elle était restée debout à côté de son siège dans le wagon, elle n'a pas eu le temps de réagir. Tout était de ma faute, je m'étais levé beaucoup trop tôt et je souffrais du décalage horaire. Je nous croyais arrivés à la bonne station, mais c'est à la suivante que nous devions descendre. J'ai eu le temps de lui faire signe que je restais sur place et que je ne bougerais pas !

— Oui, il lui suffisait de reprendre la rame dans le sens inverse à la prochaine station pour vous rejoindre.

— C'était l'idée. Mais j'ai décidé de monter dans la rame suivante, entrée en station trente secondes après celle dans laquelle mon épouse se trouvait. Je pensais pouvoir la retrouver sur le quai de la prochaine station, hélas ça n'a pas été le cas ! J'ai alors tenté de la rejoindre sur le quai qu'elle devait emprunter pour retourner à Wall Street, à la station où nous nous sommes perdus de vue. Mais je n'ai pas trouvé de passage entre les deux quais. Je suis sorti de la station, car je pensais qu'en traversant la rue j'aurais eu accès à une autre entrée du métro.

— De quelle station s'agissait-il ? J'ai déjà eu l'occasion de me rendre à New York.

— Bowling Green.

— Ah oui, je vois. Celle de Battery Park ?

— C'est ça. De l'autre côté de la rue, je n'ai pas trouvé l'entrée de station de métro, en revanche l'ascenseur dont je vous parlais y menait. Un technicien de maintenance de la MTA, présent au même moment, m'a proposé de m'accompagner dans l'ascenseur.

— D'accord, pour l'instant je ne vois pas trop comment votre péripétie à New York va nous mener à la disparition de Alan Monroe. Mais poursuivez, je vous en prie.

— Eh bien, cet ascenseur est lié à l'affaire Alan Monroe, du moins spirituellement. Je ne me souviens pas être monté dans l'ascenseur, car durant la descente vers la station j'ai fait un malaise. Le technicien dans l'ascenseur me le confirmera par la suite lorsque je me suis réveillé alors que nous étions arrivés à la station de métro.

— D'accord, c'est à ce moment-là que vous avez eu « une vision » ?

— Oui, j'ai fait un rêve plutôt étrange où je me suis retrouvé à Mountshannon en 1994, alors que je n'avais que treize ans. Mes parents cet été-là avaient loué un bateau et nous nous y étions arrêtés pour la nuit, ma sœur nous accompagnait.

— Et est-ce que cela a été le cas ? Ou était-ce juste le fruit de votre imagination ? Vous êtes-vous déjà rendu à Mountshannon par le passé ?

— Oui, ce rêve était plutôt comme le déroulement d'un souvenir d'enfance que j'ai vécu cet été de 1994 et il semblait bien réel. Nous nous y sommes arrêtés un an après la disparition de Monroe d'après ce que j'ai découvert sur internet. Voilà ce qui s'est passé, nous venions de quitter le pub du village où nous avions dîné avec ma famille, la nuit était tombée. Nous retournions vers notre bateau et nous approchions du petit port de plaisance. C'est alors que j'ai assisté à une scène qui m'a donné froid dans le dos.

— Avant de poursuivre, j'ai juste une question. Cette scène, est-ce que vous y aviez assisté lorsque vous étiez plus jeune, pendant vos vacances ?

— Non, c'est comme si cela s'était superposé à mon souvenir d'enfance. Ma famille ne semblait pas y prêter attention, j'en étais l'unique spectateur. Il y avait devant moi la silhouette opaque d'un homme plutôt bien en chair, dont je serais incapable de vous donner des détails vestimentaires ou physiques. À part un, que j'ai découvert dans un autre rêve. Il portait un corps enroulé dans un tapis, du moins ça en avait la forme.

— Et comment avez-vous réagi ? demanda Benson qui redoubla d'attention en écoutant le récit de Matt.

— J'étais pétrifié ! Mais je voulais en savoir plus ! J'ai suivi l'homme du regard. Je l'ai vu emprunter un ponton flottant d'amarrage. Il s'est dirigé vers un bateau dont je ne distinguais que la forme. Comme la silhouette, il était sombre, opaque et entouré d'un halo de lumière bleue. En revanche, j'ai pu voir en surbrillance le numéro d'immatriculation K485, à l'avant de la coque du bateau et à l'arrière le nom *Red-tailed Hawk*.

— Continuez !

Benson, captivé par ce que lui contait Matt, ne doutait pas de sa sincérité. Cependant, le numéro d'immatriculation du bateau de Monroe était présent sur pas mal de photos de l'épave repêchée qui se trouvaient sur internet.

— L'homme a jeté le corps enveloppé à l'arrière du bateau. Il est monté à son bord et a disparu sans un bruit dans la nuit sur les eaux sombres du Lough Derg. Voilà, il s'agit là du rêve que j'ai fait durant mon séjour à New York.

— Il y a eu d'autres rêves ?

— Oui ! Ce week-end, nous nous sommes rendus à un mariage à Ennis. Nous sommes partis tôt de Dublin et nous étions en avance, nous avons décidé d'emprunter la route panoramique plutôt que de continuer sur l'autoroute en direction de Limerick afin de rejoindre Ennis.

— Par Killaloe ? Était-ce parce que vous aviez fait ce rêve étrange ?

— Non, à ce moment-là, je n'y pensais plus, pour moi ce n'était qu'une sorte de rêve-cauchemar sans importance ! Nous avons traversé le pont entre Killaloe et Ballina, puis poursuivi notre route jusqu'à Tuamgraney. Arrivé à l'intersection où il faut tourner à gauche afin de rejoindre Ennis, j'ai eu un étourdissement. Au moment où j'ai lu le panneau signalant la direction de Mountshannon. Je me suis senti « partir », j'ai tout de suite garé mon véhicule sur le trottoir, je pensais que j'allais m'évanouir.

Mon épouse a pris le volant pour le reste du trajet jusqu'à l'hôtel.

— Pas de malaise et pas de rêve à ce moment-là ?

— Non. Lorsque nous sommes arrivés à l'hôtel, nous avons commencé à nous préparer pour le mariage. Je me suis assoupi sur le lit pendant que mon épouse utilisait la salle de bain. Durant cette sieste, j'ai fait un rêve, cette fois je n'étais plus spectateur, mais acteur. J'étais au volant d'un vieil utilitaire des années quatre-vingt. Un T3 de chez Volkswagen, couleur orange. Le tableau de bord était vieux et crasseux. J'étais face au panneau m'ayant causé cette désagréable sensation lorsque nous étions à Tuamgraney à l'aller, en nous rendant au mariage. J'étais « conscient » d'être en plein rêve et je pouvais contrôler mes actions sans pour autant être capable de me réveiller. Le moteur était en marche. J'ai passé les rapports de vitesse un par un et je me suis dirigé vers Mountshannon. Les routes étaient désertes, il n'y avait personne, pas âme qui vive. La nuit venait de tomber lorsque je suis arrivé à Mountshannon. J'ai pris la direction du port de plaisance et je me suis garé face au quai. C'est à ce moment-là que je me suis demandé à qui pouvait bien appartenir ce véhicule. Je me suis retourné et là j'ai vu qu'un corps était enroulé dans un tapis à l'arrière de la cabine de l'utilitaire, sur le sol.

— Un tapis ? Vous pouviez voir plus de détails ? La camionnette était bien orange, n'est-ce pas ?

— En effet, il y avait des motifs sur le tapis, ce n'était pas de la moquette. La carrosserie à l'intérieur du véhicule était de couleur orange, je peux vous l'affirmer. Est-ce important ?

— Peut-être, oui ! Une personne qui avait participé aux recherches à l'époque était en possession d'une camionnette similaire à celle que vous venez de me décrire. D'autres détails, monsieur Walsh ?

— Oui, choqué par cette découverte, j'ai tenté d'agripper la poignée de la portière et sortir du véhicule ! Mais un homme se tenait debout contre la vitre avec une lampe torche à la main, m'éblouissant !

— Décrivez-moi son visage, s'il vous plaît.

— Je n'ai pas vu son visage, mais je me souviens de sa main, celle qui tenait la torche. Elle était épaisse et il lui manquait un doigt.

— Lequel ?

— L'auriculaire.

— Et avez-vous réussi à sortir du véhicule ?

— Non, je me suis réveillé !

— Ah… Ce doigt manquant, c'est le genre d'élément qui pourrait nous aider à identifier un personnage s'il existe ! Rien à ajouter, monsieur Walsh ?

— Si ! J'ai fait un autre rêve… Déterminant cette fois ! C'est ce qui m'a poussé à vous contacter. Lors de notre retour du mariage le lendemain, c'est-à-dire hier, mon épouse a pris le volant, je ne me sentais pas très bien. Je me suis endormi sur le trajet et me voilà de retour avec mes parents et ma sœur sur notre bateau de location. Cette fois-ci, nous quittions le port de plaisance de Mountshannon en direction de Killaloe. Mon père avait décidé de longer les berges du Lough Derg. Sur notre gauche, d'après la carte devaient se trouver quatre îles dont l'une avait un attrait touristique : *Inis Cealtra.* Alors que nous nous en approchions, j'ai aperçu la forme d'un bateau opaque amarré à l'unique quai de l'île, son immatriculation était visible et il s'agissait à nouveau du K485. C'était le même bateau que j'avais vu au port avec la silhouette d'homme et le corps. D'ailleurs, l'homme était de retour et s'avançait sur le quai avec une pelle et une barre à mine, il s'apprêtait à monter sur le bateau amarré. Alors que nous nous éloignions d'Inis Cealtra. Le bateau, du moins la forme sombre du bateau s'est mise à foncer à grande vitesse vers nous. Elle nous a rattrapés et nous est passée à travers pour poursuivre sa route sur le Lough Derg. C'est à ce moment-là que je me suis réveillé.

— Cela s'est produit dimanche. Et l'homme ne transportait plus de corps ?

— Oui vers midi, non juste un outil dans chaque main.

— Et cette nuit avez-vous eu un autre rêve similaire ?

— Non. Qu'en pensez-vous, monsieur Benson ?

Carl Benson arrêta le dictaphone.

— Je pense que monsieur Monroe n'ayant jamais été retrouvé, toute piste est bonne à suivre. Même s'il s'agit d'éléments issus de vos songes, vous avancez ici des indices concrets que nous pouvons vérifier. Si monsieur

Monroe a été assassiné, cela voudrait dire qu'un meurtrier est toujours en liberté. Je vais vous demander de garder pour l'instant la plus grande discrétion quant à vos découvertes concernant cette affaire. La presse est friande de ce genre d'histoire. Nous allons mettre en place un périmètre de recherche à l'endroit que vous nous avez indiqué.

— Vraiment ? répondit Matt, surpris.

En son for intérieur, il était satisfait de n'avoir pas été pris pour un fou et il espérait que les recherches permettraient de retrouver monsieur Monroe.

— Je vais prendre contact avec la station de police de Scarriff, ils mettront en place un dispositif de non-approche d'Inis Cealtra et ils nous prépareront un bateau. Seriez-vous disponible demain ?

— Quoi ? vous voulez que je vienne avec vous ? demanda Matt, interloqué.

— Je pense que c'est mieux ! Peut-être que d'autres éléments pourraient vous venir à l'esprit une fois sur place ?

— Mais… s'il n'y a rien ? Si vraiment il ne s'agissait que de rêves ?

— Ne vous inquiétez pas, monsieur Walsh ! Si nous ne trouvons rien, il n'y aura aucune poursuite contre vous et vous ne serez pas fiché. Si vous saviez le temps que nous consacrons et les coûts engendrés lorsqu'une personne est portée disparue. Dans le cas de monsieur Monroe, les recherches ont duré deux semaines. Une journée supplémentaire ne nous posera aucun problème, même si le résultat est nul. Les éléments que vous nous avez fournis semblent cohérents. Nous avons désormais un lieu précis où chercher et la description d'un suspect potentiel ! De plus, vous rendrez un grand service à la famille de monsieur Monroe outre-Atlantique.

— Je suppose, c'est d'accord ! Je vous rejoins là-bas ? Vers quelle heure ?

— Oui, c'est mieux ! Il est possible que je doive rester plus longtemps sur place pour les besoins de l'enquête. Vous nous accompagnerez sur l'île. Si nous y trouvons des restes humains en connexion avec cette affaire, je ne vois aucune raison de vous garder plus longtemps. Disons, rendez-vous devant la station de police de Scarriff à dix heures. Ça vous laisse le temps de faire la route ! Voici ma carte si vous devez me contacter.

Benson tendit sa carte à Matt et le raccompagna jusqu'à l'accueil de la station de police.

8

Matt avait quitté son domicile avant le lever du jour, il avait prévenu Kate la veille qu'il avait rendez-vous avec un nouveau client à Limerick. Vers 9 h 45, il arriva à Tuamgraney. Il emprunta la route menant à Scarriff en évitant cette fois de regarder les panneaux afin d'éviter un éventuel malaise s'il venait à lire Mountshannon sur l'un d'entre eux. Il atteignit Scarriff, passa devant une boutique qui vendait des articles de pêche.

Il aperçut au loin la lanterne distinctive des stations de police fixée sur un bâtiment précédé par un parking sur lequel il s'engagea. Trois véhicules y étaient stationnés. Deux voitures banalisées et un utilitaire de la police scientifique.

Un groupe de personnes discutait au milieu du parking. Matt reconnut Carl Benson et alla se garer. Il descendit de son SUV et rejoignit le groupe.

— Monsieur Walsh, bonjour. Merci de vous être déplacé !

— Il n'y a pas de quoi !

— Je vous présente mes collègues. Jane, ma coéquipière, elle est aussi enquêtrice à Dublin et s'occupe des personnes portées disparues. John et Michael, inspecteurs locaux et enfin Laura de la police scientifique.

— Enchanté ! dit Matt.

Les membres de l'équipe lui firent un signe de la main en retour.

— Bon, John vient de me confirmer que le bateau était prêt et qu'ils avaient placé des bandes et des affiches signalant l'interdiction temporaire de se rendre sur l'île. On se donne rendez-vous au port de plaisance de Mountshannon. Matt, si vous me le permettez, je vous appellerai par votre prénom. Vous pouvez m'appeler Carl si vous le souhaitez, mais en général tout le monde m'appelle Benson. Vous monterez avec moi et Jane.

— OK, je vous suis !

Jane s'assit à l'arrière du véhicule. Matt en conclut qu'il devait s'asseoir à l'avant du côté passager. Benson ouvrit le cortège, suivi des deux inspecteurs de Scarriff et de la Garda scientifique. Dix minutes plus tard, ils arrivèrent dans le petit port de plaisance. Ils se garèrent le long d'un muret en pierre longeant une prairie parsemée d'arbres.

— Benson ! s'écria Jane en attrapant l'épaule de Matt.

Benson se tourna vers Matt, sa tête était baissée en arrière et il avait les yeux révulsés. Il le saisit par les bras en le secouant.

— Matt, vous allez bien ?

Matt ferma les yeux, sa tête se posa contre la vitre de la portière de voiture puis il se redressa et ouvrit les yeux

— Oui, oui, ça va !

— Tenez, dit Jane en lui tendant une bouteille d'eau.

— Merci.

Matt en but une grande gorgée.

— Vous nous avez fait une frayeur ! dit Benson.

— Oui, je ne sais pas ce qu'il s'est passé ! Enfin, en nous approchant du port, j'ai vu ce bateau, celui de la police. L'emplacement ! C'est celui où se trouvait le K485 de Monroe ! Ça m'a fait la même réaction qu'avec le panneau Mountshannon dont je vous ai parlé hier. Mais tout va bien !

— Vous voulez parler de cet étourdissement, comme c'est étrange ! En tout cas, vous avez tout à fait raison, il s'agit de l'emplacement où le bateau de Monroe a été aperçu pour la dernière fois. Je savais que nous ne perdions pas notre temps avec vous ! dit Carl d'un air enthousiaste.

Sur ce, ils quittèrent le véhicule et se dirigèrent vers le bateau de police, deux Gardaí en uniforme les y attendaient. Quand tout le monde eut terminé d'embarquer sur le bateau avec leurs équipements, ils s'éloignèrent du port de plaisance. Matt lança un regard nostalgique vers celui-ci, en repensant à ses parents et à sa sœur.

À l'approche d'Inis Cealtra, Matt remarqua que des bandes bleues de la police enveloppaient l'accès du quai.

Une Garda était déjà présente sur l'île, elle faisait signe à un pêcheur trop curieux sur une barque de s'éloigner de l'île. Le bateau de police accosta et tout le monde descendit sur le quai. La Garda salua le groupe et resta à son poste, tandis qu'ils avançaient vers la tour qui se dressait sur l'île.

— À partir de là Benson, je ne peux pas vous en dire plus. Le bateau de Monroe était là et l'homme venait de cette direction avec sa pelle et sa barre à mine, dit Matt.

— D'après les outils que vous m'avez décrits, j'ai ma petite idée sur l'endroit où la personne en question se serait rendue pour cacher un corps. Ce qui explique la raison pour laquelle nous sommes venus équipés.

Il pointait, un Garda marchant devant eux tenant une pelle et une barre à mine.

— Il se peut que nous fassions une découverte glauque aujourd'hui, pouvant s'avérer plus ou moins choquante pour un non-initié. Si vous souhaitez rester à l'écart, n'hésitez surtout pas à nous le faire savoir.

— Non, je vous remercie. Ça devrait aller !

Jane, qui devançait tout le monde, s'arrêta et s'adressa au groupe. Elle tenait un porte-documents d'une main et un stylo noir de l'autre.

— OK tout le monde. Petit débriefing !

Elle sortit des feuilles A4 imprimées, qu'elle glissa sous les élastiques de son porte-documents.

— Nous allons commencer nos recherches dans le cimetière jouxtant l'église Saint-Caimin, là où se trouve la tour que vous voyez là-bas.

Elle pointa la direction du bout de son stylo et commença à distribuer le plan détaillé de l'île.

— Nous allons d'abord nous intéresser à trois tombes. Poursuivit-elle. Elles sont numérotées un, deux et trois sur la carte que je viens de vous donner. Tout porte à croire, d'après les informations que nous avons en notre possession, que notre suspect aurait choisi une tombe recouverte d'une dalle. Ce qui explique la présence d'une barre à mine aujourd'hui.

Puis, elle se retourna et avança d'un pas décidé.

— Suivez-moi !

Les trois tombes intéressant les enquêteurs étaient de grandes dalles posées à même le sol sous lesquelles les défunts reposaient. Elles étaient couvertes d'inscriptions, ce genre de sépulture était courante au XVIIIe siècle. Le cimetière était bien entretenu et les tombes semblaient faciles d'accès. Jane survola le cimetière des yeux en comparant avec le plan qu'elle tenait dans sa main. Elle remarqua une tombe moins exposée que les autres, elle se trouvait au pied du mur de l'église, à l'abri des regards et cachée par des arbustes certainement présents l'année de la disparition de Monroe. Sa décision était prise, poussée par l'intuition.

— Nous allons commencer par la tombe numéro deux. Annonça-t-elle.

— Ça ne me paraît pas mal du tout ! Allons-y ! s'exclama Benson.

Le groupe s'approcha de la tombe numéro deux. La dalle était usée, vieillie par les intempéries, elle était fendue sur toute sa largeur en deux parties plus ou moins égales.

Laura de la police scientifique émit une hypothèse.

— Il est plutôt rare de trouver une dalle d'une telle épaisseur, fendue de cette manière ! Soit un objet lourd, lui est tombé dessus. En l'occurrence vu la proximité de l'église ayant été restaurée il y a peu de temps, il pourrait s'agir d'un linteau de pierre par exemple qui aurait chuté lors des travaux. Soit, il s'agit d'une tentative d'ouverture de la dalle faite par des personnes peu soucieuses, des pilleurs de tombes mal équipés par exemple.

— Des pilleurs de tombes, j'en doute ! Les autres dalles semblent intactes, je viens de vérifier, affirma Benson.

Un Garda en uniforme commença par délimiter les contours de la tombe avec sa pelle, il en écarta l'herbe avec le plat de celle-ci, puis y glissa le tranchant entre la dalle et la terre à cinq centimètres de profondeur.

— Je reviens, dit Benson avant de disparaître derrière l'église.

— Une envie pressante ? Je lui avais pourtant dit d'y aller doucement sur le thé ce matin, dit Jane en souriant.

Ce qui eut pour effet de faire sourire le groupe et de détendre l'atmosphère pesante.

Benson revint avec un gros bloc de pierre qu'il tenait du bout des bras, lui donnant une allure de gorille se déplaçant avec difficulté. Il sentit les regards se poser sur lui.

— Quoi ? Vous l'avez trouvé ? demanda-t-il.

— Non, non. On parlait juste de ton problème de vessie ! dit Jane.

Tout le monde se mit à rire à gorge déployée.

— Haha, très marrant ! Venez plutôt m'aider !

Michael s'approcha de lui et à eux deux ils posèrent la pierre à une vingtaine de centimètres de l'angle avant droit de la dalle, du côté où les pieds du défunt devaient reposer.

Le Garda avait maintenant terminé de dégager les contours de la dalle. Benson prit la pelle et gratta la terre entre la dalle et la pierre qu'il venait de poser avec Michael. Sous le niveau de la dalle en creusant, il découvrit un bloc en granite plat enterré à la verticale et taillé de manière grossière. En dégageant plus de terre à l'aide de sa main, il estima qu'il devait mesurer vingt centimètres de largeur, difficile d'en estimer la profondeur pour le moment. Un autre bloc de même type était accolé à celui qu'il venait de dégager.

Quel soulagement ! *C'est un coffrage sur lequel repose la dalle, cela devrait nous faciliter la tâche. Il n'y aura pas trop de terre à l'intérieur.* Pensa Benson.

Un espace d'un à deux centimètres rempli de terre séchée faisait tampon entre la dalle funéraire et les blocs de granite sur lesquels elle reposait. Il se redressa, posa la pelle et attrapa la barre à mine. Il poussa le bout plat de la barre à mine entre la dalle et le coffrage et se servit de la pierre qu'il venait de poser avec son collègue afin de l'utiliser comme levier. John, Michael et les deux Gardaí en uniforme s'approchèrent de la tombe.

Benson s'adressa à eux.

— Je vais soulever cette partie de la dalle, l'autre moitié devrait rester à sa place. Je vous laisse gérer la demi-dalle.

Pendant ce temps-là. Laura était en train d'enfiler une combinaison blanche sortie de la mallette qu'elle avait amenée.

— Cigarette ? proposa Jane à Matt en lui tendant un paquet de Marlboro Red.

— Non merci, je ne fume pas.

Benson se mit en position de joueur de hockey en tenant la barre à mine des deux mains et se servit de son poids pour tenter de faire bouger la demi-dalle. À sa grande surprise, elle se souleva de cinq centimètres. Jane ramassa deux galets de tailles moyennes se trouvant au pied du mur de l'église et se précipita à l'endroit où Benson avait réussi à entrouvrir la demi-dalle. La voyant agir, il redoubla de force en poussant sur la barre. Les demi-dalles se désolidarisèrent et la poussière servant de joint disparut dans la tombe. Jane cala les deux galets entre la demi-dalle surélevée et le coffrage avant de se reculer. Benson baissa la barre à mine avec délicatesse jusqu'à ce que la demi-dalle vienne se poser sur les cales, il la retira et se recula.

— Merci, Jane, bien pensée !

Les deux inspecteurs et les deux Gardaí s'accroupirent en même temps et agrippèrent la demi-dalle qui se souleva sans difficulté. Ils posèrent la demi-dalle plus loin sur l'herbe.

Le groupe à l'exception de Matt s'approcha autour de la tombe à moitié ouverte. Tête baissée, un long silence s'installa. Benson leva la tête en direction de Matt et lui fit signe de s'approcher. Matt s'exécuta, Benson et Jane s'écartèrent pour lui laisser de la place. Matt, hébété, baissa à son tour le regard en direction de la tombe et posa sa main sur sa bouche. Il fit deux pas en arrière et sentit que ses jambes le quittaient et devenaient cotonneuses. Benson et Jane voyant le visage décomposé de Matt le prirent chacun par un bras et l'assistèrent pour qu'il puisse s'éloigner de la tombe à reculons sans tomber. Matt tendit les bras en arrière et s'arrêta. Benson et Jane l'aidèrent à s'asseoir dans l'herbe où il se mit à vomir.

— Prenez une grande inspiration, lui dit Jane.

Benson retourna à la tombe. Au centre de celle-ci se trouvaient les ossements de jambes d'un squelette, mélangés à des morceaux de bois pourris et secs, le tout était recouvert de poussière. Il devait s'agir de l'occupant d'origine et des morceaux de cercueil ayant pourri au fil du temps. À la droite de ces restes, un tapis enroulé dont on ne pouvait même plus en deviner les motifs brodés recouverts de terre séchée.

Exactement ce qu'avait découvert et décrit Matt dans son rêve lorsqu'il était dans le T3. Pensa Benson.

Laura qui portait à présent un masque et des gants avec sa combinaison commença à prendre des photos. Elle demanda à un Garda en uniforme d'aller chercher le barnum dans le bateau pour pouvoir protéger le site.

Benson, aidé de John et Michael, entreprit de retirer la deuxième partie de la dalle. La totalité du tapis était désormais visible. Matt les rejoignit à son tour.

— Ça va mieux ? demanda Benson en lui posant une main sur l'épaule.

Matt ne répondit pas, sidéré par cette découverte. Le passage du rêve à la réalité était beaucoup plus violent qu'il ne l'imaginait.

Laura descendit dans la tombe peu profonde, avec son appareil photo. Elle plaça des réglettes de mesure et des plaquettes jaunes avec des numéros sur les différents éléments contenus. Elle entrouvrit le tapis et se tourna vers Benson.

— Je confirme, il y a bien un corps momifié à l'intérieur du tapis.

Benson s'adressa à Matt.

— Suivez-moi Matt, éloignons-nous de cette tombe.

— S'agit-il de Alan Monroe ?

— Il y a de fortes probabilités que oui. Je vais vous raccompagner au bateau et un agent va vous ramener jusqu'à votre véhicule à Scarriff. Dans tous les cas merci de nous avoir contactés !

— Et pour le meurtrier ?

— Cette découverte confirme que vos rêves étaient justes ! J'ai discuté avec mes collègues John et Michael de l'homme que vous avez décrit, avec l'auriculaire manquant. Je leur ai aussi parlé de la camionnette orange, le T3. Ils ont fait le rapprochement avec une personne.

— Avez-vous un suspect ?

— Oui, c'est une petite communauté ici. Une camionnette orange, un auriculaire manquant, un homme de forte corpulence, ça ne court pas les rues. Nous avons une idée précise de la personne dont il s'agit. Cette personne avait participé aux recherches lors de la disparition de Monroe. Je vous prierais juste de rester discret à propos de cette affaire afin de ne pas compromettre l'enquête. Je sais que je peux vous faire confiance, Matt ! Je vous tiendrai au courant de l'avancée de l'enquête, nous restons en contact.

— Bien sûr, vous pouvez compter sur moi ! répondit-il, le visage blafard.

— Êtes-vous certain que ça ira pour le retour ?

— Oui, je vous remercie.

Alors qu'ils approchaient des quais. La Garda qui éloignait le pêcheur de l'île à leur arrivée s'approcha d'eux.

— Matt, je vous présente Anna. Elle va vous ramener à votre véhicule.

Matt suivit la Garda sur le quai et monta sur le bateau avant de quitter Inis Cealtra.

Quatrième Partie

Tom Henry

Grâce à l'inscription sur le médaillon et à l'uniforme de serveuse trouvés dans le coffre de la Buick du cimetière de voitures de Mapleton Springs. Les enquêteurs de police, en effectuant des recherches dans la base de données des personnes portées disparues, avaient pu retrouver un profil correspondant à une jeune femme portée disparue une vingtaine d'années auparavant, et ceci sans avoir eu recours à son ADN.

Janet Blanchard, née le 12 avril 1979 à Toronto, disparue le 23 juin 2003 à Rochester dans l'état de New York après avoir quitté son lieu de travail, le Gramont's Diner.

La police de Mapleton Springs prévint celle de Rochester qui envoya deux policiers au domicile des parents de Janet pour leur annoncer la nouvelle. Ce fut un piètre soulagement pour le couple sans nouvelle de leur fille depuis vingt ans et qui l'espérait toujours vivante !

Le père de Janet avait dédié le sous-sol de sa maison à la recherche de sa fille. Les restes de celle-ci furent rapatriés à Rochester où ses parents et sa famille organisèrent ses funérailles au Riverside Cemetery.

L'autopsie n'avait pas pu déterminer la façon dont Janet avait été assassinée. Son squelette était entier, aucun os n'avait été brisé et aucune marque d'entaille n'était visible. Le crâne de Janet était intact. L'équipe de la police scientifique avait réussi à isoler une tache de sperme sur un bout de tissu faisant partie de l'uniforme de serveuse que portait Janet le jour de sa disparition. Ses sous-vêtements avaient disparu. Le lieu où l'uniforme avait été conservé durant toutes ces années, en l'occurrence le coffre de la Buick abandonnée, avait permis de conserver l'échantillon de semence et de le rendre exploitable. Le profil ADN, ainsi extrait, correspondait dans le CODIS[1] à six autres *cold cases*, dont l'identité du meurtrier n'avait pas été possible pour l'instant. N'ayant commis aucun acte criminel impliquant un prélèvement de salive ou une prise de sang, son profil génétique était inconnu des services de police. Mais cela avait peu d'importance pour les inspecteurs à ce stade de l'enquête. Tout portait à croire d'après les premiers éléments que le suspect principal dans cette sombre affaire était Tom Henry.

[1] Banque de données répertoriant les profils ADN. Gérée par le FBI depuis 1990.

La fouille du cimetière de voitures n'avait révélé aucune victime supplémentaire, il en fut de même pour la maison de la ferme des Henry. Cependant, des squelettes de chats et de chiens avaient été enterrés à l'arrière du garage de Tom Henry. Ceux-ci avaient les pattes liées et un sac en toile de jute, en plus ou moins bonne condition, enveloppait leurs têtes. Une telle quantité d'animaux maltraités suffisaient à la profileuse présente lors des fouilles pour qu'elle s'y intéresse. De tels actes de cruauté commis envers des animaux sont des signes avant-coureurs chez un tueur en série.

Les enquêteurs avaient localisé Tom Henry qui était toujours vivant et menait une vie ordinaire. Il était célibataire, âgé de cinquante-sept ans, garagiste, il était bien vu de ses voisins et de ses clients. Son garage se situait à Buffalo dans l'état de New York, ce qui expliquait une victime originaire de Rochester, ville située à une heure de route de Buffalo.

Un mandat d'arrêt fut délivré contre Tom Henry et la police de Buffalo se chargea de l'arrêter sur son lieu de travail puis procéda à un prélèvement d'ADN. S'en suivit un interrogatoire auquel Stan Roy, l'ami d'enfance de Steve, assista.

Tom Henry avait choisi de se taire et se mura dans le silence. Son ADN s'avéra plus bavard, il correspondait trait pour trait à celui retrouvé sur le morceau de tissu appartenant à Janet. Un lien fut établi avec les six *cold cases* trouvés dans le CODIS, ils concernaient des personnes disparues dans l'état de New York entre 2003 et 2018. Il s'agissait de meurtres perpétrés sur des femmes âgées de vingt à trente ans et dont les corps avaient été retrouvés dans différentes décharges.

Le FBI avait connaissance d'un serial killer sévissant dans l'état de New York, mais n'avait jamais pu l'identifier faute d'ADN correspondant. Il l'avait surnommé *The landfill strangler*[1]. Tom Henry procédait toujours de la même façon, viol suivi d'une strangulation. Lors de la perquisition de son domicile à Buffalo, une boîte à biscuits en métal avait été retrouvée dans un conduit d'aération. Elle contenait des sous-vêtements de femmes, y compris ceux de Janet.

Les villes d'où étaient originaires les victimes du *landfill strangler*, auraient pu correspondre au trajet que Tom Henry empruntait afin de se rendre de Buffalo à Mapleton Springs dans le Vermont. Il lui fallait huit heures en voiture pour relier les deux villes. Il avait kidnappé Janet à Rochester, quant aux six autres victimes, elles étaient originaires de Newark, Auburn, Syracuse, Oneida, Rome et Utica. Leurs corps avaient été retrouvés dans les décharges en périphérie de chacune de ces villes.

Janet aurait pu correspondre à sa première victime, Tom Henry ayant peut-être agi sous le coup d'une pulsion, sans préparation. Il aurait ensuite décidé de l'emmener jusqu'à Mapleton Springs pour l'y abandonner dans la Buick.

[1] L'étrangleur des décharges.

N’ayant pas été inquiété de la disparition de Janet et devant la facilité de l’acte, il aurait par la suite récidivé.

Tom Henry fut condamné à sept peines de prison à vie. Cinq autres cas de personnes portées disparues dans la même région auraient pu correspondre au mode opératoire de Henry, mais comme les corps ne furent jamais retrouvés, il fut impossible de les lier à celui-ci. Tous ses biens, y compris la ferme de ses parents à Mapleton Springs, furent saisis et vendus aux enchères. La somme rapportée fut ensuite redistribuée aux familles des victimes.

Cinquième Partie

Time Square

Le petit garçon qui tenait la main de sa grand-mère s'arrêta devant la vitrine de chaussures de sport.

— Ben, ne t'arrête pas s'il te plaît. Nous devons aller chez tes parents et nous sommes déjà en retard ! dit la dame âgée en tirant la main du petit garçon.

— Mais mamie regarde, elles sont trop belles ! Maman m'a dit que j'avais besoin de nouvelles baskets pour l'école. S'il te plaît, on peut rentrer dans le magasin pour que je puisse les essayer ?

— Ben, tu régleras cela avec ta mère. Je ne pense pas qu'elle serait vraiment contente si je t'achetais des baskets sans sa permission.

La vieille dame se faufila entre le petit garçon, et un couple de touristes à l'arrêt, devant la vitrine de la boutique Duvall. Times Square était bondé à cette heure de la journée.

— Ah oui, c'est vrai qu'elles sont très belles !

Ben se tourna vers sa grand-mère et pencha sa tête de côté en mimant la déception avec ses lèvres. Son regard en disait long sur ce qu'il pensait : *Mamie, comment peux-tu refuser cela à un gentil petit garçon comme moi ?*

— Oh non, Ben, ne me lance pas ce regard !

— Mais mamie, s'il te plaît ! On rentre et on ressort tout de suite, on regarde, c'est tout ! Allez quoi… j'irai vite, dit-il en tirant sur la manche de la veste de sa grand-mère.

— Bon, c'est d'accord ! Cinq minutes, pas une de plus !

— Oh merci mamie, répondit Ben avec un large sourire aux lèvres.

Il lâcha son avant-bras et entra en sautillant dans la boutique, sa grand-mère lui emboîta le pas. Ben se dirigea vers les baskets se trouvant derrière la vitrine. Elles étaient posées sur un plateau en rotation en haut d'une colonne d'un mètre de hauteur. Un rayon de lumière d'un vert léger éclairait la paire de chaussures qui dansait sous le projecteur.

Alors que Ben scrutait les baskets avec admiration, un vendeur s'adressa à sa grand-mère.

— Je peux vous aider ? demanda-t-il.

La vieille dame n'eut pas le temps de répondre que Ben avait déjà pris la parole.

— Granny… Laisse-moi les essayer, s'il te plaît !

— Ben, ce sont des baskets pour adultes !

Le vendeur l'interrompit.

— Cette paire existe aussi en pointure pour enfant.

— Granny. Je veux juste les essayer ! insista Ben.

— Je suppose que oui, dit-elle en souriant. Elle sentait le piège se refermer sur elle, mais comment résister à son unique petit fils ? Elle se tourna vers le vendeur.

— Auriez-vous cette paire en 36 ? Je vous prie.

— Bien sûr madame !

Le vendeur porta sa main droite sur son oreillette et marmonna dans le micro raccordé à celle-ci.

— *Mike, il me faudrait une paire de Mestengo en taille 36, s'il te plaît !*

Ensuite, il invita Ben et sa grand-mère à s'asseoir sur la banquette située face au miroir.

— Je vous apporte ça tout de suite.

Ben ne quitta pas le vendeur des yeux, celui-ci s'approcha du comptoir où se trouvaient les gens qui faisaient la queue afin de régler leurs achats. Un employé sortit de l'arrière-boutique et tendit une boîte aux couleurs de la marque Duvall. Toute l'attention du petit garçon se posa sur la boîte à chaussures. Il attendait sur la banquette, les mains croisées et calées entre ses genoux. Le portable de la vieille dame se mit à sonner.

— Allo… Oui, Suzanne ne t'inquiète pas, nous serons là dans une vingtaine de minutes ! Nous nous sommes arrêtés dans une boutique de sport à Times Square… Mais non pas du tout, il ne m'a pas forcé… Rien pour l'instant, nous regardons juste une paire de baskets, il m'a dit qu'il en avait besoin d'une pour l'école…

La vieille dame se mit soudain à susurrer en tournant sa tête à l'opposé de Ben, pour qu'il n'entende pas la conversation.

— *De toute façon, c'est bientôt son anniversaire, et je n'avais rien prévu alors ça tombe très bien !*

Ben ne prêta pas attention à la conversation, trop occupé à fixer du regard la boîte flottant entre les mains du vendeur dans sa direction. Sa grand-mère enchaîna :

— *Mais non puisque je te dis que cela ne me dérange pas du tout, ça lui fera tellement plaisir… Oui, c'est ça. À tout à l'heure ma chérie !*

La vieille dame mit fin à la conversation et rangea son portable dans son sac à main.

Le vendeur ouvrit la boîte à chaussures devant le visage de Ben, et déplia le papier de soie avec le logo de la marque pour laisser apparaître la paire de sneakers. Le visage de Ben s'illumina.

— Voilà jeune homme une paire de Mestengo, taille 36. C'est une nouvelle collection ! Nous venons à peine de les recevoir. Prenez votre temps, essayez-les et vous me direz ce que vous en pensez.

Le vendeur tendit la boîte ouverte à Ben. Il posa le couvercle sur la banquette et s'éloigna pour s'adresser à un autre client.

Ben sortit les chaussures une à une de la boîte, elles sentaient bon, elles sentaient le neuf. Il retira le papier de soie en boule dans les chaussures et les enfila. Elles étaient légères et parfaites pour ses pieds, d'un confort absolu. La couleur verte avec ce léger dégradé blanc spécifique à la marque Duvall lui plaisait.

— Granny, elles sont superbes ! Je les adore !

— C'est vrai, mon chéri ? Elles te plaisent ?

— Oh oui !

Il se déplaça de cinq pas sur le côté, s'arrêta devant un miroir du magasin. Il leva le talon de son pied droit et le fit pivoter sur sa pointe, tout en l'observant dans le reflet du miroir.

— Écoute, étant donné que c'est ton anniversaire la semaine prochaine, je veux bien te les offrir !

Ben écarquilla les yeux et fixa sa grand-mère du regard, bouche bée.

— En revanche, il faudra que tu fasses comme si tu ne le savais pas et les chaussures devront rester dans leur boîte jusqu'à ton anniversaire ! C'est bien compris ?

— Euh… oui… oui mamie ! C'est promis ! Ben se jeta dans les bras de sa grand-mère et la serra fort. Merci mamie ! Je t'adore !

— J'en conclus qu'elles lui plaisent ! dit le vendeur qui venait d'en terminer avec son autre client.

— Oui, nous les prenons !

— Très bien madame.

Ben retira les baskets.

— Je vais vous aider, dit le vendeur en s'adressant à Ben.

Il replaça la paire de Mestengo dans leur boîte en prenant soin de les recouvrir du papier de soie et referma le couvercle.

— Suivez-moi !

Ils s'avancèrent tous les trois vers les caisses. Une fois, leur achat réglé, Ben et sa grand-mère se dirigèrent vers la sortie. Tout en marchant, Ben ne put s'empêcher de regarder dans le sac en papier Duvall. Il entrouvrit la boîte, écarta le papier de soie et admira, émerveillé, la partie des baskets visibles dans l'entrebâillement de la boîte en carton. Soudain, il trébucha en se prenant le pied sur l'angle d'une banquette de la boutique et alla s'étaler sur l'épaisse moquette. Ben dans sa chute lâcha le sac en papier dont la boîte s'en échappa et s'ouvrit sur le sol laissant la nouvelle paire de baskets rouler à son tour sur la moquette.

Un homme en complet gris clair qui venait d'entrer dans le magasin et avait assisté à la chute du cascadeur en herbe se pencha pour ramasser la paire de Mestengo, alors que la grand-mère aidait son petit-fils à se relever. Le regard de Ben ne quittait pas des yeux la paire de chaussures en se redressant. Il regarda l'homme en train de les replacer dans la boîte. Celui-ci s'adressa à lui.

— Ça va jeune homme ? Rien de cassé ?

L'homme rangea la boîte à chaussures dans le sac et le tendit à Ben.

— Non, ça va ! dit-il en récupérant son sac.

— Des Mestengo, très bon choix, mon garçon !

— Merci monsieur !

Puis l'homme glissa sa main dans la poche droite de sa veste et en sortit un porte-clé auquel il était accroché au bout d'une chaînette, une mini-basket sur laquelle était imprimé le logo Duvall. Il le tendit à Ben.

— Waouh ! Merci monsieur ! répondit Ben en prenant le porte-clé.

Ben et sa grand-mère saluèrent le monsieur avant de quitter la boutique. Le vendeur qui venait de s'occuper d'eux tendit la main vers l'homme au porte-clés.

— Steve, content de vous voir !

Le soleil se couchait peu à peu sur un Times Square illuminé et fourmillant de gens. Une paire de Duvall Mestengo fit son apparition sur le jumbotron de la façade du Marriott Marquis Hotel.

Sixième Partie

Mitch Buckley

Mitch Buckley, le regard perdu sur le Lough Derg, terminait son petit-déjeuner quand son border collie se mit à aboyer. Il ne fut pas surpris lorsque deux voitures de police suivies d'une Passat bleu foncé avec un gyrophare posé sur le tableau de bord empruntèrent le chemin de sa propriété.

Il débarrassa la table de sa cuisine, remplit la gamelle du chien de croquettes, s'accroupit et serra son chien avec affection dans ses bras.

— Ah, mon Toby, tu vas me manquer !

Le carillon retentit. Mitch se redressa et se dirigea vers la porte d'entrée. Il se saisit du pommeau de porte de ses quatre doigts pour l'ouvrir.

— Monsieur Buckley ? demanda Carl Benson.

— Oui.

— Nous avons des questions à vous poser. Est-ce que l'on peut entrer ?

Benson était accompagné de John, l'inspecteur de Scarriff. Mitch s'écarta de la porte et invita les deux hommes à entrer dans sa maison. Ils s'installèrent autour d'une table posée sur un tapis dans la salle à manger. Il avait eu connaissance des fouilles ayant été effectuées sur Inis Cealtra en début de semaine. Il savait que l'ADN parlerait et que son sort était déjà scellé. Il aurait pu fuir, mais à son âge il n'en voyait pas l'intérêt. Pour aller où de toute façon ?

Mitch n'avait jamais connu ses parents. Il avait été adopté par un couple vivant à Galway, dont il devint l'unique fils qu'ils avaient chéri. Il avait eu une enfance heureuse. Passionné par la nature, il avait suivi un apprentissage en horticulture. Une fois son diplôme en poche, il était parti au Canada pendant deux ans où il avait travaillé comme bûcheron avant de revenir à Galway.

De retour en Irlande, il décrocha un emploi chez un paysagiste. Il se mit en couple avec une fleuriste tenant une boutique au centre-ville et qui se prénommait Lise. Le couple s'installa dans une maison située au sud de Galway à Salthill et peu de temps après, un heureux événement vint frapper à leur porte, ils allaient devenir parents.

À cette époque, Mitch enchaînait les chantiers de paysagiste situés loin de Galway. Son employeur avait réussi à obtenir des contrats avec des propriétaires de terrains de golf. Il arrivait à Mitch de s'absenter plusieurs jours. Alors que Lise était enceinte de huit mois, il accepta un chantier situé à une centaine de kilomètres de chez eux, à Adare dans le comté de Limerick.

De retour chez lui, après trois jours, Lise lui avait laissé un mot sur la table de la cuisine, écrit la veille. Elle avait dû se rendre à la maternité afin de s'assurer que tout était en ordre avec le bébé. Surpris de ne pas la trouver à la maison, Mitch s'était précipité à la maternité. Lorsqu'il arriva sur place, une infirmière le guida vers une salle d'attente séparée du public. Un chirurgien vêtu d'une blouse blanche s'adressait aux parents de Lise qui semblaient dévastés, puis il se tourna vers un Mitch résilié, pour lui annoncer la terrible nouvelle.

Lise s'était rendue à la maternité alors que le bébé ne semblait plus donner aucun signe de vie. Son décès lui avait été confirmé et une césarienne avait été pratiquée pour mettre Lise hors de danger. Malheureusement, elle n'avait pas survécu à une malencontreuse hémorragie interne.

Mitch le savait, il ne s'en remettrait pas. Malgré le soutien de sa famille, il tomba dans une profonde dépression et son penchant pour l'alcool se décupla. Il réussit malgré cela à garder son emploi, non sans difficultés. Il fut rappelé à l'ordre plusieurs fois, mais son employeur était une vieille connaissance qui l'obligea à suivre un programme de désintoxication et à rejoindre un groupe de support, ce qui lui permit de remonter la pente.

Mitch ne supportant plus la vie à Galway et dans sa maison de Salthill. Tous deux lui rappelaient trop de souvenirs de Lise, il décida de s'en éloigner et de tout quitter. C'est à Mountshannon qu'il choisit de s'installer. Il monta sa petite entreprise de paysagiste. Il habitait à présent aux abords du village depuis la fin des années quatre-vingt. C'était un célibataire de longue date, il ne s'était jamais remis en couple par choix. Il vivait seul avec son chien Toby, un border collie de cinq ans. Il était apprécié par sa communauté et était toujours prêt à rendre service. Il se rendait à tous les événements sportifs du village, le vendredi soir c'est au pub qu'il retrouvait ses amis. Son entreprise s'était bien développée, cinq personnes y travaillaient pour lui à plein temps.

Mitch expliqua aux enquêteurs qu'il connaissait bien Alan Monroe, son voisin. Les Monroe avaient fait appel à ses services afin qu'il s'occupe du jardin de leur propriété une fois par mois. C'était encore le cas aujourd'hui, son contrat avait été prolongé après la disparition de Alan Monroe.

Un vendredi soir alors que Mitch venait de terminer une semaine éreintante de travail. Il croisa Monroe au pub où ils échangèrent deux ou trois pintes de bière ensemble. Monroe mentionna alors à Mitch qu'une partie de son terrain lui appartenait. Mitch pensa d'abord que Monroe plaisantait et n'y prêta pas attention, mais devant son insistance il lui demanda de le prouver. Monroe prétendit avoir en sa possession un plan cadastral sur lequel une parcelle de la propriété de Mitch lui appartenait. Il ajouta que lors de l'achat, cette information n'avait pas été transmise à Monroe. Seuls les barrières et les murets de pierres délimitant le terrain avaient été pris en compte.

Mitch l'invita à passer à sa propriété le soir même. Monroe était d'abord rentré chez lui pour ranger son véhicule dans son garage et prendre le plan qui se trouvait dans sa maison, puis il s'était rendu chez Mitch à pied en enjambant le muret séparant les deux propriétés. À son arrivée, Mitch sortit sa meilleure bouteille de whisky et les deux hommes s'installèrent dans les fauteuils en cuir qui se trouvaient aux côtés d'une table basse de salon, pour discuter.

Le plan cadastral donnait en effet raison à Alan Monroe, Mitch expliqua à ce dernier que cela ne voulait rien dire, que cette parcelle de terrain avait pu être rachetée depuis la création de ce plan. Monroe insista, le plan était daté du mois dernier. Sur cette parcelle de terrain, Mitch avait fait construire un double garage et un atelier. C'était aussi la partie la plus boisée de sa propriété, il ne pouvait s'agir que d'une erreur.

Mitch expliqua aux inspecteurs que cette histoire aurait pu se régler légalement. Mais après deux whiskys, la conversation avec Monroe prit une tournure houleuse. Monroe demanda à Mitch d'apposer sa signature sur le plan cadastral, ce qu'il refusa de faire. Monroe entra dans une colère noire et se leva en vociférant. Mitch décida alors de l'accompagner vers la sortie. Monroe résista, Mitch le poussa avec vivacité d'une main dans le dos. Monroe trébucha sur le coin recroquevillé du tapis, posé sur le sol dallé en ardoise. Il tomba la tête en avant et heurta l'angle du mur en granite qui séparait la salle à manger du hall d'entrée.

Un simple accident, expliqua Mitch aux inspecteurs. Désemparé, il avait paniqué. Il avait utilisé le tapis ayant causé la chute mortelle de Monroe pour l'y enrouler. Vers 1 h 30 du matin, il s'était rendu à son atelier attenant aux garages pour y prendre une chignole avec un large foret, une paire de gants qui lui servait pour les travaux de jardinage, une pelle et une barre à mine. Il avait ensuite placé le corps et les outils dans son utilitaire, un T3 orange. Puis, il s'était rendu à la propriété de Monroe.

La porte d'entrée était ouverte, Monroe avait laissé la lumière du hall d'entrée allumée. Mitch avait pris les clés du bateau qui se trouvaient accrochées au mur du vestibule en prenant soin de ne pas laisser d'empreintes. Il expliqua qu'ensuite il s'était rendu au port de Mountshannon et s'était garé dans la prairie boisée dont l'herbe était rase, celle avoisinant le chemin menant au quai du port. Il avait éteint ses phares pour ne pas éveiller les soupçons. Le portail de cette prairie était toujours ouvert.

Ensuite, il avait enjambé un muret et emmené le corps et les outils jusqu'au bateau de Monroe puis il s'était rendu sur Inis Cealtra. Le ciel était dégagé cette nuit-là.

Une demi-lune rendait la navigation possible sur le Lough Derg, évitant ainsi l'utilisation d'une torche. Il en était de même pour se déplacer sur l'île dont il connaissait chaque recoin. C'est à cet endroit qu'il avait choisi de cacher le corps d'Alan Monroe dans l'une des sépultures. Quand il eut terminé de cacher la dépouille, il était retourné sur le bateau. Il avait navigué jusqu'au sud de Red Island, une île située à un kilomètre d'Inis Cealtra. Et, il s'était éloigné des berges jusqu'aux eaux qu'il savait profondes. C'est là qu'il avait mouillé l'ancre et préparé le radeau de sauvetage autogonflable équipé d'une rame, en l'attachant avec un nœud d'évadé au bateau. Dedans, il y avait placé sa pelle et sa barre à mine avant de descendre dans la cale du bateau avec sa chignole et d'y percer les trous dans la coque. D'après Mitch, le bateau avait mis vingt minutes pour couler. Vingt minutes qui lui parurent une éternité, précisa-t-il aux inspecteurs. Avec le radeau de sauvetage, il avait rejoint les rives menant à la prairie où il avait garé son véhicule. Ensuite, il y avait chargé ses outils, la rame et le radeau qu'il avait lacérés à l'aide de son couteau de poche afin qu'il se dégonfle plus vite. Il était ensuite rentré chez lui vers quatre heures du matin et était parti se coucher.

Le lundi matin, il s'était débarrassé du radeau de sauvetage et de la rame avant de se rendre chez un client. Il les avait enterrés dans une forêt du côté des Ballyconn Mountains.

Peu de jours après, il avait participé aux recherches de Monroe. L'autre inspecteur de Scarriff, Michael, se souvenait de Mitch. Les deux hommes avaient sympathisé durant les recherches. Il avait été écarté de la liste des suspects. Cependant, il avait été interrogé et il avait déclaré avoir vu Alan Monroe pour la dernière fois au pub le vendredi soir.

Quand Benson avait relayé les informations à Michael. Celles que Matt lui avait transmises à propos d'un homme trapu avec un doigt manquant, qui conduisait un fourgon orange. Michael avait vite fait le rapprochement, de plus il savait qu'il était le voisin de Monroe.

Protégé par la cavité sèche de la tombe et par un taux d'humidité modéré, le corps d'Alan Monroe enveloppé dans le tapis avait été retrouvé momifié. Des cheveux, des poils de border collie avaient été prélevés du tapis. Mitch avait toujours eu un border collie avec lui, dès que l'un décédait, il en rachetait un dans la foulée. Il leur avait d'ailleurs fait un cimetière au fond de sa propriété qui comptait déjà trois pierres tombales. Dans la veste de Monroe, un plan du cadastre plié avait en effet été découvert sur une feuille de papier, jauni par les années passées dans la tombe et sur lequel Alan Monroe avait délimité les deux propriétés, la sienne et celle de Mitch Buckley en repassant les lignes imprimées d'un feutre rouge.

Mitch avait avoué. Malgré ses aveux, Benson voulait fermer le dossier dans les règles de l'art. Laura de l'équipe scientifique préleva des cheveux sur le peigne de Mitch. Avec deux agents, elle se rendit au cimetière privé d'animaux de compagnie de Mitch, situé au fond du jardin. Ils choisirent de creuser la tombe du border collie ayant vécu avec Mitch durant l'année de la disparition de Monroe et prélevèrent une dizaine de poils sur la dépouille du cadavre de chien. En faisant analyser ces éléments avec ceux qui se trouvaient sur le tapis et sur le corps de Monroe, il n'y avait plus aucun doute quant à la culpabilité de Mitch.

Mitch Buckley fut jugé et écopa d'une peine de quinze ans de prison ferme. Il sera âgé de quatre-vingt-sept ans à sa sortie. La cause de la mort par accident sans intention de la donner fut retenue. La fracture retrouvée sur le crâne de Alan Monroe aurait été causée par la chute de celui-ci sur un angle de pierre, d'après le médecin légiste. Laura avait aussi prélevé d'infimes particules de sang séché à l'endroit indiqué par Mitch sur l'angle de pierre en granite, près du hall d'entrée.

L'épouse d'Alan Monroe, Helen, fut informée de la manière dont le corps de son mari et son meurtrier avaient été retrouvés par le biais des rêves de Matt. Elle souhaitait le rencontrer et le récompenser pour le remercier. Matt quant à lui avait signalé à Kate son implication dans l'enquête le jour même où ils avaient découvert le corps de Alan Monroe.

Carl Benson avait tenu informé comme convenu Matt de l'avancement de l'enquête, avant que celle-ci ne soit rendue publique. Matt le savait, il n'échapperait pas aux médias et son nom serait aussi rendu public.

Matt accepta l'invitation de Helen Monroe et alla à sa rencontre avec Kate, lorsqu'elle se rendit en Irlande avec son fils pour y effectuer les formalités concernant le rapatriement du corps de Alan aux Hamptons. Une cérémonie funéraire devait y avoir lieu et l'enterrement se ferait au South End Cemetery, East Hampton.

Matt refusa la récompense offerte par la famille Monroe par principe, sachant qu'il n'accepterait rien de leur part. La famille Monroe s'adressa plus tard à Kate et lui proposa de couvrir les frais de scolarité de Julia et Ashley jusqu'à la fin de leurs études universitaires, elle accepta.

Septième Partie

Steve Morgan

Steve, affalé sur son canapé, une bière à la main, regardait les informations diffusées par ABC News sur son téléviseur. Les jambes croisées sur sa table de salon, il portait encore ses vêtements de bureau, sa chemise blanche, son pantalon gris en tergal et ses chaussettes noires. Ce vendredi soir, il n'était resté que pour une seule bière au SixtyFive avec ses collègues de Duvall, ensuite il était rentré chez lui dans son appartement de Yorkville. Une fois arrivé dans le hall d'entrée de son appartement, il avait juste eu la force de se déchausser et de jeter sa veste de complet sur l'un de ses fauteuils de salon avant de prendre une bière dans le réfrigérateur et de s'installer dans son canapé.

La fatigue le gagnait peu à peu, ses paupières s'alourdissaient et ses yeux commençaient à se fermer. Les commentaires de la présentatrice d'ABC News sonnaient comme des marmonnements aux oreilles de Steve dont la tête commençait à vaciller de gauche à droite. Quant à la bouteille de bière qu'il tenait toujours dans sa main, elle penchait en faveur du coussin de son canapé.

Matthew Walsh, un Irlandais de 42 ans...

Steve sursauta, il se redressa en posant sa bouteille sur la table du salon.

Matthew Walsh ? Je connais ce nom !

La speakerine d'ABC News avait de nouveau toute l'attention de Steve.

Mais oui, bien sûr ! Matthew Walsh ! Coball numéro 50, pour le modèle Duvall Mestengo. La semaine où j'avais testé le gaz anesthésiant ! Steve prit la télécommande et augmenta le son du téléviseur. La présentatrice évoqua la disparition d'Alan Monroe, riche homme d'affaires originaire des Hamptons, disparu en 1993 alors qu'il se trouvait en Irlande. Puis elle mentionna l'intervention providentielle de Matthew Walsh, qui, grâce à ses visions, avait permis de comprendre la disparition de Monroe qui s'était révélé être une mort suspecte. Celle-ci aurait été causée accidentellement par Mitch Buckley, un habitant local ayant par la suite caché le corps de Monroe et tenté de détruire les preuves le liant à cette disparition.

Steve éteignit son téléviseur, posa la télécommande sur la table de salon et s'adossa au fond du canapé, pensif, réalisant que son rêve qui avait mené à l'arrestation de Tom Henry à Mapleton Springs n'était pas un cas isolé !

Peut-être y a-t-il un lien entre le gaz anesthésiant mentholé Duvall et l'apparition soudaine d'un pouvoir psychique ? Celui-ci permettrait de résoudre des affaires classées concernant des personnes portées disparues. Pourtant ce gaz était le même que celui utilisé dans les hôpitaux ! Il manque un élément déclencheur, qui m'échappe. La formule mentholée peut-être ? Ou est-ce que cela a un lien avec le métro new-yorkais ? Une sorte de passage permettant aux morts de se manifester à travers notre inconscient.

Je n'ai pas eu d'autres rêves de ce type depuis que l'affaire Tom Henry a été résolue. Est-ce le cas pour Matthew Walsh ? A-t-il eu l'occasion de croiser dans sa vie Alan Monroe ou Mitch Buckley pour avoir eu de telles visions ? Il faudra que je le contacte pour en discuter, sans dévoiler les opérations secrètes conduites par Duvall. Il faudra aussi que je reprenne la liste des Coballs et que je vérifie s'ils n'ont pas fait l'actualité pour des cas semblables à la suite de leur « extraction » par une des cellules de prélèvement.

La semaine suivante, Steve ordonna à l'équipe scientifique de Duvall NYC de prélever des échantillonnages de gaz atmosphériques dans chaque pièce de l'installation souterraine ainsi que dans les cellules de prélèvement situées dans les différentes stations de métro. Il exigea aussi des échantillons de l'air ambiant dans les stations.

Un gaz inconnu fut isolé par l'équipe de chercheurs. Il était uniquement présent dans les zones où l'air était plus ou moins stagnant dans le métro new-yorkais. C'était le cas dans les zones occupées par l'entreprise Duvall malgré le système sophistiqué de renouvellement de l'air. Dans les stations de métro, celui-ci était constamment brassé par les trains et les gens en plus des systèmes d'aérations. Le gaz non identifié était aussi présent, mais en une infime quantité. Un autre prélèvement fut effectué dans une des cavités inexploitées, adjacentes à Duvall NYC. La quantité de ce gaz y était beaucoup plus concentrée et il fut plus facile de l'isoler.

Steve, avec l'appui de l'équipe des chercheurs de Duvall, mit en place une série de tests pour essayer de comprendre le phénomène et de mettre en évidence les pouvoirs de ce gaz que l'un des scientifiques proposa de nommer : Gazper.

C'est dans un local de Brooklyn appartenant à Duvall où le Gazper était absent qu'ils s'installèrent pour procéder aux tests. Des employés de Duvall se portèrent volontaires pour participer aux tests.

La première série de tests consista à placer sous anesthésie cinq employés, avec uniquement le gaz mentholé utilisé par Duvall. Ils renouvelèrent ensuite l'opération avec cinq autres employés, en incorporant du Gazper au gaz anesthésiant. Il l'avait prélevé et isolé à l'aide de poches en Tedlar d'échantillonnage dans les cavités inexploitées par Duvall, sous le Rockefeller Center.

Le résultat fut sans appel. Les volontaires soumis au Gazper avaient tous fait des rêves étranges où ils avaient été confrontés à des moments passés de leur vie dans lesquels apparaissaient des formes humaines, vivantes et inertes, opaques et entourées d'un halo de lumière bleue.

Les chercheurs ne trouvèrent aucune explication quant à l'origine de ce gaz. La seule explication plausible concernant Gazper était qu'il s'agissait d'un gaz formé naturellement au fil des années, dans les poches d'air stagnantes du métro new-yorkais. L'essence même du métro, un mélange de plus d'un siècle d'activité humaine et mécanique qu'il serait difficile, voire impossible, de recréer.

Les deux gaz ainsi en contact donnaient à la personne l'inhalant, un accès à une sorte de portail permettant de se retrouver sur le lieu, où reposer la dépouille des victimes portées disparues, en avaient-elles conscience ? Ces découvertes se faisaient de manière aléatoire selon le vécu des personnes sous anesthésie. Cette parenthèse spirituelle offrait la possibilité aux morts de signaler aux vivants l'auteur de leur meurtre et par la même occasion de donner une réponse aux familles des victimes.

D'après Steve, deux éléments supplémentaires, essentiels, devaient concorder pour rendre cet événement paranormal possible entre la personne vivante et la victime. Elles devaient avoir eu empruntées le métro new-yorkais au moins une fois dans leur vie et le lieu où la victime reposée devait être connue de la personne sous anesthésie.

Steve prit conscience du potentiel d'une telle découverte et en fit part à l'entreprise Duvall Sport Co. Elle ne voyait aucun intérêt à exploiter le Gazper, sa priorité et sa raison d'être devaient rester dans le domaine du sport. Cependant, la source de profit financier pouvant être générée par cette nouvelle activité ne pouvait être ignorée. Duvall Sport Co. était prêt à financer le projet que Steve leur proposa, à la seule condition qu'il serait propriétaire, majoritairement des parts de la nouvelle entreprise : Morgan Private Investigation. Mais il fallait aussi que le Gazper n'affecte plus les opérations de prélèvement dans le futur et enfin que Duvall Sport Co. ne soit jamais associée, publiquement, à celle de Gazper et de Morgan Private Investigation, Steve accepta.

John Duvall lui proposa de s'installer dans les locaux de Duvall situés à Brooklyn où il avait effectué la batterie de tests afin de mettre en évidence le Gazper. Emily prendrait sa place pour la suite des opérations de Duvall NYC. Thompson épaulerait Steve pour implanter la nouvelle entreprise dont l'agencement serait similaire à celle de Duvall NYC. Le système de brassage d'air de Duvall NYC serait modifié afin que le Gazper en soit totalement exclu et qu'il ne soit plus en contact avec le gaz anesthésiant.

Steve reprit contact avec le BCI après avoir résolu l'affaire Tom Henry. Il avait désormais cinq nouveaux cas de personnes disparues à résoudre, ceux des volontaires employés de Duvall. Ils lui permettraient de peaufiner la mise en place de son entreprise d'enquêtes privées à Brooklyn.

Dépôt légal : novembre 2023

Printed in France by Amazon
Brétigny-sur-Orge, FR

21985194R00195